Jessica Koch

Die Endlichkeit des Augenblicks

Roman

Rowohlt Taschenbuch Verlag

Veröffentlicht im Rowohlt Taschenbuch Verlag,
Reinbek bei Hamburg, September 2017
Copyright © 2017 by FeuerWerke Verlag, Maracuja GmbH,
Laerheider Weg 13, 47669 Wachtendonk
Umschlaggestaltung any.way, Hamburg,
nach einem Entwurf von Judith Jünemann
Satz Minion Pro OTF (InDesign) bei
Pinkuin Satz und Datentechnik, Berlin
Druck und Bindung CPI books GmbH, Leck, Germany
ISBN 978 3 499 27423 7

PROLOG – SIEBEN JAHRE ZUVOR

Die Dunkelheit um ihn herum war nicht so schwarz, wie sie hätte sein müssen. Immer wieder flackerte das bläuliche Licht auf und drängte sich durch seine geschlossenen Lider. In der Ferne heulten Sirenen und wurden von einem merkwürdigen Geräusch übertönt. Es klang wie eine Horde Pferde, die sich ihm donnernd näherte. Erst nach einer Weile begriff er, dass es keine Hufschläge waren, sondern das Knattern von Rotorblättern. Der Helikopter musste sich direkt über ihm befinden.

Vergeblich versuchte er, sich aufzusetzen.

Meine Beine! Wo sind meine Beine?

In dem Moment wurde eine Hand auf seine Schulter gelegt und fixierte ihn auf dem kalten Boden. «Liegen bleiben! Sie dürfen sich nicht bewegen!»

Ich kann *mich nicht bewegen.*

Die Angst, die sich bisher nur dumpf in seinem Bauch befunden hatte, breitete sich in seinem gesamten Körper aus. Zumindest in den Teilen, die er noch spürte. Mühsam blinzelte er gegen das grelle Licht an und versuchte, etwas zu erkennen. Vor ihm standen ein Krankenwagen und mehrere Polizeiautos. Eine Plastiktüte wurde vom Wind auf die Straße geweht, während drei Männer sich über ihn beugten. Einer von ihnen sprach etwas in ein Funkgerät und machte den anderen beiden Platz, damit sie mit ihrer Trage zu ihm durchkamen.

Was zur Hölle war geschehen?

Ganz bewusst schloss er wieder die Augen und sank zurück in ein Leben, das nur wenige Minuten vorher noch das seine gewesen war, von dem er aber ahnte, dass sich das ab heute komplett ändern würde.

«Trau dich!», hatte sein bester Freund gerufen. «Ich mach's auch!»

«Leck mich! Du siehst doch, ich bin beschäftigt!», hatte er zurückgegeben und den Mittelfinger in die Luft gehoben.

In seiner verblassenden Erinnerung schüttelte er noch immer verneinend den Kopf und blickte abwechselnd auf die zwei Mädchen in seinen Armen. Er zweifelte nicht daran, dass er zumindest bei einer der beiden landen konnte, wenn er denn wollte. Mit etwas Glück würde er sie beide gleichzeitig auf sein Zimmer mitnehmen können. Jemand, der aussah wie er, konnte alles erreichen, was er nur wollte. Schon mit sechzehn Jahren hatte er ein Mädchen nach dem anderen abgeschleppt und sie dann stehen lassen wie eine defekte Karre. Seine Studienkollegen hielten ihn für arrogant, aber in Wirklichkeit war er oft unsicher, weil die vielen Gedanken in seinem Kopf ihm zu schaffen machten. Gegen das viele Denken half nur, sich mit freiem Oberkörper vor den Spiegel zu stellen und ein Selfie nach dem anderen zu machen, um es bei Facebook und Instagram zu veröffentlichen und die Reaktionen der Freunde abzuwarten.

Ein Foto mit den beiden Mädels wäre eigentlich auch keine schlechte Idee. Als Trophäe sozusagen. Und natürlich, um Patricia eifersüchtig zu machen und ihr zu zeigen, dass ihm genug andere hinterherliefen.

Er versuchte, die lauter werdenden Rufe um sich herum zu ignorieren, die ihn einen Feigling nannten und damit so lange anspornten, bis er schließlich nachgab und sich erhob, um allen das Gegenteil zu beweisen.

Ein stechender Schmerz brachte ihn zurück in die Gegenwart. Wie ein glühender Draht bohrte er sich von seinem Kopf durch die Wirbelsäule hinunter und endete erst in Höhe der Hüfte. Aus den Augenwinkeln sah er, wie die Trage, auf der er mittlerweile lag, mit Hilfe eines Seils in die Luft gezogen wurde.

In Gedanken verabschiedete er sich von der Erde unter ihm und von einem lang gehegten Traum, der sich nun niemals erfüllen würde.

***

Seine Lungen und seine Kehle brannten, aber er verringerte sein Tempo nicht. Er war auf der Flucht, lief vor etwas davon, was sich nie wieder abschütteln ließ.
Was habe ich getan?
Vielleicht hatte er Glück, bekam einen Herzinfarkt und starb auf der Stelle.
Er blieb mit der Spitze seines Turnschuhs in einer Querstrebe der Eisenbahnschiene hängen und fiel der Länge nach hin. Keuchend rappelte er sich wieder auf, ignorierte sein schmerzendes Knie und rannte weiter. Irgendwie musste er es schaffen, rechtzeitig den Tunnel zu erreichen, bevor der Zug kam. Keine Ausweichmöglichkeiten, keine Alternativen. Keine Zuschauer in der schützenden Dunkelheit. Niemand sollte das mit ansehen müssen …
Sein ganzes Leben lang war er ein Einzelgänger gewesen. Ein Duckmäuser, der geborene Jasager. Jemand, der niemals auffiel, nie seine Stimme erhob. Bis zu jenem Tag im vergangenen Herbst, an dem ihn irgendetwas dazu veranlasst hatte, aus sich selbst herauszugehen. Laut zu werden. Mutig sein zu wollen.
«Trau dich!», hatte er seinem besten Freund zugerufen. «Ich mach's auch!»
Dass er Wort hielt, verbesserte nichts an der Situation. Nichts.
Er würde die Schuld nie wieder loswerden.
Entschlossen senkte er den Kopf und lief in den Tunnel. Zwei Scheinwerfer kamen auf ihn zu, und er konnte spüren, wie

der Boden zu vibrieren begann. Ein tiefes Hupen ertönte, und ein schrilles Quietschen zerriss die eiskalte Luft.

Obwohl er wusste, dass der Zug nie rechtzeitig zum Stehen kommen konnte, beschleunigte er sein Tempo noch einmal und rannte auf das Licht zu, von dem er wusste, dass es ihn erlösen würde von dem nicht mehr endenden Spuk in seinem Kopf …

Im letzten Moment sprang er zur Seite. Der Fahrtwind des Schnellzuges drückte ihn noch fester an die Tunnelwand, als nötig gewesen wäre.

Tränen liefen ihm die Wangen hinunter, als er begriff, dass er noch lebte.

Tränen, von denen er nicht wusste, ob sie aus Erleichterung oder vor Verzweiflung entstanden.

JOSHUA

Sein Finger gleitet durch die eingravierten Buchstaben im kalten Stein. Beim großen *B* fängt er an und hört erst auf, als er beim kleinen *t* ankommt.

Josh hat diese Bewegung bis ins Mark verinnerlicht. Seit Jahren verbringt er endlose Stunden damit, hier auf dem harten Boden zu sitzen und immer wieder die tiefen Rillen nachzuzeichnen.

Schon als kleines Kind haben seine Finger nachts im Schlaf diesen Namen in die Dunkelheit gemalt. «Birgit».

Nachdenklich legt er die mitgebrachte Rose nieder, hebt sie wieder auf und platziert sie erneut an der gleichen Stelle. Auch das ist ein Ritual, das er verfolgt, seitdem er denken kann.

Mit den Händen zieht er die stachelige Distel heraus, die zwischen den Veilchen und den Rosen gewachsen ist. Es ärgert ihn längst nicht mehr, dass er der Einzige ist, der sich um die Grabpflege kümmert. Josh kann damit leben, dass sein Vater seit der Beerdigung nicht mehr hierherkommt. Jeder Mensch trauert auf seine Weise. Viel schlimmer ist es, dass er seinem Sohn nie erlaubte, nach seiner Mutter zu fragen. Seit sie vor zweiundzwanzig Jahren so plötzlich aus dem Leben gerissen wurde, meidet Elias Kuschner dieses Thema. Früher hat Josh sich nichts sehnlicher gewünscht, als abends vor dem Schlafengehen noch eine Geschichte über Birgit zu hören. Zu erfahren, wie sie ihn ins Bett brachte, als sie noch lebte. Ob sie ihn liebevoll zudeckte oder ihm sogar ein Lied vorsang. Aber Elias schwieg.

Mit den Jahren ist Joshs Erinnerung an seine Mutter verblasst, und heute kann er sich nur noch an bestimmte Situationen mit ihr erinnern. Das Einzige, was ihm fest im Gedächtnis bleibt, ist ihr wundervolles Lachen. Selbst im Krankenhaus, nach der vernichtenden Diagnose, saß sie gemeinsam mit ihren beiden Kindern auf dem Bett und lachte mit ihnen. Der Versuch, sie zu behandeln, hatte nur dazu geführt, dass ihre langen, blonden Haare durch kurze Stoppel auf ihrem fast kahlen Kopf ersetzt worden waren. Und obwohl sie wusste, dass sie bald sterben würde, blieb sie zuversichtlich, trug am liebsten schicke Kleider und schminkte sich die Augen.

Mit Sicherheit gab es keinen Tag in ihrem Leben, an dem sie nicht glücklich gewesen war ...

Sie war so anders, als ich es bin. Sie war alles, was ich hatte, und sie war so, wie ich sein will.

Wie gerne hätte er einen Teil von ihrem Optimismus und ihrer Lebensfreude übernommen. Aber Josh verbrachte nicht genug Zeit mit seiner Mutter, um diese Eigenschaften von ihr lernen zu können. Ihm ist als Vorbild nur sein Vater geblieben, der nach Birgits Verlust eigenbrötlerisch und verbittert wurde.

Warum muss ein glücklicher Mensch sterben, und jemand wie ich darf leben?

Dass die Welt ungerecht ist, hat er früh erfahren, und obwohl er weiß, dass es unklug ist, darüber nachzudenken, tut er es immer wieder.

Ein weiteres Mal platziert er die Rose um, bis sie zu seiner Zufriedenheit liegt.

«Ich vermisse dich, Mama!», sagt er leise, und automatisch rutscht sein Finger wieder in die eingravierten Buchstaben des Grabsteins. Dann richtet er sich langsam auf und betrachtet die Ruhestätte seiner Mutter.

Birgit Kuschner

«Ich würde alles dafür geben, mit dir zu tauschen.» Ein Schauer läuft ihm bei seinen eigenen Worten den Rücken hinunter, weil es die Wahrheit ist, die er sagt. Sein Leben bedeutet ihm nichts. Er hat längst die Hoffnung aufgegeben, dass sich das jemals ändern wird. Mit der Bedeutungslosigkeit kommt er klar, nicht aber mit den Schuldgefühlen, die er seit Jahren in sich trägt.

Josh zuckt nicht zusammen, als er die Hand auf seiner Schulter spürt. Er wäre auch dann nicht erschrocken, wenn ihm jemand einen Gewehrlauf an die Schläfe gehalten hätte.

Für einen kurzen Moment denkt er an Lisa, aber dafür ist der Druck zu stark. Warum sollte sie ihn auch auf dem Friedhof aufsuchen, nachdem sie ihn verlassen hatte? Das war zwar unschön gewesen, aber besser ein Ende mit Schrecken als ein Schrecken ohne Ende. Und genau das bedeutet ein Leben an seiner Seite: endlose Düsterheit. Lisa verdient etwas Besseres, als ständig seine miese Laune und seine Unzufriedenheit abzubekommen.

Seine Intuition sagt ihm, dass es Basti ist, noch bevor er sich zu ihm umgedreht hat. Das erklärt auch, warum er keine Schritte gehört hat.

«He», sagt Josh. Er wendet sich erneut dem Grab seiner Mutter zu.

«Hör auf damit!», warnt Basti. «Komm mit mir.»

«Wohin willst du?»

«Das siehst du dann.»

Josh wirft einen letzten wehmütigen Blick auf die kalte Erde und wartet, bis sein einziger Freund am Friedhofstor angelangt ist, bevor er ihm mit steifen Beinen langsam hinterhergeht.

SEBASTIAN

Die erste Frühlingssonne scheint warm in sein Gesicht, und ein wohliges Glücksgefühl durchströmt ihn. Um ihn herum beginnen die Blumen zu blühen, und die Zugvögel kommen aus dem Süden zurück nach Frankfurt. In großen Schwärmen ziehen sie über das Autodach hinweg. Während Basti wartet, bis sich die hintere Schiebetür seines Wagens automatisch schließt, wird ihm wieder einmal bewusst, wie schön und wertvoll das Leben ist.

Bastis innigster Wunsch, dass auch Josh das irgendwann einmal erkennen kann, wurde über die Jahre immer intensiver. Je mehr die Wahrscheinlichkeit sank, desto mehr wuchs sein Bedürfnis, gerade dieses Ziel zu erreichen.

Er startet den Motor, als Josh zu ihm in den Volvo steigt und ihm einen finsteren Blick zuwirft, weil er mit dem Einladen nicht gewartet hat. Basti ignoriert den unausgesprochenen Vorwurf, wie er es immer tut. Nach dem Unfall hat Josh diese Anklage noch in Worte gefasst, doch Basti sagte darauf immer wieder dasselbe: «Ich brauche deine Hilfe nicht.» Irgendwann gab Josh es auf, aber bis heute kann er seine Wut darüber, nicht helfen zu dürfen, nicht gänzlich verbergen.

Basti stellt das Automatik-Getriebe auf «D» und gibt Gas. Summend dreht er das Radio lauter und steuert seinen Wagen ein Stück die Straße hinauf. Die Ampel an der Kreuzung am Dreieichring ist wie immer rot.

«Schau mal», ruft er und deutet aus dem Fenster. Vor ihnen, auf der Wiese am Bach, spielen drei Jungs mit einem schwarzen Labrador. Der Hund springt aus dem Wasser und schüttelt sein klatschnasses Fell so kräftig, dass es spritzt.

«Was ist da?», fragt Josh und verschränkt die Arme vor dem Bauch. «Kinder. Toll!»

Nur mühsam kann Basti ein Seufzen unterdrücken und fährt in einem noch fröhlicheren Tonfall fort: «Vielleicht sollte ich mir auch einen Hund zulegen. Er kann mich begleiten und ...»

«Was willst du denn mit einem Köter?»

«Ich mag Hunde!» Basti zuckt ungerührt mit den Schultern. «Millionen Menschen haben Hunde. Wieso also ich nicht? Ich könnte ihn mit ins Büro nehmen.»

«Ach bitte. Als hättest du nicht genug Probleme!»

«Ich habe keine Probleme! Versteh das endlich. Ich habe *keine* Probleme!» Basti spricht langsam und deutlich, jedes einzelne Wort wie einen ganzen Satz, als erkläre er einem Kleinkind, dass man vor dem Essen die Hände waschen muss. «Mein Leben ist vollkommen in Ordnung.»

Genau wie das Kind versteht Josh zwar die Worte, aber nicht den Sinn.

«Wo fahren wir hin?» Josh zieht die Arme fester an den Körper und starrt weiterhin aus dem Fenster.

«In die Gerbermühle. Ich dachte, wir genießen die ersten Sonnenstrahlen in diesem Jahr.»

«Ich hab keine Lust auf Biergarten», erwidert Josh.

Basti legt «Divide» von Ed Sheeran in den CD-Player und dreht die Musik laut. Es ist unsinnig, mit Josh reden zu wollen, wenn er in dieser Stimmung ist.

SAMANTHA

Erst als das kleine Mädchen «Mama» ruft, wird mir bewusst, dass die beiden keine Schwestern sind. Nur ein Wort, und meine Illusion ist zerstört. Es ist nichts, wie man es erwartet. Vielleicht sitze ich deswegen so gerne hier und betrachte die Menschen und den Fluss. Ich mag das Wasser. Sein Rauschen verleiht mir die Ruhe, die ich sonst nicht spüre. Darum ist hier einer der wenigen Orte, an denen ich mich frei fühle und entspannt genug, um zu sitzen und zu zeichnen. Manchmal bemerken die Leute, dass ich sie beobachte, und schauen mich an. Nur für einen Moment. Ein Augenblick. Vorbei. Nie wieder.

Dann geht das Leben weiter. Wie es war. Oder vielleicht auch ganz anders, denn oft reicht eine Sekunde aus, um alles zu verändern. Das Leben ist wie der Fluss neben mir: ständig in Bewegung, stets im Wandel.

Obwohl die Sonne bereits versinkt und der Nebel langsam vom Main herüberwabert, ist die Gerbermühle noch immer gut gefüllt. Überall wird Bier getrunken, und es riecht nach gegrilltem Fisch. Meine Augen finden zwei junge Männer am Tisch schräg gegenüber. Sie sitzen stumm nebeneinander, vor sich zwei leere Bierkrüge. Bestimmt sind sie im Begriff zu gehen.

Warum sind sie mir bis eben nicht aufgefallen? Einer von ihnen hat so leuchtend grüne Augen, dass ich es bis hierher sehen kann. Der dunkle Pullover, den er trägt, ist schlicht, aber elegant. Seine braunen Haare sind in wirre Strähnen gelegt, die ihm ein leicht verwildertes Aussehen geben. Der Dreitagebart unterstreicht diesen Eindruck noch. Sein Gesicht ist offen und herzlich. In diesem Moment sieht er mich ebenfalls. Ich will wegschauen, aber irgendetwas hindert mich daran. Es ist fast körperlich spürbar, wie er mich mit den Augen fesselt. Erstaunt darüber, halte ich den Atem an. Mein Herz setzt einen Schlag aus. Fast automatisch werfe ich die Haare zurück und versuche, ihm Interesse zu signalisieren. Vermutlich wäre das nicht nötig gewesen, denn schon hebt er die Hand und winkt mich zu sich. Ganz kurz bin ich verwundert und unterdrücke den Impuls, mich suchend umzusehen. Dann folge ich seiner Aufforderung. Meine Schuhe haben keine Absätze, dennoch ist mein Gang so unsicher, als trüge ich High Heels.

Eine rot bandagierte Hand wird mir entgegengestreckt, als ich den Tisch erreiche. Während ich sie ergreife, registriere ich, dass er nicht aufsteht, um mich zu begrüßen. Wie unhöflich! Am liebsten will ich auf dem Absatz kehrtmachen.

«Basti», stellt er sich mit sanfter Stimme vor. «Setz dich doch.»

Ob er weiß, wie schön er ist?, schießt es mir durch den Kopf. Verblüfft über diesen Gedanken, lasse ich mich ihm gegenüber auf die Bank fallen.

«Sam», erwidere ich und strecke auch Bastis Freund die Hand entgegen. Dieser steht ebenfalls nicht auf, starrt auf meine Finger, als wären sie eklige Würmer, und verschränkt die Arme vor der Brust. Abschätzend mustert er mich, dann schlägt er die Augen nieder. Ich nutze die Gelegenheit, ihn ebenfalls zu betrachten. Die blonden Haare sind kurz geschnitten, die Züge um seine Mundwinkel hart und verbittert.

«Mein bester Freund Josh», erklärt Basti fröhlich.

Josh legt zwei Finger an die Schläfe und grüßt kurz, bevor er mir den Rücken zukehrt.

«Möchtest du was trinken?», fragt Basti mich. «Ich lade dich ein.» Zeitgleich winkt er den Kellner zu uns an den Tisch.

«Ein Wasser, bitte», sage ich. Der ältere Herr kritzelt die Bestellung auf seinen Block und verschwindet wieder.

«Was macht ein Mädel wie du allein im Biergarten?», will Basti wissen.

«Ich bin oft hier», gebe ich zurück und versuche, Joshs genervtes Seufzen auszublenden, um mich auf den gutaussehenden Mann vor mir zu konzentrieren. «Ich zeichne und hole mir hier Inspirationen.»

«Ehrlich? Ist das ein Hobby von dir?»

«Es ist eher mein Beruf. Besser gesagt, das soll es mal werden. Ich bin Kunststudentin im vorletzten Semester.» Mein Wasser wird gebracht, und ich schaue zu, wie Basti einen Schein aus seiner Geldbörse zieht und ihn dem Kellner reicht.

«Stimmt so», sagt er und widmet seine Aufmerksamkeit wieder mir.

«Studiert ihr auch?» Ich spreche automatisch beide an, aber wieder antwortet Basti: «Wir sind bereits fertig. Wir haben eine Weile zusammen Maschinenbau studiert. Josh hat irgendwann zu Verfahrens- und Umwelttechnik gewechselt, dann hatten wir nur noch ab und an gemeinsame Vorlesungen.»

Josh sitzt weiterhin reglos auf seinem Platz. Dass er meine Frage akustisch nicht verstanden hat, kann ich mir kaum vorstellen, so nahe, wie er bei mir sitzt.

Plötzlich frage ich mich, ob Josh überhaupt sprechen kann. Möglicherweise ist er taubstumm …

«Ihr seid schon fertig?» Diesmal spreche ich gezielt den blonden Mann an und beobachte seine Mimik. Ich bin überzeugt, dass er mich hören kann, aber er antwortet wieder nicht. Seine abweisende Art schockiert mich, und die Kälte, die von ihm ausgeht, ist für mich körperlich spürbar.

«Josh ist schon seit drei Jahren fertig», erklärt Basti. «Ich bin eine Weile ausgefallen und konnte erst im vorletzten Jahr nachziehen. Wir sind beide siebenundzwanzig. Wie alt bist du denn?»

Es ist offensichtlich, dass er bewusst das Thema wechselt. Weg von Josh, hin zu mir.

«Ich bin dieses Jahr fünfundzwanzig geworden. Was macht ihr so in eurer Freizeit?»

«Hauptsächlich Sport. Früher waren wir oft zusammen snowboarden und surfen.» Er schweigt kurz und wirkt plötzlich nachdenklich. Dann fügt er hinzu: «Nun gehen wir überwiegend schwimmen und ins Fitnessstudio. Außerdem spiele ich Gitarre. Und du?»

«Sport ist eigentlich nicht so mein Ding. Außer zeichnen mache ich nicht viel. Wenn ich Zeit finde, lese ich ganz gern.»

«Und was zeichnest du so?» Basti rutscht ein Stück näher an den Tisch und beugt sich zu mir vor, damit er mich besser ansehen kann.

«Überwiegend Menschen.» Mehr bringe ich nicht heraus. Die intensive Farbe seiner Augen fasziniert mich. Plötzlich fallen mir Tausende Motive ein, die ich zeichnen könnte. Von *ihm* ...

Basti errät meine Gedanken. «Ich kann dir ja mal Modell stehen.» Sein Lachen ist warm und mitreißend.

In dem Moment kommt Leben in Josh. «Modell *stehen*?», sagt er verächtlich, dann springt er unvermittelt auf. «Das reicht. Komm, wir verschwinden!»

Er nimmt seine Jacke und stapft mit lauten Schritten über den Schotter. Ohne sich noch mal umzudrehen, verlässt er den Tisch und bleibt erst an einem kleinen Geländer stehen, das am Fluss entlangläuft.

«Tut mir leid!» Basti sieht mich aufrichtig an. «Seit dem Unfall ist er nicht mehr derselbe. Ich muss nach ihm schauen.»

Ein Unfall?

Weiter komme ich nicht mit meinen Gedanken, denn plötzlich habe ich Sorge, dass Basti einfach weggeht. Er soll hier bleiben, sich weiter mit mir unterhalten und mich in das Grün seiner Augen eintauchen lassen.

Schnell stehe ich auf.

«Wir können ja gemeinsam hinter ihm hergehen», biete ich ihm an.

«Gehen?» Wieder lacht Basti. «Gehen kann ich seit Jahren nicht mehr.»

In diesem Augenblick sehe ich den Rollstuhl, den der breite Biertisch vor mir verborgen hat. Das Chrom der Räder schimmert in der untergehenden Sonne. Der Schock ist so groß, dass in mir etwas zerbricht, mit einem lauten Knall, den nur ich hören kann. Aber Basti hat etwas davon gespürt, denn er fragt ganz direkt: «Ist das denn so schlimm?»

Ist es denn so schlimm?

Das Blut ist vollständig aus meinen Wangen gewichen, dafür jagen mir Bilder durch den Kopf, die ich nicht mehr loswerde: Basti und ich zusammen in meinem Elternhaus. Ich schiebe ihn durch den Flur, für immer verdammt, ihn zu umsorgen und zu pflegen. Mein Vater, der verzweifelt versucht, seine Enttäuschung darüber zu verbergen, dass ich ausgerechnet so jemanden mitbringe.

Wieder liest Basti meine Gedanken, aber er büßt nichts von seiner Heiterkeit ein.

«Alles, was ich von dir möchte, ist, dass du dich morgen wieder mit mir triffst.» Er schaut mich so fordernd an, dass ich mich nicht traue, ihm einen Korb zu geben.

«Einverstanden.» Mein Herz rast, und ich bin mir nicht sicher, ob es Freude ist. «Morgen wieder hier? Aber dann eine Stunde früher, damit wir nicht wieder in der Dämmerung sitzen?»

Basti strahlt mich an.

Mit einem Schlag ist es mir egal. Es ist mir unwichtig, ob er laufen kann oder nicht. Ich will ihn kennenlernen.

Plötzlich wird Bastis Miene ernst. Er kneift ein Auge zusammen, legt den Kopf schräg und sieht mich prüfend an.

«Bitte nicht nur aus Mitleid!»

Ich schüttele den Kopf. Nein, mit Mitleid hat das wirklich nichts zu tun.

Basti zeigt mit dem Kinn auf Josh und fügt nüchtern hinzu: «Sonst triff dich lieber mit ihm.»

Mein Blick folgt seinem, zu dem jungen Mann, der außerhalb vom Biergarten am Flussufer steht und mit wütenden Bewegungen Steine ins Wasser wirft.

«Was ist sein Problem?», wage ich zu fragen.

«Er hasst es, wenn ich mich mit Mädchen treffe.»

Das verstehe ich nicht. Warum ist Josh so grimmig? Oder ist er einfach nur eifersüchtig? Basti ist so viel schöner als er, womöglich bekommt Josh einfach nie ein Mädchen ab.

«Tut mir ehrlich leid», sage ich schließlich. «Ich wollte nicht, dass ihr euch meinetwegen streitet. Ich hoffe, er ist trotzdem weiterhin für dich da.»

«So wirkt es auf dich?» Obwohl Basti lacht, bemerke ich seine Verwunderung. «Dass *er* für mich da ist?»

«Ist es nicht so?» Ich kann mir nicht vorstellen, dass jemand im Rollstuhl draußen alleine klarkommt. Überall gibt es Hindernisse, Barrieren und Probleme. Der Gedanke, in diese Schwierigkeiten mit hineingezogen zu werden, ängstigt mich.

«Nein», antwortet er mir langsam. «So ist es nicht. Ich kümmere mich mehr um ihn als er sich um mich. Aber es ist schwierig.»

«Was hat er denn?»

«Ein posttraumatisches Belastungssyndrom. Depressionen. Das kann keiner so genau sagen. Ich hoffe sehr, dass er eines Tages wieder gesund wird.» Bastis bandagierte Hände greifen an die Räder. Er wendet seinen Rollstuhl mühelos auf der Stelle und steuert auf den Parkplatz zu.

Kurz überlege ich mir, ob ich ihn schieben soll, aber sofort weiß ich, dass das falsch wäre.

«Er macht sich Vorwürfe wegen dem Unfall», ergänzt Basti.

«Das hast du vorher schon erwähnt. Was ist denn passiert?»

«Vor sieben Jahren haben wir ziemlichen Blödsinn gemacht. Seitdem kann ich nicht mehr gehen.»

Sprachlos mustere ich mein Gegenüber. Er spricht ohne Verbitterung. In ihm ist nichts als Lebensfreude und positive Energie. Zeitgleich tritt sein bester Freund unwirsch von einem Bein auf das andere und sieht aus, als wolle er Zeus beschwören, einen Blitz auf mich zu schleudern.

Wieder ist nichts, wie man es erwartet, denke ich plötzlich. *Seltsamerweise findet man Glück und Zufriedenheit meistens da, wo man es nicht vermuten würde.*

In dem Moment, als ich meinen Mund öffnen will, um nachzufragen, nimmt Basti meine Hand und zieht sie zu sich heran. Seine Lippen berühren meine Finger. «Bis morgen?», flüstert er.

«Bis morgen», bestätige ich und sehe zu, wie er sich von mir entfernt. Geschickt manövriert er den Rollstuhl durch das Tor des Biergartens hinaus. Er hält neben seinem Freund und tippt ihm auf den Arm. Sofort lässt Josh sich in die Hocke sinken und vergräbt das Gesicht an Bastis Schulter. Für eine Weile verharren die beiden in dieser Position. Zwei Freunde, die sich Halt geben.

Ich friere. Aber das hat nichts mit dem feuchten Nebel um mich herum zu tun. Das Frieren kommt von innen. Es ist genau so, wie ich es mir vorhin noch gedacht habe: Von einer Sekunde auf die andere kann sich dein Leben komplett verändern. Ein Augenblick. Vorbei. Nie wieder … Nur ob es eine positive Veränderung sein wird, das vermag im Vorfeld nie jemand zu sagen.

Widerwillig löse ich den Blick von den beiden, trete nachdenklich den Heimweg an und frage mich, was mich dazu bewogen hat, mich mit einem Rollstuhlfahrer zu verabreden.
Er ist genauso ein Mensch, wie du es bist. Nicht mehr und nicht weniger.
Und dennoch ist seine Behinderung ein Aspekt, der sich weder schönreden noch wegdiskutieren lässt.
In meinem Kopf beginnen Fragen wild zu rotieren, und mir wird bewusst, dass ich überhaupt nichts über das Leben von Menschen im Rollstuhl weiß. Ich habe keine Ahnung, ob es möglich ist, einen normalen Alltag zu leben.
Entschlossen schiebe ich alle Sorgen beiseite und sage mir vehement, dass es unnötig ist, sich über ungelegte Eier Gedanken zu machen.
Es ist ja nicht einmal gesagt, dass er morgen überhaupt auftaucht.

JOSHUA

Wie immer, wenn er nervös oder aufgeregt ist, beginnt er, mit dem Zeigefinger seiner rechten Hand jenes Wort zu schreiben, das ihn seit dem Vorschulalter begleitet.

«Kannst du aufhören, mich anzuschweigen?», fragt Basti, der eben seinen Volvo am Straßenrand parkt.

Josh gibt keine Antwort, sondern fasst nach dem Türgriff, um auszusteigen. Eine Hand schließt sich fest um seinen Arm und zwingt ihn, sitzen zu bleiben. «Rede bitte mit mir!» Bastis Stimme klingt nicht genervt, nur streng und fordernd. Josh befürchtet, dass er keine Ruhe geben wird, bevor er mit ihm spricht.

Resigniert lässt er sich tiefer in den Autositz sinken. Er ist Meister im Nichts-Sagen, im Nicken und im Unbeteiligt-Tun. Das Schweigen begleitet ihn schon so viele Jahre, dass es ihm nichts ausmacht. Deswegen verschränkt er die Arme vor dem Bauch und versucht, sich tief in eine Welt zurückzuziehen, die niemand außer ihm selbst erreichen kann. Doch Bastis Worte stören ihn dabei: «Ich habe mich nur für ein Treffen im Biergarten verabredet. Ich will keine Beziehung mit ihr!»

Gut so! Denn das ist zum Scheitern verurteilt!

Natürlich darf er das nicht sagen. Das wäre ein Eingeständnis, dass Bastis Leben nichts mehr wert ist. Genauso wertlos wie sein eigenes. Der eine ein körperlicher Krüppel, der andere ein seelisches Wrack.

Mein Leben für deins!

Wie oft hat er diese Worte schon gedacht? Wieso kann er seinem besten Freund nicht sein Leben abgeben? Ein Dasein, das er weder braucht noch will?

«Ich weiß, dass du mir nur eine Enttäuschung ersparen willst.» Basti führt seinen Monolog einfach weiter. Er ist es gewohnt. «Aber das ist nicht deine Aufgabe. Enttäuschungen gehören nun mal zum Leben dazu.»

Josh unterdrückt ein Seufzen. Als hätte Basti nicht schon genug zurückstecken müssen. Wegen ihm. Dass er selbst auch seinen Traum von Australien aufgegeben hat, hilft ihm nicht über die Schuldgefühle hinweg.

«Wovor hast du so große Angst, Josh?»

Dass du so wirst wie ich!

Niemand weiß so gut wie Josh, dass die menschliche Psyche irgendwann einmal nicht mehr standhält und man in einem Meer aus Trauer und Kummer ertrinkt. «Wovor hast du so große Angst?», wiederholt Basti seine Frage, und Josh wird klar, dass er dieses Mal nicht um eine Antwort herumkommt.

«Seit deinem Unfall hattest du keine Beziehung mehr, und du weißt, warum. Wieso sollte das ein junges, hübsches und gesundes Mädchen mitmachen?»

«Ich komme damit klar. Sie vielleicht auch?» Er scheint kurz nachzudenken, bevor er hinzufügt: «Und selbst wenn es nicht klappt. Beziehungen scheitern. Das passiert überall auf der Welt. So ist das nun mal.»

«Ich will dafür nicht verantwortlich sein!»

«Das bist du nicht! Du musst endlich loslassen!»

Wut macht sich in seinem Inneren breit. Am liebsten hätte er Basti angeschrien, aber stattdessen tut Josh, was er am besten kann. Er nickt, schweigt und hört zu.

«Du bist nicht für mich verantwortlich», erklärt Basti. «Hör endlich auf damit. Du hast mich durch die Reha begleitet. Du hast dir extra eine Wohnung im Haus neben meinem genommen, um täglich nach mir sehen zu können. Du bist jahrelang jeden Tag vorbeigekommen, um zu fragen, ob ich noch etwas brauche. Du hast mir sogar beim Duschen geholfen. Dein Soll ist erfüllt. Es ist nicht mehr nötig, dass du dich um mich sorgst. Ich komme klar!»

Ich komme klar ...

Worte, die Josh nicht hören will, weil er weiß, dass sie gelogen sind. Fluchtartig springt er aus dem Wagen, aber noch bevor er die Autotür zuwerfen kann, ruft Basti ihm hinterher: «Du bist nicht schuld! Wann verstehst du das? Du bist *nicht* schuld!»

Mit einem lauten Knall fliegt die Tür ins Schloss, und Josh rennt über die Straße zu seiner Wohnung. Im selben Moment erfasst ihn eine Welle des Hasses auf sich selbst, weil er rennen kann und es auch noch vor Bastis Augen tut.

Hastig stürmt er die Treppe hinauf, bis unter das Dach. Ein Blick nach draußen verrät ihm, dass Basti bereits ein Haus weiter vor seiner Einliegerwohnung geparkt hat. Josh lässt wie gewohnt alle Jalousien hinunter und schaltet dafür das Deckenlicht ein. Dann geht er zur Kommode im Flur, nimmt das Feuerzeug, das immer dort liegt, und zündet die Kerzen an, die im Halbkreis um Birgits Porträts stehen.

Der einzige Vorteil an seiner überteuerten Dachgeschosswohnung ist der, dass Basti ihn hier oben nicht besuchen kann. Er würde es nicht gutheißen, dass er Fotos seiner toten Mutter aufstellt und zwischen Dreckwäsche und Geschirrbergen versinkt. Josh lässt sich auf die Knie fallen und beginnt, Birgit von seinem Tag zu erzählen.

SAMANTHA

Wieder sitze ich hier, am selben Platz wie gestern, und schaue ihn an. Dass er schön ist, habe ich am Vortag schon bemerkt. Heute stelle ich fest, es gibt etwas sehr viel Wichtigeres an ihm. Basti hat etwas, was ich nicht habe: Ruhe.

«Was sind deine Lieblingsblumen?», will er wissen. Eine so unwichtige Frage, und trotzdem stellt er sie mit einer Überzeugung, als hinge seine Existenz davon ab. Vermutlich sieht er die Verwunderung, die sich auf mein Gesicht schleicht, denn er fügt schnell hinzu: «Für den Fall, dass ich dir mal welche kaufen möchte.»

«Veilchen», sage ich. «Sie stehen für Bescheidenheit, Unschuld und auch Verschwiegenheit. Am besten gefallen mir die blauen.»

«Weil Blau deine Lieblingsfarbe ist?»

«Nein, eigentlich ist Rot meine Lieblingsfarbe.»

«Hm», macht er, überlegt kurz und grinst mich dann belustigt an. «Rot für Feuer und Leidenschaft. Gepaart mit unschuldiger Bescheidenheit. Eine reizvolle Mischung.»

Ich weiß nicht, wie lange wir hier sitzen und uns unterhalten. Über mich, mein Lieblingsessen, meine Hobbys und mein Studium. Wir reden nur über mich, denn er fragt mich weiter aus und vermittelt mir dabei den Eindruck, an allem tatsächlich interessiert zu sein. Währenddessen habe ich nicht ein Mal auf mein Handy geschaut. Mein Zeitgefühl ist vollkommen weg, aber es ist mir gleichgültig. Zufriedenheit macht sich in mir breit. Eine Zufriedenheit, die nur von Basti ausgehen kann, denn zuvor habe ich so etwas noch nie empfunden. Zumindest erinnere ich mich nicht mehr daran. Seit ich denken kann, hetze ich durch mein Leben, immer in dem Bestreben, so viel wie möglich zu schaffen, alles zu erreichen. Woher das kommt, kann niemand mit Sicherheit sagen. Aber meine Psychologin hat eine Vermutung: Sie sieht als Auslöser meine Schwester, die drei Jahre nach mir geboren wurde. So viele Pläne hatten meine Eltern für uns Kinder, so viele Wünsche und Ziele, nur um dann feststellen zu müssen, dass das Schicksal nicht gewillt war mitzuspielen.

Für meinen Vater war das wie ein Hohn: Zuerst bekam er ein Mädchen statt eines Jungen und im Anschluss auch noch ein Kind, das sich außerhalb der Norm bewegte. Für einen Perfektionisten, den jede Abweichung von seinem geregelten Alltag aus der Spur wirft, war das der Albtraum. Er war nie in der Lage, meine Leistungen zu sehen. Egal, wie sehr ich mich anstrengte, um seinen Erwartungen zu genügen, der Fokus meines Vaters lag nur auf dem Verhalten meiner Schwester. Nach seinen zwei Nervenzusammenbrüchen und seinem Burnout hat er sich dem Schicksal gefügt. Man könnte auch sagen, er hat resigniert. Zumindest so lange, bis er schließlich die Flucht ergriff.

Nun kümmert sich meine Mutter allein um Melanie, und obwohl ich die Hoffnung längst aufgegeben habe, meinen Vater glücklich zu machen, ist dieser enorme Leistungsdruck in mir geblieben. Und so hetze ich durch meinen Tag, unfähig, etwas für mich zu tun oder nach mir selbst zu schauen, weil ich das nie gelernt habe.

Möglicherweise hast du soeben deinen Lehrmeister gefunden. Vielleicht kann er dir genau das beibringen!

Ich fühle mich wohl und wünsche mir nichts mehr, als bis in alle Ewigkeit hier mit Basti zu sitzen, in dem immerwährenden Frieden, den ich plötzlich empfinde.

«Du musst mir unbedingt einmal zeigen, was du so zeichnest», sagt er zu mir und wirft mir einen hoffnungsvollen Blick zu.

«Wenn du mit mir nach Hause kommst.» Ich zwinkere ihm

zu. Wenn ich etwas kann, dann ist es Flirten. Dazu braucht es nicht viel. Die meisten Männer stehen auf meine langen, blonden Haare und meine schlanke Figur. Es war für mich noch nie ein Problem, Männer kennenzulernen. Nur sie ernsthaft zu lieben, ihnen zu vertrauen und sie zu halten, damit habe ich meine Schwierigkeiten.

«Sag mir, wo das ist, und ich komme hin.» Basti erwidert meinen Blick. Er hat im Flirten mindestens genauso viel Erfahrung wie ich. «Wohnst du denn noch bei deinen Eltern?»

Kurz muss ich mich zusammenreißen, um meine Miene ausdruckslos zu halten. Zu meinem Vater könnte ich Basti niemals mitnehmen. Er wäre davon überzeugt, dass ich Basti nur mitbringe, um ihm eins auszuwischen.

Aber da ich seit Jahren nicht mehr mit meinem Vater spreche, ist seine Meinung irrelevant.

«Ich wohne in einem Studentenwohnheim. Und du?»

«Hab eine eigene Wohnung.» Basti trinkt sein Bierglas aus und stellt es fast geräuschlos auf den Tisch.

«Du wohnst alleine?» Ich kann mein Erstaunen nicht verbergen und frage mich unweigerlich, wie das gehen soll. Wieder schießen Bilder durch meinen Kopf, die ich da nicht haben will.

«Ja, das geht einwandfrei, auch wenn du dir das vielleicht nicht vorstellen kannst. Du kannst morgen zu mir kommen. Dann zeige ich dir, wie das funktioniert.»

«Morgen?» Ein Teil von mir freut sich, denn das bedeutet, ich werde ihn schon bald wiedersehen. Aber ich bin auch traurig, denn ich verstehe, dass er sich mit diesem Satz von mir verabschieden will.

«Musst du schon gehen?»

Gehen ...

Falls Basti sich an meiner Wortwahl stört, so lässt er es sich nicht anmerken.

«Ja, tut mir leid. Ich muss meine Mutter heute Abend noch vom Bahnhof abholen.»

«In Ordnung», sage ich und versuche, meine Miene unbeteiligt zu lassen. Er soll weder sehen, dass ich gerne noch mit ihm hiergeblieben wäre, noch, dass ich mich frage, *wie* er denn seine Mutter abholen will.

Basti setzt den Rollstuhl ein Stück zurück und fährt um den Tisch herum, damit er mir die Hand hinstrecken kann. Ich ergreife sie, und er zieht mich hoch. «Ich bringe dich noch nach Hause.»

Ich lasse seine Hand wieder los, denn ich nehme an, er braucht sie, um den Rollstuhl vorwärts zu bekommen.

Händchenhaltend spazieren gehen ist bei ihm nicht drin.

Schnell verwerfe ich den Gedanken wieder. Schließlich habe ich bereits festgestellt, dass er mir sehr viel fundamentalere Dinge geben kann.

Langsam folge ich ihm und streiche mir dabei nervös durch die Haare.

«Ich kann auch allein gehen, du musst nicht extra mit.» Bus und Bahn zu fahren, ist für Basti sicher eine Qual.

Basti lacht sein offenes und herzliches Lachen. Er macht sich nicht über mich lustig, sondern er lacht meine Bedenken weg. «*Ich* fahre dich!» Er zieht einen Autoschlüssel aus der Hosentasche und hält ihn in die Höhe. Trotz seiner Unbeschwertheit komme ich mir plötzlich unglaublich dumm vor und beschließe, nichts mehr zu sagen, sondern einfach abzuwarten. Schon aus ein paar Metern Entfernung entriegelt Basti einen schwarzen Volvo und öffnet mir dann die Beifahrertür. «Bitte schön», sagt er einladend.

Unsicher lasse ich mich auf den mit Fell bezogenen Sitz fallen und verkneife es mir, ihm Hilfe anzubieten.

Basti öffnet die Fahrertür, drückt auf einen Knopf, und während die hintere Schiebetür automatisch aufgeht, zieht er sich scheinbar mühelos auf den Fahrersitz.

Mit offenem Mund sehe ich zu, wie dort, wo der Rücksitz ist, eine Stange herausfährt. In der Zwischenzeit klappt Basti den Rollstuhl zusammen und hängt ihn in den dafür vorgesehenen Haken, der sich an der Stange befindet. Ich beobachte, wie die Stange wieder hineinfährt und den Rollstuhl im Innenraum fixiert. Der linke und der mittlere Rücksitz sind entfernt worden, sodass der Rollstuhl genügend Platz hat und trotzdem noch problemlos eine dritte Person mitfahren kann.

«Wow», bringe ich hervor. «Die Schiebetür ist aber auch nicht Standard, oder?»

«Nein, das ist alles ein Spezialumbau, extra für mich. Da staunst du, was?»

Ja, ich staune tatsächlich.

«Und wie fährst du?» Ich werfe meinen Vorsatz schon wieder über Bord, denn ich bin zu neugierig, um nichts zu fragen.

«Geht alles per Handschaltung», erklärt er mir. Er zeigt auf einen Hebel in der Mitte, der bei normalen Autos für die Gangschaltung zuständig ist. «Damit gebe ich Gas und kann bremsen. Nach hinten ziehen ist Gas geben, und wenn ich nach vorne drücke, bremse ich.»

«Beeindruckend. Und der Rest? Du kannst ja nicht gleichzeitig lenken und blinken. Oder hupen. Musst du da jedes Mal das Lenkrad oder den Gashebel loslassen?»

«Nein, muss ich nicht. Komm her, ich zeige es dir.» Basti macht eine kleine Bewegung mit den Fingern, und ich rutsche vorsichtig zu ihm hinüber, damit ich einen Blick auf das Lenkrad werfen kann. Sein Aftershave dringt mir in die Nase. Herb und maskulin, und sofort liebe ich seinen Geruch. Für einen Moment bin ich verwirrt davon und weiß nicht, wohin mit meiner linken Hand. Da ich mich irgendwo abstützen muss, greife ich zwischen seine Knie auf den Fahrersitz. Beim Absetzen meiner Hand berühre ich mit den Fingern seinen Oberschenkel, ganz weit oben, fast im Schritt, und er atmet kurz scharf ein. Unwillkürlich frage ich mich, ob er diese Berührung gespürt hat, ob er etwas dabei empfindet oder ob seine Beine komplett tot sind. Was vermutlich bedeuten würde, dass unterhalb seiner Hüfte alles tot ist ...

Er wird vielleicht nie Kinder haben können.

Plötzlich tut Basti mir leid, denn ein Leben ohne Kinder kann und will ich mir nicht vorstellen. Seit ich zwölf Jahre alt bin, wünsche ich mir so sehnsüchtig ein Baby, und sei es nur, um alles besser zu machen als mein Vater.

Bastis Blick durchdringt mich, und ich bin mir sicher, dass er wieder einmal meine Gedanken erraten kann. Meine roten Wangen machen ihm das noch einfacher. Er lässt sich nichts anmerken, sondern beginnt, mir die Knöpfe am Lenkrad zu erklären.

«Blinker, Hupe, Scheibenwischer ist alles in Reichweite, sodass ich es bedienen kann, ohne die linke Hand vom Lenkrad nehmen zu müssen.»

«Nicht schlecht», staune ich weiter. Aber noch mehr als der Wagen fasziniert mich der Mann, der ihn fährt. Nur widerwillig lasse ich mich zurück auf meinen Sitz gleiten, als Basti den Motor startet, mit der Hand Gas gibt und das Auto über den knirschenden Kies vom Parkplatz rollt. Nachdenklich schaue ich aus dem Fenster. Ich weiß schon jetzt, dass ich die ganze Nacht nicht schlafen werde, weil ich den morgigen Tag nicht erwarten kann.

SEBASTIAN

Die Nacht war endlos, weil er kein Auge zugetan hat. Die Angst, die immer unterschwellig in seinem Bauch sitzt, meldet sich noch heftiger zu Wort. Sein Herz beginnt zu rasen, als er ihr die Tür öffnet. Normalerweise ist er stolz darauf, dass er allein leben und sich selbst versorgen kann, aber er weiß auch, dass vieles eben nicht alltäglich ist und auf andere abschreckend wirken könnte. Jemanden in seine Wohnung zu lassen, ist für ihn ein sehr intimer Einblick in seine Privatsphäre, der schwieriger wird, je besser man jemanden kennt. Bisher hat er das nur bei einem einzigen Mädchen zugelassen. Daraufhin ist sie für immer aus seinem Leben verschwunden, und Basti weiß bis heute nicht, ob es an dem Besuch in seiner Wohnung lag. Deswegen will er es jetzt gleich hinter sich bringen. Noch ist Sam neutral, unbefangen und neugierig. Der richtige Zeitpunkt, um sie mit allem vertraut zu machen.

Und noch ist es dir einigermaßen egal, sollte sie wirklich nie wiederkommen.

In ein paar Tagen könnte das schon ganz anders aussehen.

«Fühl dich wie zu Hause», sagt er zu ihr und gibt den Weg frei. Sie bleibt in der Diele erstmal stehen und schaut sich um. Dann geht sie durch den Flur in das geräumige Wohnzimmer. Alles scheint wie in einer normalen Wohnung, bis ihr Blick in die offene Küche fällt. Die Arbeitsplatten sind deutlich niedriger als normal, damit Basti im Sitzen an alles drankommt, und es gibt nicht überall Unterschränke, sodass er mit dem Rollstuhl darunterfahren kann. Das ist vor allem beim Herd und bei der Spüle sehr wichtig. Kurz bleibt Sam vor der Doppelflügeltür im Wohnzimmer stehen und zögert. Dann entscheidet sie sich, die Tür zu öffnen, und tritt in den kleinen Garten hinaus, der über eine Rampe auch für den Rollstuhl bequem zu erreichen ist. Basti bleibt im Türrahmen zurück, während Sam über die Wiese marschiert. Für ihn eine ganz wunderbare Gelegenheit, sie noch intensiver zu betrachten.

Sie trägt flache Stiefel auf hautengen Bluejeans, unter denen man ihren wohlgeformten Hintern sehen kann. Sein Blick bleibt so lange fasziniert auf dieser Stelle kleben, bis sie die Richtung ändert und wieder auf ihn zukommt. Ihre Jacke ist geöffnet und der Pullover spannt über ihrer Oberweite, sodass Basti auch deren Umfang ganz genau hätte abschätzen können. Aber das interessiert ihn nicht wirklich. Ihm sind an einer Frau der Charakter, das Gesicht und der Hintern wichtig. Und die Haare. Lange, blonde Haare …

Unwillkürlich bekommt er das Gefühl, selbst beobachtet zu werden. Es veranlasst ihn dazu, in die Ferne zu schauen, über den Gartenzaun hinweg, zu den vielen Kastanienbäumen auf der anderen Straßenseite. Genau in diesem Augenblick huscht die dunkel angezogene Gestalt zurück hinter einen der Baumstämme, um sich erneut zu verbergen.

Basti seufzt und wartet ungeduldig, bis Sam wieder hereinkommt. Schnell schließt er die Tür hinter ihr, bevor auch sie Josh entdecken kann.

«Wer ist das?», fragt sie. Kurz erschrickt er, dann folgt sein Blick ihrem Zeigefinger, der auf seine schwarze Katze deutet, die auf dem Boden sitzt und sich die Pfoten leckt.

«Das ist Luka. Setz dich», fordert er Sam auf und deutet auf die gemütliche Couch.

Aber sie bleibt weiterhin stehen und bemerkt voller Bewunderung: «Du hast echt 'ne tolle Wohnung. Das ist doch alles sehr teuer. Wie kann man sich das leisten? Bezahlt das die Krankenkasse?»

«Nein», sagt er und unterdrückt den Unmut, der in ihm aufwallt. Krankenkasse ist für ihn ein heikles Thema, darüber zu sprechen fast schlimmer als über den Unfall selbst. Es hat viele endlose Prozesse gekostet, wenigstens einen minimalen Anteil finanziert zu bekommen. Noch nie hat er sich so abgeschoben und überflüssig gefühlt wie damals. «Das meiste muss man leider selbst bezahlen. Aber als Ingenieur verdient man auch als Berufseinsteiger gut. Zudem hab ich einen ganz tollen Papa.»

«*Er* hat dir das bezahlt?» Für einen Moment entgleisen ihre Gesichtszüge, sie stemmt die Arme in die Seiten und reißt erstaunt die Augen auf. Ohne nachzufragen, weiß Basti sofort, dass dieses Mädchen nicht das heile Familienleben erfahren durfte wie er selbst. Aus einem Impuls heraus verspürt er das Bedürfnis, die Situation abzumildern, seine eigene Familie aus dem glamourösen Scheinwerferlicht herauszunehmen, um keine Kluft zu seinem Gegenüber zu schlagen.

Fast schon gelangweilt zuckt Basti die Achseln und tischt ihr eine Notlüge auf: «Mein Vater ist ein Workaholic. Seit ich klein bin, steckt er all seine Liebe in die Arbeit. Dadurch hatten wir schon immer viel Geld. Meinen Eltern gehört dieses Haus seit vielen Jahren, ich bin hier aufgewachsen. Und diese Wohnung war eine kleine Entschädigung dafür, dass ich oft auf ihn verzichten musste.»

Sam scheint auf einmal einzufallen, dass ihr ein Platz angeboten wurde, denn sie geht an ihm vorbei. Ganz dicht, sodass ihre weichen Haare seinen nackten Arm streifen und er ihr Shampoo riechen kann. Sofort läuft ihm ein Schauer den Rücken hinunter.

Die Sehnsucht, so zu sein wie früher, wird übermächtig. Wenn es ihm möglich gewesen wäre, dann wäre er aufgestanden und zu ihr gegangen, hätte seine Finger in ihre blonde Mähne gesteckt und sie nach hinten geschoben. So weit, bis seine Hand im Nacken zum Stillstand gekommen wäre, damit er sich hätte

vorbeugen und sie küssen können. So lange, bis sie sich nach hinten hätte sinken und sich von ihm hätte ausziehen lassen ...
Hör auf damit, Basti! Du kannst ja noch nicht mal aufstehen.
Er muss sich endlich damit abfinden, dass diese Zeiten seit seinem Unfall für immer vorbei sind. Während er sein Körpergewicht verlagert, wird ihm bewusst, worauf er sitzt: Auf einem Antidekubituskissen, sündhaft teuer und von der Krankenkasse natürlich als nicht notwendig eingestuft. Aber auf einem normalen Kissen hat er immer Druckstellen bekommen, und der Rücken tat ihm so oft weh. Nun ist vieles besser. Der Gedanke daran, dass er mit nicht einmal dreißig Jahren ein medizinisches Spezialkissen braucht, um seine Wehwehchen in den Griff zu bekommen, verjagt jeden Anflug sexuellen Interesses.

Basti versucht, sich damit zu trösten, dass er zu Teenager-Zeiten mehr als genug Sex hatte. Mit seinen Freundinnen, Studienkolleginnen und so vielen One-Night-Stands, dass er irgendwann aufgehört hatte, sie zu zählen. Hätte er Kerben in sein Bettgestell geritzt, so wäre das Holz spätestens nach zwei Jahren durchgebrochen ...

«Und du schaffst deinen Alltag ganz allein?», will sie wissen, und Basti ist sofort wieder in der Realität. Sein Abtauchen in die Vergangenheit ist maximal einen Augenblick lang und für sie nicht zu erfassen gewesen.

«Ja, natürlich. Das Leben im Rollstuhl ist für mich inzwischen vollkommen normal. Es ist mir unheimlich wichtig, allein klarzukommen. Fast so wichtig wie Nutella auf Toast.» Leise lacht er vor sich hin.

«Kann ich dich was fragen?», sagt Sam plötzlich.

«Natürlich», gibt er zurück, und sein Magen krampft sich zusammen, weil er weiß, welche Art Fragen nun kommen werden. Er fährt mit dem Rollstuhl an den Tisch und reicht Sam ein Glas. «Nimm dir, was du möchtest», sagt er und deutet auf die Auswahl an Getränken, die bereitstehen. Seine Hoffnung, Sam könnte durch diese Ablenkung ihre Frage vergessen, zerschlägt sich sofort.

«Wie ist das passiert? Hatten Josh und du einen Autounfall?» Sie schmettert ihm die Worte entgegen, ohne den Versuch zu unternehmen, einfühlsam oder vorsichtig zu sein.

Wenn Basti ehrlich zu sich selbst ist, dann muss er zugeben, dass ihm das gefällt. Er hasst es, wenn Menschen Ewigkeiten um diese Frage kreisen wie leblose Planeten um die Sonne. Überhaupt mag er es nicht, wenn andere Leute versuchen, ihn mit Samthandschuhen anzufassen, und ihn behandeln, als wäre er nicht normal.

Als wärst du behindert!

Da sie ihn ehrlich gefragt hat, beschließt Basti, ihr ehrlich zu antworten.

«Ich erzähle es dir sofort, ich setze mich nur kurz zu dir.» Er stellt seinen Rollstuhl neben die Couch und hievt sich zu ihr hinüber. Eine Situation, in der er sich oft verletzlich und hilflos vorkommt. Zwar kann Basti das mühelos alleine, aber ihm wird dabei immer wieder klar, dass er einfach nicht so ist wie andere Männer in seinem Alter.

Jetzt sitzen sie nebeneinander wie ein gewöhnliches Pärchen, und Basti schenkt sich ein Glas Orangensaft ein. Hauptsächlich deswegen, damit er etwas hat, an dem er sich festhalten kann.

«Wir haben Blödsinn gemacht», beginnt er im Flüsterton. «Es war zwei Jahre nach dem Abi, eine Party im zweiten Stock. Wir waren sehr betrunken und die Stimmung absolut euphorisch. Hätte ich nur eine Sekunde nachgedacht, mir wäre sofort klar gewesen, was für einen vollkommenen Scheiß die anderen sich überlegt hatten. Aber ich habe nicht nachgedacht, wäre nie auf die Idee gekommen, dass *mir* etwas passieren könnte.» Basti trinkt einen Schluck und wischt mit dem Daumen über den Glasrand. Dann beschließt er, es ihr zu sagen.

Sam ist klug und aufmerksam, sie weiß bestimmt, dass ich mich längst geändert habe.

«Der Unfall hat mir gezeigt, dass auch ich nur ein Mensch bin. Davor hab ich mich irgendwie für etwas Besseres gehalten.»

«Etwas Besseres?» Sam beugt sich interessiert vor, und er schlägt die Augen nieder, um ihrem Blick nicht standhalten zu müssen. Basti seufzt, gibt sich einen Ruck und entscheidet sich, sie doch anzusehen. Dann schnaubt er durch die Nase. Ein Schnauben, von dem er nicht sagen kann, ob es Belustigung oder Ärger über sich selbst ist.

«Ich war ein ziemlich eingebildeter Fisch damals. Die Mädchen lagen mir zu Füßen, und ich dachte, ich komme hinauf bis zu den Sternen, wenn ich das nur will. Nach so einem Höhenflug fällt man echt tief und verdammt hart und lernt schmerzhaft, wie das Leben wirklich ist.»

Seine Worte beinhalten mehr Wahrheit, als Sam in diesem Moment erfassen kann. Er ist tatsächlich sehr hart gefallen und musste sich schmerzhaft ins Leben zurückkämpfen. Aber er beschwert sich nie darüber, denn er hat mit diesem Ereignis eine Chance bekommen, neu anzufangen. Im Gegensatz zu Josh. Für ihn ist das der Anfang vom Ende gewesen …

Eine Hand legt sich sanft auf seinen Arm und rutscht hinunter bis zu seiner Hand. Warme Finger schieben sich zwischen seine, und Basti umschließt sie sofort.

«Erzähl mir, was passiert ist.»

«Alle mussten irgendwelche dummen Mutproben machen. Schließlich kamen Josh und ich an die Reihe. Unsere Aufgabe bestand darin, auf dem Balkongeländer bis ans andere Ende zu balancieren. Knapp neun Meter über der Erde. In der Mitte sollten wir irgendwie aneinander vorbei. Ich wollte nicht mitmachen. Nicht weil ich es für gefährlich hielt, sondern weil ich gerade ein Mädchen kennengelernt hatte.»

Eigentlich zwei, aber das braucht sie nicht zu wissen.

Ohne sich etwas von seiner Schwindelei anmerken zu lassen, redet er weiter: «Die anderen waren unnachgiebig, haben gepfiffen und gedrängt. Also habe ich mitgemacht. Doch irgendwie kamen wir nicht aneinander vorbei, sondern haben das Gleichgewicht verloren. Wir haben noch versucht, uns am anderen festzuhalten, aber wir sind beide gefallen, jeweils auf eine Seite …»

Für einen Moment hält er inne und schließt die Augen, sieht alles noch einmal vor sich. Hört das Gelächter und die Rufe der anderen, die jäh in ein einstimmiges Kreischen übergingen und dann vollständig verstummten.

«Josh hatte Pech», erzählt er weiter und ignoriert Sams verwirrten Blick. «Zwar bin ich in die Tiefe gestürzt und habe mir das Rückgrat gebrochen, aber ihn hat es viel schlimmer erwischt. Während ich nur die Fähigkeit zu laufen eingebüßt habe, hat er jegliche Freude am Leben verloren. Noch heute, Jahre später, stellt er sich täglich die Frage, wieso es nicht ihn getroffen hat. Ich muss nur mit dem Rollstuhl klarkommen, aber er wird sich ewig mit Reue quälen. Das ist seine Bestimmung.»

Der Druck auf seiner Hand wird fester, und Sams hellbraune Augen weiten sich vor Erstaunen. «Aber er ist doch nicht schuld!»

«Nein, das ist er nicht. Und dennoch wünscht er sich, dass er an meiner Stelle wäre.»

«Wie ging es danach weiter?»

«Ich war von Oktober bis Dezember im Krankenhaus und anschließend bis April in der Reha. Anfangs dachte ich, ich würde nie wieder etwas allein können. Aber ich hatte Glück im Unglück: Ich hab eine sogenannte tiefe Lähmung am elften Thorax. Das heißt, ab Hüfte aufwärts ist alles vollkommen normal. Ein Wirbel ist zerquetscht worden, unterhalb davon ist alles tot.» Aufmerksam beobachtet Basti Sams Miene. Er weiß, an was die Menschen denken, wenn sie hören, dass bei ihm ab der Hüfte abwärts alles «tot» ist. Dabei war das ein Irrglaube. Er konnte mit Hilfe von Viagra oder ähnlichen Medikamenten durchaus Sex haben. Anders und schwieriger als früher, aber es war möglich. Zumindest hat man ihm das gesagt, ausprobiert hat er es nie. Zum einen, weil ihn Sex auf diese komplizierte Art nicht reizt, und zum anderen, weil dazu der nötige Partner fehlte.

Sam bleibt ungerührt und fragt in ihrer direkten Art einfach weiter: «Und was war mit Josh?»

«Er hat sein Studium weitergemacht. Ich musste meins unterbrechen. Aber seine Leistungen haben nachgelassen ...» Basti schüttelt den Kopf. Er möchte nicht vor Sam über seinen besten Freund reden, schon gar nicht negativ. Deswegen setzt er neu an: «Josh hat mir unglaublich viel geholfen. Auch als ich in diese Wohnung gezogen bin. Er hat sein Privatleben nahezu komplett aufgegeben und war nur noch für mich da.»

Er hat sich selbst aufgegeben!

«Konnte er dir denn helfen?»

«Ja, sehr viel sogar. Anfangs hab ich ja sogar beim Duschen Hilfe gebraucht. Mittlerweile kann ich alles allein.»

«Beim Duschen?» Sams Stimme klingt eine Nuance zu hoch, und sie nimmt ihre Hand von seiner weg. Das ist der Moment, in dem das Gegenüber bemerkt, dass das Ganze weit größere Ausmaße hat, als man zunächst annimmt. Dass ein Mensch im Rollstuhl oft wenig Privatleben hat und man ein ganzes Stück Intimsphäre verliert. Irgendwie scheint das abschreckend zu wirken.

«Ja, beim Duschen», bestätigt Basti langsam. Er darf nicht zu viele Details verraten, um sie nicht völlig zu verschrecken, aber es liegt auch nicht in seiner Absicht, irgendetwas zu beschönigen. «Josh hat mich ausgezogen, mir geholfen, in den anderen Rollstuhl zu kommen, den ich zum Duschen benutze. Meine Eltern wohnen über mir, sie haben mir anfangs auch geholfen.»

«Zur Toilette kannst du aber schon allein?» Sams Stimme ist schrill. Wenn Basti nicht genau wüsste, dass das nur Nervosität ist, hätte er es für Abscheu halten können.

«Ja, das kann ich. Mittlerweile mache ich, wie gesagt, alles allein.» Basti hält seinen Tonfall ruhig, erzählt so, als würde er einem Lehrling erklären, wie man Autoreifen wechselt. Mehr zu sagen, ist auch nicht nötig. Sam muss nicht wissen, dass er sich zum Pinkeln einen Katheter in die Harnröhre schiebt, sondern nur, dass er ihre Hilfe zum Toilettengang niemals benötigen wird.

«Ist dir das nicht peinlich, dich ausziehen zu lassen?»

Wieder lacht Basti leise. «Ach, weißt du, ich bin damals durch so viele fremde Hände gegangen. Wenn mal zig Leute ihre Finger in Öffnungen hatten, in denen du selbst nie warst, dann ist dir irgendwann alles scheißegal.»

«Verstehe.» Sam errötet und nickt, ehe sie fortfährt: «Ich hoffe, ich bin dir mit meinen vielen Fragen nicht zu nahe getreten?»

«Nein, nein», sagt Basti schnell. «Passt schon.»

«Ich glaub, ich sollte langsam mal los», sagt sie, nachdem sie viel zu lange geschwiegen hat. Sein Herz macht einen unbeholfenen Sprung bei diesem Satz, der so vorhersehbar gewesen ist. «In Ordnung. Ich fahre dich nach Hause.»

«Du musst mich nicht fahren. Ich wollte mich später noch mit einer Freundin treffen. Sie wohnt hier in der Nähe, unten beim Laden, und ich kann einfach zu ihr hinlaufen.»

«Bist du sicher?» Basti schaut sie skeptisch an, kann ihrer Mimik aber nicht entnehmen, ob sie die Wahrheit sagt.

«Ja, absolut sicher. Danke dir.»

Er möchte sie nicht noch mehr in Verlegenheit bringen, indem er ihre Aussage anzweifelt, deshalb beschränkt er sich darauf, verständnisvoll zu lächeln. «Okay, dann bringe ich dich zur Tür.»

Während sie einfach und in Sekundenschnelle aufsteht, rutscht Basti ans Ende der Couch und hebt sich wieder in den Rollstuhl. Es ist ihm unangenehm, dass sie warten muss, bis er richtig sitzt und zur Wohnungstür fahren kann.

Schlagartig wird ihm bewusst, dass er den Moment, ihr einen Abschiedskuss zu geben, vergeigt hat. Solange Sam steht, kommt er nicht mehr an sie heran, und sie würde sich kaum zu ihm hinunterbeugen. Basti überspielt seinen Ärger, indem er ihr schwungvoll die Tür aufhält. Dann gibt er sich zum zweiten Mal an diesem Abend einen Ruck: «Josh und ich gehen morgen Abend essen. Wenn du möchtest, kannst du gerne mitkommen.»

«Störe ich euch denn nicht?»

«Nein, natürlich nicht. Ich hole dich um sechs ab.»

«In Ordnung», sagt sie.

Er hält noch immer die Tür fest. Sam zögert kurz und wirft einen Blick zu ihm hinab. Jetzt scheint auch sie die Problematik eines Abschiedskusses erkannt zu haben.

Immerhin, sie denkt an einen Kuss. Dann stimmt das mit ihrer Verabredung vielleicht tatsächlich.

Unsicher hebt sie die Hand und macht eine fahrige Bewegung.

«Bis morgen», ruft sie. Basti schaut ihr nach und schließt dann nachdenklich die Tür.

JOSHUA

Der Spiegel ist nicht sein Feind, aber als Freund betrachtet er ihn auch nicht. Vor allem deswegen, weil Josh nichts und niemanden außer Basti als seinen Freund bezeichnen würde. Josh ist alleine, und das ist auch gut so. Menschen zu nahe an sich heranzulassen, bedeutet Gefahr; die Gefahr, zurückgewiesen und verletzt zu werden. Wenn man für sich bleibt, ist das Risiko überschaubar.

Emotional tot bedeutet maximale Sicherheit.

Wieder einmal wünscht sich Josh, genau das zu sein. Emotional tot. Doch da sind zu viele Gefühle in ihm, vor allem die, die er nicht möchte: Wut, Trauer, Einsamkeit und Schuldgefühle.

Sein Blick fällt auf das Lederarmband mit Nieten, das er am linken Handgelenk trägt, und wandert weiter seine nackte Brust entlang. Eine trainierte Brust, schließlich hat er jahrelang mit Basti um die Wette geeifert. Und verloren. Während Basti stolz einen Sixpack vorzeigen kann, gehört er selbst zu jenen Männern, bei denen die Bauchmuskeln so tief verborgen liegen, dass sie auch bei gezieltem Training niemals gänzlich zum Vorschein kommen.

Im Grunde weiß Josh, dass er gut aussieht. Aber gegen Basti verblasst er. Verblassen ist das perfekte Wort dafür, denn alles an ihm ist blass. Bei Basti reichen drei Sonnenstrahlen, und er hat einen gesunden Teint. Josh legt sich zwei Wochen in die Sonne und ist immer noch käsig. Auch seine Augen haben keine schöne Farbe. Sie sind hellblau und verwaschen, fast schon grau. Die Haare sind weder blond noch braun, sondern irgendwas dazwischen. Straßenköterblond, hatte sein Vater immer gesagt. Josh verspürt einen schmerzhaften Stich in der Magengrube, als ihm einfällt, was sein Vater früher sonst noch so zu ihm gesagt hat. Zum Beispiel damals, als er es gewagt hatte zu fragen, ob er ein Mountainbike bekäme.

Was willst du mit einem Fahrrad? Du machst es ja doch nur kaputt.

Auch als es darum ging, ob er seine Mitschüler zum Geburtstag einladen durfte, hat Elias ihm ein für alle Mal zu verstehen gegeben, dass es niemals eine Party in seinem Haus geben würde.

Zu dir kommt doch eh keiner.

Elias' destruktive, zynische Art hat mehr als nur eine Narbe auf Joshs Seele hinterlassen. Nie hatte Elias ein freundliches oder aufbauendes Wort für ihn übrig. Stets war er genervt von seinem Sohn, weil er sich nur mit seiner eigenen Trauer beschäftigte, und schlug dann in seinem Schmerz verbal um sich. Heute ist Josh klar, dass das ablehnende Verhalten seines Vaters ein Grund dafür ist, warum er so an seiner verstorbenen Mutter hängt.

Bevor er sich dazu entschließen kann, die Verabredung abzusagen, reißt er sich vom Spiegel los. Das Essengehen an sich ist kein Problem für ihn, nur dass Sam auch mitkommen will, gefällt ihm gar nicht.

Schnell zieht er sich seinen Pullover über, nickt den Porträts seiner Mutter freundlich zu und verlässt das Haus, um zu Bastis Wohnung zu laufen. Kaum ist er zur Haustür hinaus, sieht er Basti und Sam.

Stumm folgt Josh den beiden zu Bastis Wagen. Er steigt hinten ein, damit Sam auf dem Beifahrersitz Platz nehmen kann. Josh beteiligt sich nicht am Gespräch, und auf dem Weg vom Parkplatz zum Restaurant hält er genug Abstand, um zu vermeiden, dass ihn die beiden ansprechen, aber trotzdem so wenig, dass es nicht auffällt.

Basti öffnet Sam die Tür. Missmutig schlurft Josh hinterher

und blickt sich suchend um. Nirgends scheint ein Tisch frei zu sein, und schon gar kein geeigneter. Ein geeigneter Tisch ist es nur dann, wenn sich ausreichend Platz findet, um mit dem Rollstuhl durchzukommen, ohne jemanden anzurempeln oder zu stören. Basti ist schon dabei, den Rollstuhl wieder Richtung Ausgang zu wenden, aber er wartet trotzdem geduldig auf den Kellner, vermutlich um nachzufragen, ob es doch eine Möglichkeit gibt, hier zu essen.

Im Geiste sieht Josh schon ein paar übereifrige Bedienungen, die Stühle zur Seite rücken, um Freiraum zu schaffen. Er will das nicht. Josh möchte weder Blicke noch Aufmerksamkeit auf sich ziehen, und er will auch nicht, dass für seinen einzigen Freund alles so umständlich ist.

Lass uns verschwinden. Warum gehen wir nicht einfach in unser Stammlokal?

Gerade als er den Vorschlag laut aussprechen will, kommt ein Kellner zu ihnen. Noch bevor dieser den Mund aufmachen kann, sieht Josh an seinem Blick, dass er Basti zum Teufel wünscht. Es ist nicht das erste Mal, dass ihm das auffällt. In gehobenen Kreisen scheinen Menschen mit Behinderungen nicht erwünscht zu sein. Schließlich wollen die edlen Gäste in Ruhe speisen und nicht mit dem Elend der Welt konfrontiert werden.

«Guten Abend», sagt der junge Mann im Frack. «Es tut mir sehr leid, aber wir haben keine freien Tische mehr.»

«Weil wir einen Rollstuhl dabeihaben?» Josh schaut sich um, in der festen Überzeugung, doch einen freien Platz zu finden.

«Nein, weil wir voll sind!», erklärt der Kellner.

«Kein Problem», erwidert Basti. «Dann gehen wir wieder. Vielen Dank.»

«Ich habe zu danken. Schönen Abend noch.» Der Kellner lächelt noch mal freundlich und wendet sich dann zum Gehen.

Eine Wut, früher einmal heiß wie ein Feuer, mittlerweile aber nur noch wie ein kleines Stück glimmende Kohle, steigt aus seinem Innersten empor. In Momenten wie diesem, wenn jemand ihr Raum gibt, lodert sie kurz und unkontrolliert auf. Automatisch sendet sein Gehirn einen Impuls zu den Händen, die sich zu Fäusten ballen.

«Josh, bitte.» Bastis Stimme ist eindringlich. «Wir gehen. Josh …»

«Ich komme gleich nach. Ich muss kurz zu dem Kellner.»

«Was willst du denn von ihm?»

«Ihn fragen, ob er etwas braucht. Ein Bier, eine Dose Kekse oder ein paar Manieren.»

Josh versucht, Bastis Finger von seinem Arm zu lösen, aber sie bohren sich tief in sein Fleisch. Vermutlich hätte er sich trotzdem losgemacht, und vermutlich hätte der unverschämte Typ im Frack auch eins auf die Zwölf bekommen, wenn sich nicht just in dieser Sekunde zwei Hände an Joshs Hüfte gelegt hätten. Sam tritt ganz dicht hinter ihn, er hört sie einatmen, bevor sie ihm ins Ohr flüstert: «Scheiß drauf. Die Welt ist voll von Ignoranten. Davon lassen wir uns nicht den Abend verderben.» Sanft schiebt sie ihn vor sich her, hinaus ins Freie. Basti folgt ihnen, und Josh kann an nichts anderes denken als an die Wut in ihm und diese zarte Berührung von diesem fremden Mädchen.

Wann hat dich das letzte Mal jemand Fremdes *so liebevoll angefasst?*

Hatte ihn überhaupt jemals irgendwer liebevoll berührt?
Mama. Früher …

Später auch Lisa. Aber nicht lange und nicht allzu oft. Zu groß war Joshs Angst, diese Nähe zuzulassen. Wie gerne hätte er es geschafft, wenigstens für Lisa mal über seinen Schatten zu springen, ihr etwas Nettes zu sagen, seine Gefühle zu offenbaren oder einfach mit ihr zusammen das Leben zu genießen. Leider ist ihm das nie gelungen, und es kam, wie es kommen musste: Seine Freundin hat ihn bald als Langweiler eingestuft und ihn verlassen. Irgendwann hat auch Josh eingesehen, dass das Mädchen ohne ihn einfach besser dran war.

Joshs Vater jedenfalls hatte ihn nie liebevoll berührt ...

Die Hände werden wieder weggenommen, und dort, wo sich eben noch Wärme befand, ist nun einfach Leere. Plötzlich fühlt er sich noch mehr allein als sonst.

Im Stich gelassen.

«Wohin sollen wir denn gehen?», fragt Sam, aber Josh reagiert nicht. Zu sehr lenkt ihn ein Gefühl ab, das er überhaupt nicht leiden kann.

Zuneigung ...

Er empfindet Sympathie für einen anderen Menschen ...

Verwirrt und angewidert über sich selbst, lässt er die beiden anderen stehen und beginnt, wortlos zu rennen.

Er muss dringend nach Hause. Nur dort fühlt er sich sicher. Nur dort sind die Bilder von Birgit, die er braucht, um mit ihr reden zu können. Nur in ihrer Nähe hat er die Chance, seine widersprüchlichen Gefühle zu ordnen.

SAMANTHA

Mein Kaffee ist noch zu heiß, als dass ich ihn trinken könnte, deswegen rühre ich mit dem Löffel in der Tasse herum. Auch wenn das Getränk davon mit Sicherheit nicht viel schneller kalt wird, so hilft es mir zumindest, die typischen Schreie meiner kleinen Schwester auszublenden, denn die stören mich beim Nachdenken.

Zwar hat Basti zu mir gesagt, dass ich mir keine Gedanken darüber machen soll, dass Josh einfach abgehauen ist. Dass es nicht an mir liegt, sondern dass Josh seine ganz eigenen Dämonen hat, mit denen er immer wieder aufs Neue einen Kampf ausführt. Aber ich denke natürlich trotzdem nach. Basti ist am Abend danach extra bei mir vorbeigekommen.

«Wir müssen reden», sagte er, als er unangemeldet vor meiner Wohnung stand. «Lass uns ein Stück spazieren gehen.»

Du hast Basti total unterschätzt!

Wir sind fast einen Kilometer zusammen gegangen, und es ist durchaus möglich, mit ihm dabei Händchen zu halten. Mir ist es ein Rätsel, wie er es geschafft hat, den Rollstuhl mit nur einer Hand auf der Allee neben dem Fluss schnurgerade vorwärts zu bekommen.

«Es ist schon ganz schön kräftezehrend. Stundenlang können wir das nicht machen!», gestand er mir am Ende des Abends. Vermutlich beeindruckt mich das am meisten, denn ich habe nicht mitbekommen, dass er sich überhaupt anstrengen musste …

Ein lautes Scheppern zwingt mich, im Hier und Jetzt anzukommen. Meine Mutter ist schon losgerannt, um einen Besen zu holen und den Zucker wieder aufzukehren, den Melanie mitsamt der Dose auf den Boden geworfen hat.

«Soll ich dir helfen?», frage ich sie, und wieder einmal fällt mir auf, dass sie alt geworden ist. Ihre Haare sind mittlerweile aschgrau, und tiefe Furchen haben sich in ihre Stirn gegraben.

«Mach dir keine Mühe», antwortet sie hastig. «Es geht schon.»

Meine Mutter ist es gewohnt, alles selbst zu machen. Wieder überkommt mich dieses schlechte Gewissen, weil ich einfach ausgezogen bin und sie mit meiner Schwester allein gelassen habe. Seufzend erhebe ich mich vom Küchenstuhl und gehe zur Couch. Ich ignoriere die Kaffeeflecken darauf und setze mich neben Melanie. Sofort wird es nass an meinem Hintern. Mit den Fingern taste ich nach der feuchten Stelle an meiner Jeans.

Volltreffer. Direkt in den Sahneklecks!

Solche Dinge sind Alltag, wenn ich in meinem Elternhaus bin. Meine Mutter ist überfordert genug. Deswegen sage ich auch nichts, als ich das Stück Brot entdecke, das hinter der Couch vor sich hinschimmelt, sondern hebe es wortlos auf und werfe es in den Mülleimer in der Küche. Die Wand, die von oben bis unten mit Farbe bekleckert ist, hat mich zu Teenagerzeiten oft aggressiv gemacht. Es war mir peinlich, meine Freunde einzuladen, denn ich wollte nicht, dass sie die Zustände sehen, in denen wir hausen. Mittlerweile sind die Farbflecken deutlich mehr geworden, denn Melanie malt oft. Außerdem sind noch schwarze Abdrücke von schmutzigen Fingern hinzugekommen, und mir ist klar, dass diese Wand vergeblich auf einen Anstrich warten wird. Ich selbst traue mir so etwas nicht allein zu, und sonst fällt mir auch niemand ein, der das machen könnte.

Du solltest dir einen handwerklich begabten Freund suchen, der euch bei so was helfen kann.

Handwerklich begabt. Entrüstet schnaube ich durch die Nase und begebe mich wieder zurück zu Melanie auf die Couch. Während meine Mutter in der Küche herumklappert, ist meine

Schwester damit beschäftigt, die Knete aus ihrer Spielekiste zu essen.

«Mel», sage ich warnend und liebevoll zugleich. «Nicht in den Mund!» Vorsichtig nehme ich ihr die Knete aus den Fingern, und sie quittiert es mit lautem Schreien. Sprechen hat meine Schwester aufgrund des frühkindlichen Autismus nie gelernt, und mit den Jahren blieb die Hoffnung auf der Strecke, dass sie es irgendwann noch tun würde.

«Nicht essen!», wiederhole ich streng. Schnell stelle ich die Kiste aus ihrer Reichweite. Melanie fängt an zu weinen und schlägt sich wütend selbst mit der Faust gegen den Kopf. Es ist ihre Art, ihrem Unmut Luft zu machen. Leise beginne ich zu summen und nehme mir eins von ihren elektronischen Büchern. Immer wieder drücke ich denselben Knopf, um ein dauerhaftes Geräusch zu erzeugen. Töne sind die einzige Möglichkeit, in ihre Welt einzudringen und mit ihr in Kontakt zu treten.

Ob ich das bei Josh auch irgendwann schaffe?

Ich unterdrücke ein Grinsen, als ich mir ausmale, wie ich versuche, mit Hilfe eines Spielzeuges mit Josh zu kommunizieren.

«Sam?», ruft meine Mutter. «Bleibst du zum Abendessen?»

«Ja, gerne!» Am liebsten hätte ich verneint. Die Essensreste werden nachher in meinen Haaren kleben, und mich wird sicher wieder eine Migräne einholen. Melanie hat aufgehört zu schreien, dafür quietscht sie jetzt mit dem elektronischen Buch um die Wette.

Zeitgleich vibriert mein Handy, und das rote Blinken zeigt eine WhatsApp-Nachricht an. Sofort schlägt mein Herz ein paar Takte schneller, wie immer, wenn Basti mir schreibt. Ich lese den Text, der nur aus drei Worten besteht.

Was machst du?

Bin bei meiner Familie. Mama und Schwester besuchen. Und du?

Seine Antwort kommt binnen einer Minute:

Bin zu Hause. Ich vermisse dich.

Basti hat mir ein Foto mitgeschickt. Neugierig klicke ich darauf, um es zu vergrößern. Es ist ein Selfie von ihm. Er hat sein Kinn in die Hand gestützt und blickt sehnsüchtig in die Kamera. Sofort fällt mir auf, dass er ein Hemd trägt. Wenn ich etwas an Männern überhaupt nicht leiden kann, dann sind es weiße Feinrippunterhemden und Hemden. Und doch verliebe ich mich sofort in dieses Foto, einfach weil es so authentisch ist. Ich kann gar nicht aufhören, es anzuschauen, und schiebe die Hand meiner Schwester weg, die plötzlich versucht, mir mein Handy abzunehmen.

«Alles in Ordnung bei euch?» Mutter steckt den Kopf ins Wohnzimmer. Ihre Schürze ist vergilbt und beginnt am Saum bereits auszufransen. Im Geiste notiere ich mir, ihr zum Geburtstag eine neue zu schenken. Es ist einer dieser Augenblicke, in denen ich mir wünsche, über endlos viel Geld zu verfügen. Dann könnte ich meine Mutter neu ausstaffieren, einen Maler engagieren und eine Pflegekraft für Melanie suchen ...

«Ja, alles okay.» Ich nicke meiner Mutter zu, und sie verschwindet wieder in der Küche. Mit den Händen streiche ich mir die Haare aus dem Gesicht.

Soll ich ihm ein Foto zurückschicken? Wie groß ist die Gefahr, dass Basti erkennt, was mit Mel nicht stimmt?

Die Angst vor Ablehnung und Ausgrenzung ist immer da.

Auch wenn sie übertrieben und unbegründet ist. Möglicherweise ist es auch albern, Sorge zu haben, dass ein Querschnittsgelähmter einen Autisten verachten könnte. Diese Erkenntnis hilft mir bei der Entscheidung.

«Komm her, Mel. Foto machen.» Beherzt nehme ich sie in den Arm und ziehe sie zu mir heran. Wieder beginne ich zu summen, um wenigstens den Hauch einer Chance zu haben, dass sie für ein paar Sekunden sitzen bleibt.

Dann lege ich meine Wange auf ihren Kopf und drücke auf den Auslöser. Bevor ich es mir anders überlegen kann, schicke ich das Bild an Basti.

Meine Schwester und ich.

Kurz überlege ich mir, mein Handy auszuschalten, weil ich plötzlich Panik vor seiner Reaktion bekomme. Aber die Antwort kommt zu schnell.

Sehr schönes Bild. Deine Schwester scheint in ihrer eigenen Welt zu leben. Sie ist dir mit dem Körper zugewandt, aber sie schaut in die Ferne und zeigt damit, dass sie eigentlich wo ganz anders ist.

Meine Aufregung legt sich so schnell, wie sie gekommen ist. Dass er die Situation gleich durchschaut hat, verbuche ich eindeutig als Pluspunkt für ihn. Außerdem rührt mich seine Nachricht auch deshalb, weil er mit einer Selbstverständlichkeit hinnimmt, dass es ist, wie es ist.

Meine Finger zittern leicht, als sie über das Display gleiten.

Danke. Ich vermisse dich auch. Wann sehen wir uns?

Melanie hat die Nase voll davon, dass ich zwar neben ihr sitze, mich aber nicht mit ihr beschäftige. Sie rutscht von der Couch und lässt sich auf den Boden fallen. Beide Hände fest auf die Ohren gepresst, schaukelt sie rastlos hin und her. Dann beginnt sie wieder, sich mit der Faust gegen die Schläfe zu schlagen. Schnell setze ich mich zu ihr, aber diesmal kann ich sie nicht mehr erreichen. Mein Handy scheint zu einer Reizüberflutung geführt zu haben. Wenn ich es jetzt nicht schaffe, sie aus ihrem «Overload» zu holen, wird es vielleicht in einen «Meltdown» umschlagen, in dem Melanie sich ernsthaft selbst verletzen wird.

«Mama, komm schnell!», rufe ich. Ich hasse es, mit einer Situation überfordert zu sein. Binnen eines Atemzuges ist meine Mutter da, fängt leise an zu singen und zieht Melanie vom Boden hoch. Sie hebt sie auf, als wäre sie ein Kleinkind und nicht eine erwachsene Frau mit über sechzig Kilogramm. Meine Augen füllen sich mit Tränen, und der Wunsch, meine Mutter aus dieser Situation zu befreien, wird übermächtig. Gerade als die Verzweiflung mich zu übermannen droht, ist es Basti, der mich rettet. Seine Nachricht lässt mich alles um mich herum vergessen.

Josh und ich sind am Freitag auf eine Geburtstagsparty eingeladen. Wenn du magst, kannst du gerne mitkommen.

Ich sende einen jubelnden Smiley als Antwort und fühle mich mit einem Mal wieder stark genug, den ganz normalen Wahnsinn mit meiner Schwester zu ertragen.

SEBASTIAN

Mit gemischten Gefühlen legt er sein Handy zur Seite und widmet sich wieder dem Reiseführer. Am liebsten hätte er Sam noch mal eine Nachricht geschrieben, um zu erfahren, was sie gerade macht, aber er will sie nicht nerven. Die Frage hat er ihr erst gestern gestellt, und obwohl sie ihm immer sofort antwortet, weiß er nicht, ob sie das nicht doch aufdringlich findet. Basti legt die Finger an die Schläfen und versucht, seinen Kopf freizubekommen, um sich auf seinen bevorstehenden Urlaub zu konzentrieren. Es gelingt ihm nicht. Vollkommen egal, was er macht oder wo er sich gerade befindet, Sam ist immer da. Sie ist längst ein fester Bestandteil seiner Gedanken, und manchmal ertappt er sich dabei, dass er sich vorstellt, sie wäre bei ihm.

Reiß dich zusammen, Sebastian!

Er versucht wieder, sich auf die Broschüre vor sich zu konzentrieren, beschließt dann aber, Sam wenigstens noch eine gute Nacht zu wünschen. Rein aus Neugier zählt er die ausgetauschten Nachrichten des heutigen Tages durch und kommt auf zweihunderteinundneunzig. Das normale Tagespensum, seit sie sich das zweite Mal in der Gerbermühle getroffen haben. Irgendwie scheint ihnen der Gesprächsstoff niemals auszugehen, und Basti hofft inständig, dass dies immer so bleiben wird.

Wenn sie dich überhaupt will. So wie du bist ...

Jetzt ist er dort angelangt, wo er eigentlich nicht hinwill: bei seiner eigenen Unsicherheit, die er nach außen hin perfekt überspielen kann, die aber dennoch immer da ist wie ein dunkler Schatten, der ihn still verfolgt. Auswärts ist er stets gut gelaunt, der Mittelpunkt, um den sich die Leute scharen und von dessen Energie alle profitieren. Aber wenn er allein zu Hause ist, dann schleichen sich die Sorgen und Zweifel in seinen Kopf. Früher war er zwar auch schon ein nachdenklicher Mensch gewesen, aber nicht in dem Ausmaß. Meist entschied er aus dem Bauch heraus, und war eine Entscheidung einmal gefällt, so wurde daran möglichst nicht mehr gerüttelt. Seit seinem Unfall ist das anders geworden. Noch viel häufiger als früher hinterfragt er alle Dinge und schmeißt oft alles wieder um, obwohl er sich vorher sehr sicher war. Meistens tut er das, um sich vor einer Enttäuschung zu schützen. Seine Mutter sagt, er sei ein Sensibelchen geworden, und Basti muss zugeben, dass sie recht hat.

Josh kennt ihn gut genug, um das zu wissen. Manchmal weiß er besser, was in Basti vorgeht, als Basti selbst.

Mitten in seine Gedanken hinein öffnet sich die Wohnungstür, und er ist davon überzeugt, dass seine Eltern nur Luka, seinen Kater, zu ihm hineinlassen wollen, aber stattdessen steht Patricia im Flur. Es ist nichts Ungewöhnliches, dass sie den Notfallschlüssel benutzt, den er draußen deponiert hat. Das tut sie schon seit Jahren, hauptsächlich deswegen, um ihn nicht zur Tür jagen zu müssen.

«He du», grüßt sie ihn. Achtlos wirft sie ihre Jacke über einen Stuhl. «Komme ich ungelegen?»

«Ich bin gerade dabei, eine Tour für unseren Urlaub zu planen. Aber ich mache lieber morgen weiter. Bin total unkonzentriert heute.»

«Lass mich mal kurz sehen. Wir finden bestimmt gemeinsam eine Route, bei der du mitkannst.» Euphorisch nimmt sie ihm den Reiseführer aus der Hand und wirft einen Blick hinein. Patricia erledigt Dinge gerne schnell und unkompliziert, um sie anschließend für immer abzuhaken.

Natürlich weiß sie, um was es geht. Sie wollen an drei Tagen gemeinsam zu Fuß und mit Rucksack eine Wanderung durch Andalusien machen. Ein schwacher Abklatsch seines großen

Traumes, den er für immer an den Nagel hängen musste. Und zusätzlich muss er mit der Sorge klarkommen, sich als hinderlich zu erweisen. Zwar sind die anderen drei alle gute und langjährige Freunde von ihm, und Basti weiß, dass er sich auf sie verlassen kann, aber sein Stolz lässt nicht zu, dass er irgendjemandem zur Last fallen könnte.

«Du, ich kann das doch selbst. Nur nicht mehr heute.»

«Ich mach das gerne. Du kennst mich doch.»

Patricia steht auf und geht an Bastis Schreibtisch in der Ecke. Sie wühlt kurz in der Schublade, bis sie findet, was sie sucht. Mit rotem Filzstift beginnt sie, auf der Landkarte herumzumalen.

Warum hab ich sie eigentlich damals so sehr verletzt?

Eine Frage, die ihm bis heute Kopfschmerzen bereitet. Gerne hätte er das alles rückgängig gemacht, aber es war nicht möglich. Er konnte sich entschuldigen, so oft er wollte, und versuchen, ihr alles zu erklären, aber es würde ihren Schmerz nicht kleiner machen. Sie hatte ihm schon vor langer Zeit verziehen, aber das Vertrauen war gehörig ins Wanken gekommen.

Trust is important. But once a promise is broken, «sorry» means nothing.

Es ist wie bei einem Teller, den man aus Wut auf den Boden geworfen hat. Natürlich kann man ihn aufheben und wieder kitten. Vermutlich wird er hinterher auch weiterhin seine Funktion erfüllen, aber die Risse werden ewig sichtbar bleiben, und bei der kleinsten Erschütterung wird er wieder an denselben Stellen brechen.

Seufzend beobachtet er Patricias konzentriertes Gesicht. Die Sommersprossen, die er einst so geliebt hat, gefallen ihm noch heute. Sie ist ihm noch immer unwahrscheinlich wichtig, aber die Chance auf eine Beziehung haben sie sich längst verspielt.

«Wie wär's damit?» Triumphierend hält sie ihm die Landkarte unter die Nase. Ohne dass sie darüber gesprochen haben, hat sie sofort die Stelle der Strecke erkannt, die ihm Sorgen bereitet, und sie geschickt umgangen.

«Nicht schlecht», bemerkt er anerkennend. «Ja, das dürfte funktionieren.»

Sein Handy piepst und kündigt eine Nachricht an. Das Grinsen in seinem Gesicht verrät Patricia sofort, wer ihm geschrieben hat.

«Sam?»

«Ja. Sie hat nur *Gute Nacht* gesagt.»

«Und das freut dich so?» Ihre Stimme klingt unsicher, und sie wartet die Antwort auf die Frage nicht ab. «Kommt sie mit zu meinem Geburtstag?»

«Ja.» Basti greift nach Patricias Handgelenk und zieht sie zu sich heran. «Und das stört dich wirklich nicht?»

«Nein, wieso sollte es? Ich hab doch keinen Grund.» Sie zieht die Brauen hoch und sieht ihn fast herausfordernd an. Ihre Augen verdunkeln sich und verraten ihre wahren Gefühle: die Liebe, die sie insgeheim noch immer für ihn empfindet, und die Wunde, die sich zu tief in ihre Seele eingebrannt hat, um sie jemals gänzlich zu überwinden.

SAMANTHA

Zwei Dinge sind mir klargeworden, seit ich hier sitze und in die Flammen schaue. Erstens: Ich mag Basti. Sehr sogar. Und zweitens: Ich bekomme langsam eine ganz klare Vorstellung, was ich von seinem besten Freund halten soll. Er ist immer mürrisch und sprüht vor Zynismus, aber trotzdem gibt es etwas an ihm, was ich schätze: die Tatsache, dass er Basti bedingungslos mag und auf eine sehr ehrliche und aufrichtige Weise an seinem Leben Anteil nimmt. Mir wird klar, warum Josh sich so verhält: nicht weil er Basti keine Partnerin gönnt, sondern aus echter Sorge, sein Freund könnte verletzt werden. So was gibt es heutzutage selten.

Außerdem tut er mir leid, denn ich spüre tief in mir, dass Josh in Not ist. Nicht in Lebensgefahr im klassischen Sinne, aber in seelischer Not, die so groß ist, dass sie lebensbedrohlich werden könnte. Allerdings finde ich keinen richtigen Zugang zu ihm, und ganz egal was ich mache, es ist immer genau verkehrt. Irgendwie muss ich es schaffen, an ihn heranzukommen, denn ich befürchte, dass es mit mir und Basti nur dann etwas werden kann, wenn Josh das Ganze befürwortet. Die beiden scheinen mit einem unsichtbaren Band verbunden zu sein. Da wo der eine ist, ist auch der andere nie weit. Auch jetzt sitzen sie dicht beieinander, Schulter an Schulter, sodass nicht mal eine Tafel Schokolade dazwischengepasst hätte.

Eigentlich sollte an Bastis Seite mein Platz sein ...

Ich verdränge den Gedanken. Schließlich muss ich froh sein, dass er mich überhaupt mitgenommen hat, zu der Party eines Mädchens, das heute seinen siebenundzwanzigsten Geburtstag feiert. Patricia heißt sie. Wir sind auf dem Gartengrundstück von Patricias Eltern, auf dem es neben Weinreben nichts gibt außer einer kleinen Hütte und einer Grillstelle, auf der wir vor ein paar Stunden unsere Würstchen gebraten haben.

Die Stimmung ist gut, leises Lachen umgibt uns, und die Funken des Lagerfeuers tanzen fröhlich durch die Nacht. Bastis Freunde Dennis, Rouven, Florian und ein paar andere, deren Namen ich mir nicht merken konnte, sitzen mit uns im Kreis, rauchen und trinken Alkohol.

Mein Blick fällt auf Josh. Er hat die Ellbogen auf die Knie gelegt und starrt in seinen Becher, in dem sich eine Mischung aus Wodka und Cola befindet. Sofort scheint er zu spüren, dass ich ihn beobachte, denn er versteift sich und beißt die Zähne aufeinander. Ich lasse meine Augen zu Basti huschen, und während ich mir überlege, wie ich mich unauffällig wieder neben ihn setzen könnte, kommt Patricia und tritt in die Mitte unseres Sitzkreises.

«Was haltet ihr von etwas Musik?», ruft sie und hält eine Gitarre in die Höhe. Dennis klatscht in die Hände, und ein zustimmendes Gemurmel ertönt. Patricia setzt sich auf die Wiese, knapp einen Meter vor Basti, pustet sich eine dunkle Haarsträhne aus dem Gesicht und beginnt, ein melancholisches Lied zu spielen, das ich nicht kenne. Ich habe von Musik überhaupt keine Ahnung, aber ich höre am ersten Ton, dass sie singen kann. Die Leute um sie herum verstummen, und plötzlich wird mir klar, dass es ihr eigener, ganz persönlicher Song ist. Selbst geschrieben und komponiert, und zwar nicht für irgendwen, sondern für Basti. Ihre Augen suchen immer wieder die seinen, ihr Blick haftet an ihm, und sie singt ihm sämtliche Gefühle entgegen, die sie offenbar für ihn empfindet.

Obwohl der Text deutsch ist, fällt es mir schwer, ihn zu verstehen, weil ich vollkommen unkonzentriert bin.

«Ich will nur einen Augenblick, und der soll ewig sein. Ich will nur einen Kuss von dir im schönsten Sonnenschein – und ich will immer voller Harmonie ausgeglichen sein, denn ich bin jetzt und hier, ganz egal wo ... für immer dein ...»

Ich unterdrücke den Impuls, ihr die Gitarre aus der Hand zu reißen und sie mit den Saiten am nächsten Baum aufzuhängen. Patricia weiß doch, dass *ich* mit ihm hier bin.

Möglicherweise macht sie es genau deswegen!

Patricia lässt das Lied ausklingen, erhebt sich und streckt Basti die Gitarre entgegen. «Jetzt du!», fordert sie ihn auf. Er zögert eine Sekunde, dann zieht er die Jacke aus, hängt sie an die Lehne und stemmt sich aus dem Rollstuhl. Das stupsnasige Mädchen mit den Sommersprossen zieht die Gitarre wieder zurück an den Körper und wartet geduldig, bis er sich auf die Decke in der Wiese gesetzt hat. Dann erst reicht sie ihm die Gitarre erneut.

Die machen das nicht zum ersten Mal!

Basti streicht kurz mit den Fingern über die Saiten, dann stimmt auch er ein Lied an, das ich nie zuvor gehört habe. Er singt etwas leiser als sie, aber noch besser. Seine Stimme hat Kraft und Volumen und ist gleichzeitig warm und gefühlvoll. Unwillkürlich bekomme ich eine Gänsehaut, und die Härchen an meinem Nacken und an meinen Armen richten sich auf. Bastis Song ist auf Englisch, aber bei ihm kann ich den Text auf Anhieb verstehen.

«I enjoyed these wonderful days ... forever together ... you and me.»

Ich hoffe, er singt das nicht für SIE!

In dieser Sekunde schaut er zu mir auf. Im Schein des Feuers wirken seine Augen noch grüner, noch intensiver – und die Funken, die zum Himmel fliegen, geben dem Ganzen eine fast magische Atmosphäre. Mein Herz setzt zwei Schläge aus, und ich erstarre – gefangen in diesem wundervollen Augenblick, der viel zu schnell endet. Basti lässt die letzten Töne nicht ausklingen, sondern legt die Hand flach auf die Saiten, um sie zum Verstummen zu bringen. Dann gibt er Patricia die Gitarre zurück. Während alle klatschen und johlen, hievt er sich zurück in den Rollstuhl und bemerkt dann, dass seine Jacke auf den Boden gefallen ist. Ich weiß nicht, ob er allein drangekommen wäre, und es ist mir auch vollkommen gleichgültig. Es ist bestimmt falsch, aber ich kann nicht anders. Schnell springe ich auf, um sie aufzuheben, und bevor er sie mir aus der Hand nehmen kann, lege ich sie ihm auf den Schoß. Dabei kommt mein Gesicht dem seinen ganz nahe ...

«Danke, Sam», flüstert Basti mir zu.

Der Klang meines Namens aus seinem Mund macht etwas mit mir. Die Gänsehaut ist wieder da, und mein Magen krampft sich zusammen. Aber nicht schmerzhaft, wie ich das kenne, sondern angenehm, fast wohlig. Es ist eine Reaktion, die nicht von meinem Gehirn, sondern von meinem Herzen kommt. Verstohlen werfe ich einen Blick zu Patricia, die uns mit verschränkten Armen und skeptischem Gesicht beobachtet. Dann drehe ich mich langsam zu Basti, berühre mit meiner Nasenspitze seine Stirn, gebe ihm einen Kuss auf die Wange und bewege mein Gesicht dann weiter nach unten. Zeitgleich legt sich eine warme Hand in meinen Nacken und zieht mich an sich. Irgendwann finden sich unsere Lippen, erst vorsichtig und sanft und dann immer heftiger. Seine Zunge versucht geschickt, meine Lippen zu öffnen, und ich kann nicht anders, als seinem Drängen nachzugeben. Längst bin ich erfüllt von Bastis Geruch. Die Menschen und die Dinge um mich herum sind zu einem unwichtigen Einheitsbrei verschmolzen. Meine eisigen Finger haben den Bund seines Pullovers gefunden, und ich schiebe sie darunter. Basti trägt weder Unterhemd noch Shirt, sodass ich sofort seine warme Haut fühle. Fast schon beeindruckt, lasse ich meine Fingerspitzen über seine Bauchmuskeln nach oben zur Brust gleiten, während wir keine Sekunde aufhören, uns zu küssen. Ich setze mich auf Bastis Schoß, und auch als ich meine zweite Hand unter seinen Pullover schiebe und meine Erkundungstour fortsetze, lässt er sich das gefallen. Wenn wir nicht inmitten einer Party gewesen wären, hätte ich ihn an Ort und Stelle ausgezogen …

Und dann?

Noch bevor ich meine Gedanken zu Ende führen kann, erschreckt mich ein dumpfer Knall. Ich zucke zusammen und sehe aus den Augenwinkeln eine blaue Stichflamme zum Himmel lodern.

«Was war das?», frage ich in die Runde.

«Euer bescheuerter Freund hat etwas ins Feuer geworfen», schimpft Florian. «Vermutlich ein Feuerzeug.»

«Josh», ruft Basti, als wäre ihm plötzlich siedend heiß eingefallen, dass es ihn auch noch gibt. Er schiebt mich von sich hinunter und blickt sich suchend um. Meine Augen folgen seinen, und wir sehen Josh zeitgleich ganz am Ende des Grundstücks in der Dunkelheit verschwinden.

«Verdammter Mist!», rutscht es mir heraus. Josh ist den ganzen Abend schweigsam gewesen, aber dass das kein Grund zur Sorge ist, habe ich mittlerweile verstanden. Zugegeben, er hat viel getrunken, aber ich kenne ihn nicht gut genug, um zu wissen, ob er das immer macht. Dass unser Kuss ihn jetzt so stören könnte, dass er das Weite sucht, habe ich nicht bedacht.

«Ich muss ihm hinterher.» Basti setzt sich bereits in Bewegung, obwohl er mit Sicherheit genauso gut wie ich weiß, dass er ihn mit dem Rollstuhl quer über die Wiese niemals einholen kann.

Von den anderen Menschen um uns herum scheint es niemanden zu interessieren, ob Josh sich noch in unserer Mitte oder irgendwo auf dem Saturn befindet.

Keiner mag ihn. Er wird nur geduldet.
«Bleib du da», sage ich zu Basti. «Ich hole ihn zurück.»
Ohne ein weiteres Wort renne ich los, quer durch die Wiese. Bereits nach wenigen Metern sind meine Turnschuhe durchnässt vom feuchten Gras. Ich spüre, wie Kälte und Nässe meine Glieder hinaufkriecht, aber ich renne unbeirrt weiter in die Nacht.

JOSHUA

Rennen hilft ihm immer. Rennen macht den Kopf frei und ordnet die Gefühle. Aber jetzt geht Josh langsam, fast schon schlurfend. Er ist zu betrunken, um noch rennen zu können.

Eigentlich war es ein angenehmer Abend. Die anderen haben ihn in Ruhe gelassen, und Josh konnte sich in Frieden mit Wodka volllaufen lassen. Bis zu dem Moment, der alles veränderte …

Welcher Moment eigentlich?

Wenn er ehrlich zu sich selbst ist, kann er gar nicht mehr benennen, was der entscheidende Auslöser war, der ihn dazu veranlasste, die Flucht zu ergreifen. Schon als Patricia und Basti anfingen zu singen, kam seine Substanz in Wanken.

Josh mag keine Musik. Sie löst Emotionen in ihm aus, die er nicht haben möchte und mit denen er nicht umgehen kann. Musik kann einen dazu bringen, fröhlich zu sein, obwohl man eigentlich traurig sein möchte. Es ist selten, dass Josh Musik hört, und wenn, dann nur, um seinen Schmerz und sein Elend zu unterstützen, und nicht, um seine Gefühle auf illegitime Weise zu verfälschen.

Mit den Jahren hat er gelernt, das Gesinge von Patricia und Basti auszublenden und sich davon nicht beeinflussen zu lassen.

Aber heute ist alles anders.

Sein Kopf dröhnt, und die Übelkeit nimmt zu. Kurzerhand steckt er seinen Finger tief in den Mund und erbricht sich ins hohe Gras, um einen Teil des übermäßigen Alkohols wieder loszuwerden.

Hör auf, dich selbst zu verarschen. Du weißt genau, was du nicht ertragen konntest, du blöder Esel!

Natürlich weiß er das. Josh weiß bestens über sich Bescheid.

Ihm ist klar, wie kaputt er ist. Sein Herz wurde in frühester Kindheit gebrochen, seine Seele geschunden und über die Jahre hinweg in Stücke gerissen. Enttäuschung und sein eigenes Versagen spielen die größten Rollen in seinem Leben, und Josh hat längst verstanden, dass er nicht mehr glücklich werden kann.

Deswegen erträgst du es auch nicht, wenn andere glücklich sind.

Es stimmt und stimmt auch wieder nicht. Es stört ihn gar nicht so sehr, dass andere sich in Zufriedenheit aalen und ihre Liebe leben, vielmehr sind öffentliche Zuneigungsbekundungen wie die von Basti und Sam vorhin wie ein Fenster für ihn, durch das er erkennen kann, wie er selbst gerne wäre. Deswegen ist er lieber allein. Das erspart ihm so viel Schmerz ...

«Josh?»

Er ignoriert Sams Rufen. Sie kann ihn mit Sicherheit in der Dunkelheit nicht ausmachen, sie folgt nur der vom Mondlicht schwach erhellten Spur des niedergetrampelten Grases vor ihren Füßen.

Sam ... Was hat sie sich dabei gedacht, ihn zu küssen?

Wut und Abscheu steigen in ihm auf. Die Gefühle gelten vor allem ihm selbst, weil er einfach weggelaufen ist, anstatt diese sich anbahnende Romanze zu unterbrechen, schließlich weiß er doch genau, dass Sam Bastis Untergang bedeutet.

Sie wird ihn enttäuschen. Sie wird ihn zwangsläufig enttäuschen.

Es kann gar nicht anders sein. Die Wut wandelt sich in Angst, dann steigt Panik in ihm auf. Basti soll weder enttäuscht noch verletzt werden. Das hat er nicht verdient, und das kann ihn zerstören.

Wie es mich zerstört hat ...

Wenn es jemanden auf der Welt gibt, den er davor schützen möchte, dann Basti, den einzigen Menschen, den Josh mag.

Er darf auf keinen Fall so werden wie ich.

«Josh!» Die Stimme wird lauter, und dem Tonfall kann er entnehmen, dass Sam ihn entdeckt hat. Zuerst will er wieder davonlaufen, aber plötzlich erscheint es ihm unfair, das Mädchen allein in der Dunkelheit stehen zu lassen. Deswegen steuert er den nächsten Baum an und setzt sich mit dem Rücken daran gelehnt auf den nassen Boden. Keine Minute später steht Sam vor ihm und schaut mit einer Mischung aus Erleichterung und Ärger auf ihn herab.

Josh starrt zurück, versucht all den Hass, den er in sich trägt, in seinen Blick zu legen, und merkt, dass ihm das nicht gelingt.

Er empfindet nicht seine gewohnte Gleichgültigkeit und schon gar keinen Hass für dieses Mädchen. Zwar mag er depressiv, verschwiegen, kompliziert und manchmal auch jähzornig sein, aber er ist kein Heuchler.

Also gibt er es auf und zieht sich zurück in seine Welt, umgeben von einem Schutzwall aus Beton und Stahl, den niemand durchdringen kann.

Wortlos setzt Sam sich ganz dicht neben ihn. Es scheint ihr egal zu sein, dass ihre Klamotten durchnässen. Sie rückt so nah an ihn, dass ihre Oberschenkel sich berühren, und legt schweigend einen Arm um seine Schultern.

Er kann nicht anders, als sie mit offenem Mund anzustarren.

«Was machst du?», fragt Josh atemlos, unschlüssig darüber, ob er die Berührung als angenehm oder als Bedrohung empfinden soll.

«Warten, bis es dir wieder besser geht.»

Eigentlich will Josh nichts sagen, wie er es immer tut, aber die Frage brennt ihm zu sehr auf der Zunge. «Woher weißt du denn, was ich habe?»

«Ich kann es mir denken», antwortet sie leise. «Und im

Prinzip ist es auch völlig gleichgültig, *warum*. Ich spüre, dass es dir schlecht geht, also bin ich für dich da. So machen Freunde das.»

«Ich habe nur einen einzigen Freund.» Am liebsten wäre er aufgestanden und weggegangen, um seinen Worten Nachdruck zu verleihen, aber das Gewicht auf seiner Schulter hält ihn zurück.

«Jetzt hast du zwei», entscheidet Sam. Sie zieht den Arm zurück, hakt sich stattdessen bei Josh ein und lehnt sich an ihn. «Basti *und* mich.»

SEBASTIAN

Die vergangenen Minuten sind Basti wie Stunden vorgekommen, und während er hier zusammen mit Patricia gesessen und gewartet hat, ist Zorn in ihm aufgestiegen. Sam konnte einfach loslaufen, quer über die Wiese, seinem Freund hinterher. Jeder auf dieser Party hätte es gekonnt, nur er selbst war zur Untätigkeit verdammt. Die Mischung aus Wut und Hilflosigkeit ist es, die ihm zu schaffen macht. Er will nicht, dass Sam in ihm ein Opfer sieht, das auf Unterstützung von Fremden angewiesen ist. Sie soll nicht einmal ahnen, dass es Dinge gibt, die er nicht kann. Aber genau das ist vorhin mit Sicherheit passiert – und es macht ihn sauer. Natürlich weiß er, dass es Sam gegenüber unfair ist. Schließlich ist es vollkommen normal und auch klug, dass sie sich darüber Gedanken macht, dass Basti nun mal anders ist. Es ist vielmehr die Tatsache an sich, die ihn so aufregt. Die Tatsache, dass er für immer an den Rollstuhl gefesselt ist und sich das niemals wieder ändern wird.

Normalerweise kommt er damit klar, aber in Situationen wie diesen hadert er mit dem Schicksal.

Fast schon resigniert sieht er, wie Josh dicht neben Sam zurück zur Party kommt. Dieses Gefühl schlägt in Staunen um, als er in Joshs Gesicht einen Anflug von etwas entdeckt, was er selten genug dort sieht: Zufriedenheit.

Dass Josh zurückkommt, ist etwas, mit dem er nicht zu rechnen gewagt hat, obwohl Basti im Zweifel immer mehr Optimist als Realist ist.

Zu lange schon kennt er Josh mit seinen Macken und Ticks, und eigentlich ist er davon ausgegangen, dass sein Freund sich das nächste Taxi nehmen und heimfahren würde. Aber dann hätte er Sam allein in der Dunkelheit zurücklassen müssen, und obwohl Josh andere Menschen völlig egal sind, scheint er das nicht übers Herz gebracht zu haben.

Ich dachte immer, er ist nur bei mir zu Anwandlungen von Rücksicht fähig ...

Nicht mal unter Bedrohung seines Lebens wäre Josh dazu bereit, seinen einzigen Freund im Stich zu lassen, wenn es darauf ankommt.

Sam und Josh laufen auf ihn zu. Josh setzt sich stumm zurück neben Basti und verschränkt die Finger ineinander. Sam beugt sich kurz zu Basti hinunter und gibt ihm wie selbstverständlich einen Kuss auf die Stirn. In derselben Sekunde steht Patricia auf und geht wortlos weg. Ein leichter Anflug von Schuldgefühl meldet sich ganz tief in Bastis Bauch. Er ignoriert es und wendet sich entschlossen Sam zu.

«Danke», flüstert er und atmet anschließend tief ein, um ihren Duft in sich aufzusaugen und für immer in seinem Gedächtnis abzuspeichern.

«Gerne.» Sam lächelt. Ein herzliches und entspanntes Lächeln. Die leichten Furchen, die sich so oft in ihre Stirn graben, sind verschwunden. «Ich geh mal eben für kleine Mädchen. Bin gleich zurück.»

Voller Bewunderung schaut er ihr hinterher. Sams Jeans ist am Gesäß nass und voller Grasflecken.

«Dein Verhalten war sehr kindisch. Warum kannst du dich nicht einfach mal zusammenreißen?», fragt Basti, obwohl er die Antwort bereits kennt.

«Du magst sie sehr, nicht wahr?»

«Ja.» Basti schaut auf seine Hände. Da ist er wieder, dieser Moment, in dem ihn seine innere Unsicherheit zu übermannen versucht. Am liebsten hätte er seinen Freund angelogen, um sich dieser Situation nicht stellen zu müssen. Aber sie stehen sich viel zu nahe, als dass eine Lüge möglich gewesen wäre. «Mehr als das. Ich weiß nicht, was Sam mit mir macht. Ich bekomme bereits Gänsehaut, wenn ich nur an Kuscheln mit ihr *denke*.»

«Es wird auf eine Beziehung mit ihr hinauslaufen.» Joshs Stimme bebt, und Basti spürt die Wut, die in seinem Freund zu brodeln beginnt.

«Ja.»

«Na dann …»

Für eine Sekunde befürchtet Basti, Josh würde erneut aufspringen und davonlaufen, aber er bleibt sitzen und fixiert die Stelle zwischen seinen Turnschuhen.

Basti dreht den Rollstuhl so, dass er Josh in den Arm nehmen kann, und wie immer, wenn er das tut, lehnt sich sein Freund sofort an ihn und sinkt in sich zusammen. Dies sind die wenigen Momente in Joshs Leben, in denen er sich angenommen und verstanden fühlt und zumindest für ein paar Sekunden entspannen kann.

«Bitte», sagt Basti leise, aber eindringlich. «Gib mir doch diese Chance.»

Er spürt, dass Josh die Zähne zusammenbeißt, aber er spürt auch das Nicken an seiner Schulter.

«Okay.» Joshs Stimme ist nur ein Flüstern. «Ich werde versuchen, das zu akzeptieren.»

Erleichtert hält Basti ihn weiter fest. Erleichtert und fast ein bisschen dankbar. Es ist ihm wichtig, dass Josh mit seiner Beziehung zu Sam leben kann. Wenn er sie schon nicht befürwortet, so muss sie zumindest erträglich für ihn sein. Josh hat für seine Verhältnisse viel dazu gesagt, deswegen wundert Basti sich, dass er erneut zu sprechen beginnt: «Sam ist in Ordnung. Mehr als das. Sie ist anders, denn sie hat etwas, was viele andere nicht haben.»

«Und was?»

«Sie *fühlt* die Emotionen anderer Menschen.»

Ein leichter Schauer durchfährt Basti, denn ihm ist klar, dass Josh recht hat. Wenn jemand so etwas beurteilen konnte, dann Josh mit seinen feinen Antennen.

«Sie liebt zwar selten, aber wenn sie es tut, dann richtig», fügt Josh hinzu. «Sie wird dich nicht enttäuschen, denn deine Enttäuschung wäre dann auch die ihre!»

Sam kommt fast lautlos auf die beiden zu und wartet, bis Basti sich von Josh gelöst hat. Dann setzt sie sich wieder auf seinen Schoß. Die Selbstverständlichkeit dieser Handlung raubt Basti den Atem. Sanft nimmt er sie in den Arm, um sie an sich zu ziehen, aber sie greift nach Joshs Hand. «Geht es dir besser?»

Josh zuckt die Achseln und schweigt.

«Ich glaube, wir sollten gehen», beschließt sie und steht wieder auf. Josh folgt sofort ihrem Beispiel. Seufzend setzt sich auch Basti in Bewegung, um sich von den anderen zu verabschieden und den Heimweg anzutreten, obwohl er nichts lieber getan hätte, als weiter zusammen mit Sam am Feuer zu sitzen und sie zu küssen.

JOSHUA

Josh bückt sich nach einer leeren Zigarettenschachtel, die jemand achtlos in den Park geworfen hat, und hebt sie auf. Eine Weile starrt er die weiße Schrift auf der roten Packung an. Erinnerungsfetzen aus seiner Kindheit tauchen vor seinem inneren Auge auf. Immer mehr Bilder kommen ihm in den Kopf und reihen sich zu einem Film aneinander.

Josh saß allein auf der Schulbank und wartete, bis seine Mitschüler sich abgesprochen hatten. Sie standen ein paar Meter von ihm entfernt, steckten die Köpfe zusammen und tuschelten.

Normalerweise ging Josh nach der Schule immer direkt nach Hause, um mit seiner Oma und seiner Schwester gemeinsam Mittag zu essen. Er liebte es, dass seine Oma nach der Schule auf ihn wartete und für alle kochte. Sie war eine warmherzige und liebevolle Frau, die ihn sehr an seine Mutter erinnerte.

Aber heute hatte er etwas anderes vor. Seine Schulkameraden wollten nach der Schule mit ihm zusammen abhängen.

Vor lauter Freude konnte sich Josh nicht mehr auf den Unterricht konzentrieren. Es gab nichts, was er sich mehr wünschte, als dazuzugehören. Aber Joshs Mitschüler mieden ihn, nannten ihn «Assi» und «Ghetto-Kid». Umso größer war Joshs Überraschung, als sie ihn fragten, ob er sich ihnen anschließen mochte.

So groß, dass er sein permanentes Misstrauen niederkämpfte.

«Okay», riefen seine Mitschüler, als sie ihre kleine Gruppe auflösten. «Wir haben uns etwas ausgedacht. Eine kleine Mutprobe.»

«Und was?», wollte Josh wissen. Skepsis stieg in ihm hoch wie Wasser, das langsam in eine Badewanne floss.

«Das muss jeder machen, der bei uns dazugehören will.»

«Einverstanden.» Josh nickte. So schlimm konnte es ja nicht werden, wenn alle das mal machen mussten. «Was soll ich tun?»

Andreas, ihr Anführer, trat einen Schritt vor: «*Wir gehen alle zusammen zum Penny und klauen ein paar Sachen. Du kommst mit und stehst drinnen Schmiere.*»

«*Das ist alles?*» *Der Gedanke, bei einem Diebstahl behilflich zu sein, gefiel ihm nicht, aber er hatte eine weit schwierigere Aufgabe erwartet. Deswegen willigte er ein.* «*Das bekomme ich hin.*»

«*Dann los.*»

Ungefähr die Hälfte seiner Klasse war dabei. Sieben Jungen und fünf Mädchen machten sich auf den Weg zum Discounter gegenüber der Schule.

«*Wir drei gehen rein.*» *Andreas zeigte auf Josh und Finnley. Die anderen setzten sich auf den Boden und begannen zu rauchen.*

Mit klopfendem Herzen folgte Josh Andreas und Finnley. Außer ihnen waren nur zwei ältere Herren im Laden, die sich über Wassermelonen unterhielten. Während Joshs Mitschüler in den Gängen verschwanden, hielt er Ausschau. Sein Augenmerk galt vor allen Dingen der Kassiererin, als Andreas und Finnley sich an den Zigaretten zu schaffen machten. Die Frau an der Kasse tippte konzentriert einen Betrag ein und hob nicht einmal den Kopf.

«*Wir sind fertig!*» *Andreas und Finnley kamen auf ihn zu und klopften ihm auf die Schulter. Finnley zerrte kurz unbeholfen an Joshs Schulranzen und ging dann hinüber zu den Zeitschriften.*

«*Du wirst das kaufen*», *beschloss er und drückte Josh eine BRAVO in die Hand.* «*Damit es nicht auffällt. Wir warten draußen.*»

Aus den Augenwinkeln sah Josh, wie Finnley kurz mit der Kassiererin sprach, dann verließ er mit Andreas zusammen den Laden.

Josh machte sich ebenfalls auf den Weg zur Kasse. Noch bevor er sein Heft auf das Warenband legen konnte, sprang die

Kassiererin auf. Blitzschnell riss sie ihm den Rucksack von den Schultern und griff hinein. Sie zog zwei Zigarettenschachteln heraus und hielt sie ihm wütend unter die Nase: «Hab ich dich erwischt, Freundchen! Ich rufe jetzt die Polizei. Hier klaust du nicht mehr!»

«Das war ich nicht, ich …», begann Josh, sich zu verteidigen. Mitten im Satz brach er ab und biss sich wütend auf die Lippe.

Reingelegt und verarscht, ging es ihm plötzlich durch den Kopf.

«Wer war es dann?», wollte die Kassiererin wissen. «Nenn mir die Namen, vielleicht hast du Glück, und deine Strafe wird dann milder.»

Josh starrte verbissen auf seine Schuhe und schwieg. Freund oder Feind spielte für ihn keine Rolle. Er würde niemals jemanden verraten.

Aus den Augenwinkeln beobachtete er, wie die Kassiererin den Telefonhörer nahm und die Nummer der Polizei wählen wollte. Er nutzte die Sekunde ihrer Unachtsamkeit, um zu fliehen. Noch im Laufen schnappte er seinen Ranzen und stürmte aus dem Laden.

Draußen auf dem Parkplatz nahmen ihn bereits seine Mitschüler in Empfang. Andreas und Finnley hielten ihn an den Armen fest.

«Warum ist die Polizei nicht gekommen?», knurrte Andreas.

«Weil er euch verraten hat!», rief eine seiner Mitschülerinnen von hinten. «Um sich selbst zu retten. Der feige Hund.»

«Ich hab kein Wort gesagt.» Josh wollte seine Hand zum Schwur heben, aber sie ließen ihn nicht los.

«Dreckiger Lügner.» Der Faustschlag traf ihn ohne Vorwarnung ins Gesicht.

Sofort wurde ihm schwarz vor Augen. Der Boden begann zu schwanken, und Josh ließ sich fallen. Finnley trat ihm in die

Seite. «Du wirst nie zu uns gehören. Keiner kann dich leiden. Geh zurück ins Ghetto, wo du herkommst.»

Ein paar Mädchen begannen, schrill zu lachen.

Dann setzte sich die ganze Gruppe in Bewegung, um den Parkplatz zu verlassen. Ohne ihn.

Nacheinander stiegen sie über ihn hinweg. Ein Mädchen trat auf seine Hand. Josh wusste nicht, ob es Absicht oder ein Versehen war, aber es machte keinen Unterschied.

Wie konnte er nur so dumm gewesen sein, ihnen zu vertrauen?

Andreas blieb noch einmal kurz stehen und beugte sich zu ihm hinunter. Josh dachte nicht einen Wimpernschlag daran, dass er ihm helfen wollte. Stattdessen sah er zu, wie Andreas Joshs Schulranzen aufhob, ihn öffnete und den gesamten Inhalt über ihm ausleerte.

«Damit dir nicht langweilig wird – Ghetto-Kid», sagte er, warf ihm den Ranzen ins Genick und verschwand mit den anderen um die Ecke.

Josh kämpfte gegen den Brechreiz an. Sein Blick fiel auf die rote Zigarettenschachtel vor ihm, die sowohl die Kassiererin als auch seine Mitschüler übersehen haben mussten. Die weiße Schrift auf der roten Packung brannte sich in seine Erinnerung und würde für immer mit diesem Erlebnis verbunden sein.

In dem Moment, als Josh blinzelt, ist der Bann gebrochen, und die Erinnerung verfliegt.

Wie dumm ich war, denen zu vertrauen.

Vertrauen ist immer dumm. Vertrauen ist eine mit blutigen Leichen gepflasterte Sackgasse, die direkt in einer Enttäuschung endet.

Auch Basti wird von Sam enttäuscht werden. Und du Esel hast versprochen, diese Beziehung zu akzeptieren.

Im Grunde hat Josh das so gemeint, wie er es gesagt hat. Das Prinzip hat er verstanden, allerdings wird ihm gerade klar, dass er an der Umsetzung scheitern wird.

Wütend knüllt er die Schachtel in seiner Hand zusammen und wirft sie dann in den Mülleimer.

SAMANTHA

So schön der Abend auf Patricias Geburtstag war, so quälend ist dieser Vormittag. Eine Mischung aus Unruhe und Ärger überkommt mich, als ich wieder auf mein Handy schaue. Das dritte oder vierte Mal. Nicht an diesem Morgen, sondern in dieser Minute.

Seit Basti und ich uns kennen, und das sind nun über vier Wochen, ist kein einziger Tag vergangen, an dem wir nicht miteinander geschrieben haben. Auch wenn wir aus Zeitgründen oft nur am Wochenende gemeinsam ausgehen, kommunizieren wir trotzdem ununterbrochen. Normalerweise wecken mich seine Nachrichten auf und begleiten mich durch den Tag, aber nun ist es bereits elf Uhr, und ich habe noch nichts von ihm gehört. Ich werde noch nervöser, als ich es schon von Haus aus bin. Irgendwie hatte Basti es in den letzten Wochen geschafft, seine innere Zufriedenheit auch über virtuelle Wege zu mir dringen zu lassen. Doch heute bleibt mein Handy stumm, und auch ein weiterer Blick auf das Display zeigt mir nicht das, was ich sehen möchte.

Meine Zeichnung, die ich gestern begonnen habe, liegt noch immer auf dem Fußboden und wartet darauf, dass ich ihr Leben einhauche. Aber mir ist nicht danach, fremden Personen ein Gesicht zu geben. Viel lieber würde ich mein Telefon in der Blumenvase versenken, nur damit die Warterei endlich aufhört, aber ich begnüge mich damit, den Flugmodus einzustellen. Dann krieche ich langsam aus dem Bett und verschwinde im Bad. Die Klamotten, die sich hier auf dem Boden tummeln, lassen meine Laune noch weiter in den Keller sinken, und ich wäre am liebsten geradewegs dorthin zurückgegangen, wo ich eben hergekommen bin.

In letzter Zeit bin ich häufig müde, weil ich sehr schlecht

schlafe. Auch das ist nichts Ungewöhnliches bei mir, nur diesmal ist der Grund ein anderer. Anstatt der Angst zu versagen und der Unfähigkeit, mich entspannen zu können, ist es nun Basti, der mir den Schlaf raubt. Jeden Abend bin ich mit ihm im Kopf eingeschlafen, habe von ihm geträumt und bin morgens oft vollkommen verwirrt aufgewacht, weil er nicht wie erwartet neben mir lag. Basti ist ein Teil von mir geworden, den ich nicht mehr aus meinem Leben wegdenken kann.

Wenn ich mich heute an den Moment erinnere, an dem ich erkannt habe, dass er im Rollstuhl sitzt, verstehe ich nicht mehr, wie mich das schockieren konnte. Mittlerweile ist mir vollkommen gleichgültig, was das für mich an Einschränkungen bedeutet.

Noch bevor ich meine Zähne zu Ende geputzt habe, gehe ich zurück ins Schlafzimmer und aktiviere mein Handy wieder, nur um erneut festzustellen, dass keine Nachricht von ihm da ist.

Schreib du ihm doch einfach!

Irgendwie kann ich mich nicht dazu überwinden. Die Sorge, ihm auf die Nerven zu gehen, ist zu groß. Zumindest ist das der Grund, den ich vorgebe, um mir nicht eingestehen zu müssen, dass ich ihn längst liebe. Basti hat etwas an sich, was mich fasziniert. Mehr noch, ihm gelingt das, was bisher noch keinem gelang: Er schafft es, die Leere in mir zu füllen, die mich seit Kindesbeinen an begleitet. Eine Leere, die ich mit Aufgaben und Erfolg zu füllen versuche und doch stets scheitere. Nun, seit kurzem, ist dieses Leeregefühl weg. Es ist, als hätte ich etwas wiedergefunden, was mir seit langer Zeit abhandengekommen ist und was ich mit aller Gewalt festhalten muss. Die Erkenntnis, dass alles so schnell geht, ängstigt mich. Ich bin nicht der Typ Frau, der sich sofort verliebt, und noch weniger jemand, der sich von anderen abhängig macht, aber Basti wirft alles über den Haufen und zeigt mir, dass es bereits zu spät ist und ich schon viel zu sehr an ihm hänge, um das alles noch rückgängig zu machen.

Wenn eine Flucht nicht möglich ist, hilft nur Angriff.

Resigniert beschließe ich, noch zehn Minuten zu warten und ihm dann eine Nachricht zu schicken. Fast zeitgleich klingelt mein Handy, und Bastis Name erscheint auf dem Display. Ich zwinge mich, das dritte Läuten abzuwarten und mich dann mit monotoner Stimme zu melden.

«Hallo?»

«Hey Sam.» Basti versucht nicht einmal zu verstecken, wie sehr er sich freut, mich am Telefon zu haben. «Hab ich dich geweckt?»

Nein, ich warte seit Stunden auf eine Nachricht von dir!

«Hm, irgendwie schon.»

«Tut mir leid. Ich dachte, um halb zwölf kann man sogar bei Studenten anrufen.» Basti macht eine kurze Pause und holt Luft, bevor er fortfährt: «Was machst du heute Abend? Lust, bei mir eine DVD zu gucken?»

Jaaaaaa!

Mein Puls hat sich während dieser Frage auf das Doppelte beschleunigt, und ich muss in den Bauch atmen, um zu vermeiden, dass ich nach Luft schnappe.

«Lass mich mal überlegen …»

«Ach, tu doch nicht so.» Basti lacht leise und weiß genau, dass er meine Zusage hat. «Soll ich dich gegen sieben abholen? Wir können Pizza bestellen.»

«Ich komme zu dir», beschließe ich. Auch wenn ich kein Auto habe, möchte ich nicht, dass es zur Gewohnheit wird, dass er mich immer fährt. Ich kann durchaus öffentliche Verkehrsmittel benutzen. «Bin um sieben bei dir.»

Schnell lege ich auf, vielleicht einfach nur, um zu verhindern, dass er es sich anders überlegen kann.

Meine Mitbewohnerin starrt mich kopfschüttelnd an. Ihre Rastas wippen dabei lustig auf und ab.

«Was?», frage ich.

«Nichts», erwidert Kathrin und dreht an dem Ring in ihrer Nase. «Verabschiedungen werden überbewertet.»

«So sieht es aus.» Schnell verschwinde ich in meinem Zimmer, um weiteren Fragen aus dem Weg zu gehen.

***

Es ist mitten im Frühling, aber die Nächte sind noch immer eisig. Zitternd warte ich trotz der Kälte bis drei Minuten nach sieben, bevor ich an Bastis Haustür gehe und auf die Klingel drücke. Er öffnet mir nahezu im selben Augenblick.

Sein wissendes Grinsen verrät mir, dass er mich längst gesehen hat und genau weiß, dass ich schon Minuten ums Haus herumgelungert habe. Er sagt nichts, sondern macht eine einladende Bewegung in die Wohnung. Langsam trete ich ein und bleibe eine Sekunde unsicher stehen. Im Geiste habe ich diese Situation immer und immer wieder durchgespielt, aber jetzt, da es so weit ist, erscheint es mir schwieriger als gedacht. Es ist befremdlich – ich bin es gewohnt, mich auf Zehenspitzen zu stellen, wenn ich meinem Partner einen Kuss gebe, und plötzlich müsste ich mich hinunterbeugen.

Wenn du mit ihm zusammen sein willst, musst du dich daran gewöhnen.

Basti scheint meine Unsicherheit zu spüren und will an mir vorbei ins Wohnzimmer. Für ihn ist die Situation mit Sicherheit viel unangenehmer als für mich, also gebe ich mir einen Ruck und trete mit gespielter Selbstverständlichkeit hinter ihn, lege ihm die Arme um den Hals und drücke ihm einen Kuss auf die Stirn. Basti greift sofort nach meinen Handgelenken, zieht meine Hände zu sich auf die Brust und erwidert meinen Kuss. Ich will um ihn herumgehen und mich auf seinen Schoß setzen, aber er hält mich fest und schaut mich eindringlich an. «Es ist schwierig für dich, damit umzugehen, oder?»

Seine Ehrlichkeit ist entwaffnend, und da ich weder lügen noch ihm die Wahrheit sagen möchte, zucke ich nichtssagend die Achseln.

«Du musst mir einfach nur vertrauen», flüstert er mir ins Ohr. «Dann kriegen wir das hin.»

Ich nicke und schlucke schwer, weil mein Hals plötzlich eng ist.

«Es ist anders», gebe ich zu.

«Ja, ich weiß.» Basti sieht mich aufrichtig an. «Es ist komplett anders – schwierig und kompliziert, aber das ist völlig egal. Und weißt du auch, warum?»

Nachdenklich schüttele ich den Kopf, und er zieht mich am Handgelenk zu sich nach vorn, sodass er mich anschauen kann und ich in seinem Blick versinke.

«Weil wir zusammengehören.» Er fesselt meinen Blick. «Egal, was kommt.»

Seine Worte sind so schön, dass ich nicht weiß, was ich darauf antworten soll. Er will mich nicht in Verlegenheit bringen, deswegen löst er die Situation auf und entfernt sich von mir. Ich folge ihm zur Couch. Es liegen viele gemütliche Kissen und Decken darauf bereit, und auf dem Tisch stehen verschiedene Getränke und Knabbersachen. Luka liegt wie ein kleines, rundes Extrakissen auf der Lehne.

«Mach es dir bequem», fordert Basti mich auf und zeigt mir eine Sammlung DVDs. «Und such dir was aus.»

Ich werfe einen kurzen Blick auf die Filme, und da ich ein absoluter Fan von Saoirse Ronan bin, entscheide ich mich für «How I Live Now».

«Diesen Film, bitte. Ich geh noch mal eben für kleine Mädchen!», sage ich, während ich auf die DVD-Hülle tippe.

«Klar. Ende vom Flur, letzte Tür links. Hast du schon Hunger? Dann bestelle ich gleich was.»

«Ja, gerne, eine Pizza Hawaii bitte.» Ich verlasse das Wohnzimmer.

Mal davon abgesehen, dass ich bei Nervosität immer Harndrang verspüre, muss ich gerade nicht wirklich. Vielmehr möchte ich Basti die Gelegenheit geben, auf die Couch umzuziehen, ohne dabei von mir beobachtet zu werden. Meine Intuition sagt mir, dass er sich das letzte Mal dabei sehr unwohl gefühlt hat.

Deswegen gehe ich nun den Flur entlang, betrete zögernd das Badezimmer und merke sofort, dass auch das ein großer Eingriff in Bastis Intimsphäre ist.

Schafft er das wirklich alles allein?

Er hat es gesagt, und alles deutet darauf hin. Doch plötzlich habe ich Angst, dass er meine Hilfe braucht und ich dem nicht gewachsen sein könnte.

Neben der Toilette befinden sich rechts und links zwei stabile Haltegriffe. Die Dusche ist ebenerdig und sehr breit, sodass sie bequem mit einem Rollstuhl befahren werden kann. In der Duschkabine selbst ist wieder ein Haltegriff angebracht und eine sehr niedrige Ablage. Am meisten fasziniert mich der große Spiegel über dem Waschbecken, der mithilfe eines Seilzuges in jede beliebige Neigung verstellt werden kann.

Nachdem ich mir alles genau angeschaut habe, betätige ich die Spülung und wasche mir die Hände, dann gehe ich zurück ins Wohnzimmer.

Die DVD ist eingelegt, und der Vorspann beginnt gerade. Wie erwartet, hat sich Basti bereits auf die Couch begeben und sich bis zum Hals zugedeckt. Nur eine Sekunde später entdecke ich den Grund dafür: Das Fenster ist geöffnet, und kühle Nachtluft dringt ins Zimmer. Empört meckere ich los: «Bist du irre? Willst du, dass ich erfriere?»

Grinsend hebt er einen Zipfel der Federdecke an: «Erfrieren oder zu mir kommen. Hier ist es warm. Du hast die Wahl.»

Für einen Moment weiß ich nicht, ob ich lächeln oder seufzen soll. Ich kann nicht anders, als seiner Einladung zu folgen. Basti streckt seinen Arm aus, und ich kuschle mich dicht an ihn, meinen Kopf auf seiner Brust. Er deckt uns beide zu, und ich muss zugeben, dass es hier wirklich warm ist. Auf eine meiner Hände lege ich mich drauf, die andere positioniere ich auf seinem Bauch und versuche, mich auf den Film zu konzentrieren. Gerade als ich die Chance sehe, dass mir dies gelingen könnte, schiebt er die Finger unter meinen Pullover, legt sie an meine Taille und zieht mich noch näher an sich. Ich spüre seinen warmen Atem an meinem Nacken und drehe mich zu ihm um, damit ich ihn küssen kann. Er erwidert meinen Kuss nur flüchtig, dann sieht er mich wieder an, wie er es bereits vorhin getan hat.

«Ich will mit dir zusammen sein», flüstert er. «Ich weiß, dass es für dich Einschränkungen bedeutet, aber ich werde mich bemühen. Dir soll es an nichts fehlen.»

«Ich würde das sehr gerne glauben ...» Mich ärgert es selbst, diese Worte ausgesprochen zu haben, aber irgendwie habe ich plötzlich das Bedürfnis, Distanz schaffen zu müssen. Ich liebe Basti und will ihn immer in meiner Nähe haben, dennoch fürchte ich, mit all dem überfordert zu sein.

Er ist nun mal anders. Du musst das akzeptieren.

Spätestens jetzt ist der Zeitpunkt da, an dem ich mir nicht mehr sagen kann, dass es unnötig ist, sich über ungelegte Eier Gedanken zu machen.

Saoirse Ronan läuft gerade durchs Fernsehbild, und ich

wünsche mir, so zu sein, wie ich sie mir als Privatperson vorstelle. Furchtlos und ohne negative Gedanken im Kopf.

«Sam.» Basti redet leise und eindringlich. «Wir müssen doch nichts überstürzen. Wir lassen alles ganz ruhig angehen und irgendwann sind wir ein eingespieltes Team.»

... irgendwann sind wir ein eingespieltes Team ...

Die Worte hat meine Mutter immer zu meinem Vater gesagt, als es um Melanie ging. Doch dann ist er abgehauen, und sie stand allein mit meiner Schwester da. Obwohl ich weiß, dass es für diese Situation unangebracht ist, erinnern mich Bastis Worte an dieses leere Versprechen. Meine Unsicherheit, die schon den ganzen Abend in mir schlummert, steigert sich in Panik.

«Entweder das, oder du lernst eine andere kennen und vergisst mich einfach.» Ich hasse mich selbst dafür, die ganze Stimmung kaputt zu machen, aber ich bin ein gebranntes Kind, und ich kann die ganzen Alles-wird-gut-Geschichten nicht mehr hören.

«Sam», sagt er noch einmal und legt mir die Hand in den Nacken, sodass ich gezwungen bin, ihn anzusehen. «Ich werde dich niemals vergessen, weil wir zwei sind eben wir zwei.»

Mein Herz schlägt ein paar Takte schneller, und mein Magen krampft sich zusammen. So etwas Bedeutungsvolles hat noch nie jemand zu mir gesagt, und auf einmal empfinde ich es als Schwäche, genau diesen Fakt einzugestehen.

«Ach, weißt du», sage ich leichthin. «Ich hatte schon so viele Freunde. Alle haben versprochen, mir die Sterne vom Himmel zu holen, aber bekommen habe ich niemals einen.»

«Du denkst bestimmt, ich mag dich.» Seine Stimme verändert sich, klingt leicht spöttisch, und mir ist bewusst, es übertrieben zu haben. Doch dann fügt er wieder in dem sanften Tonfall von vorher hinzu: «Aber es ist nicht mögen. Es ist Liebe. Ich glaube, ich liebe dich, Sam.»

Mit diesem Satz hat er mich. Die Blockade in meinem Inneren löst sich, und ich schaffe es endlich, mich fallenzulassen und zu dem zu stehen, was ich empfinde.

«Ich glaube auch, dass ich dich liebe.» Es ist mehr ein Hauchen als ein Sprechen. «Und ich will mit dir zusammen sein, aber ich habe Angst.»

«Vertrau mir.» Bastis Blick fängt den meinen ein, und ich habe das Gefühl, durch das Grün seiner Augen bis in die Tiefe seiner Seele blicken zu können. Ich spüre, dass er es ernst meint.

Anstatt einer Antwort küsse ich ihn. Sanft sucht meine Zunge nach seiner. Dann hebe ich das linke Bein an und lege es ihm über die Unterschenkel, sodass unsere Körper sich so nahe sind wie nie zuvor. Den Film, der noch immer im Hintergrund läuft, habe ich längst vergessen. Meine Hand schiebt sich wieder unter seinen Pullover, gleitet erst auf seinen Rücken, dann nach vorne und hinunter zu seinen Lenden.

«Du fragst dich, ob wir jemals Sex haben können, stimmts?» Basti ist wieder einmal so direkt, dass er mich aus dem Konzept bringt.

«Der Gedanke kam mir mal», gebe ich zu und fühle, wie mir das Blut in die Wangen schießt. Unschlüssig nehme ich die Hände wieder weg von der Stelle, an der sie eben noch lagen.

«Rein anatomisch funktioniert das alles, aber man ist eben gefühlsmäßig sehr eingeschränkt. Deswegen ist es dann eher die emotionale Ebene, die eine Rolle spielt.»

«Muss ich das jetzt verstehen?»

Basti scheint meine Verwirrung zu erkennen und lächelt verlegen. «Nein. Ich verstehe es ja selbst nicht so ganz, und ich habe es auch nie probiert. Man sagte mir, das Ziel wäre der geistige Orgasmus.»

Wieder fühle ich, wie meine Wangen rot werden. Das Thema

ist zweifellos wichtig, aber irgendwie habe ich meine Probleme, darüber zu sprechen.

«Ich kenne mich damit gar nicht aus», gebe ich kleinlaut zu.

«Ich auch nicht. Wir werden es irgendwann zusammen herausfinden.» Er klingt zuversichtlich, und ich hoffe, er meint es so, wie er es sagt. Und er hat von irgendwann gesprochen, nicht von jetzt. Deswegen beschließe ich, ihm den ersten Schritt zu überlassen, und bemühe mich, wieder der Handlung des Films zu folgen, als es an der Tür klingelt.

«Die Pizza», seufze ich. Nur widerwillig kann ich mich dazu überwinden, unter der Decke hervorzukriechen. Ich nutze die Gelegenheit, das Fenster zu schließen, und gehe zur Tür. Wir haben nie darüber gesprochen, trotzdem ist es vollkommen normal für mich, dass ich in so einer Situation aufstehe, weil mir das deutlich leichter fällt als ihm.

Etwas verlegen streiche ich meine zerzausten Haare glatt und öffne die Wohnungstür. Verdutzt blicke ich auf Josh, der vor mir steht. Er schaut genauso verblüfft zurück, bevor er sich leise entschuldigt: «Sorry, ich wusste nicht, dass Basti Besuch hat. Ich geh dann mal wieder!»

«Ach Quatsch, komm rein.» Am liebsten hätte ich ihn weggeschickt, weil ich mit Basti allein sein will, aber Josh blickt mich so verloren an, dass ich es nicht übers Herz bringe, ihn gehen zu lassen.

«Nein, wirklich nicht.» Er macht auf der Türschwelle kehrt, und aus einem Impuls heraus packe ich ihn an der Hand und ziehe ihn hinein. Dann umarme ich ihn kurz.

«Komm», wiederhole ich. «Basti verzeiht mir nie, wenn ich zulasse, dass du wieder verschwindest.»

Josh macht ein Gesicht wie ein kleines Kind, das man trotz heftiger Gegenwehr anziehen will, lässt sich aber von mir in die Wohnung schieben.

«Es ist Josh», rufe ich zu Basti ins Wohnzimmer und weiß nicht, ob ich ihn damit vorwarnen oder mich entschuldigen möchte. Ich unterdrücke ein Seufzen, als mir klarwird, dass der Abend gelaufen ist und Josh mindestens so lange da sein wird, wie auch ich bleibe.

SEBASTIAN

Die Allee, in der er wohnt, grenzt direkt an den weitläufigen Holzhausenpark und ist mit dicken, alten Kastanienbäumen gesäumt. Hier ist es nachts ruhig, und wenn sich nicht gerade ein Liebespaar an den Ententeich verirrt, ist um diese Zeit keine Menschenseele unterwegs.

Ohne auch nur einen einzigen Blick in diese Richtung zu werfen, weiß Basti, dass Josh wieder einmal hinter dem großen Baum am Eck steht und ihn beobachtet. Ein Anflug von schlechtem Gewissen beschleicht ihn. Josh ist davon ausgegangen, dass Sam gestern Nacht noch nach Hause gegangen ist, so wie sie es gesagt hatte. Aber kurz nachdem Josh weg war, ist sie auf der Couch eingeschlafen und deswegen bis heute früh bei Basti gewesen.

Er fühlt sich hintergangen.

Garantiert hat Josh gesehen, wie Basti Sam vor einer halben Stunde heimgefahren hat, und möchte sich jetzt vergewissern, dass er ohne sie wieder zurückgekehrt ist.

Etwas genervt parkt Basti den Volvo vor seiner Wohnung.

Was hat es ihn zu interessieren, wann meine *Freundin kommt und geht?*

Doch ein Teil von ihm versteht ihn auch. Schließlich sind sie seit der Schule Freunde und seit sieben Jahren so eng zusammen, als wären sie Brüder. Und nun drängt sich eine Person dazwischen, und Josh hat Angst, vergessen zu werden. Oder verlassen.

Wie damals von seiner Mutter.

Es ist nicht Eifersucht, die ihn dazu zwingt, sich so zu verhalten. Das, was Josh zu solch krankhaften Handlungen wie dieser Dauerbeschattungsaktion treibt, ist Panik. Die nackte Angst davor, den wichtigsten Menschen in seinem Leben zu verlieren. Das Wissen um diese Angst ist der Grund, warum Basti Josh versteht und nun seinen Ärger unterdrückt.

Er steigt aus und manövriert den Rollstuhl zur Wohnung. Auf dem Weg dorthin hebt er die rechte Hand und winkt in Richtung Eingangstür: «Komm mit rein, Josh. Wir müssen reden!»

Basti lässt die Haustür hinter sich offen und dreht sich erst um, als er in der Küche angekommen ist. Natürlich ist Josh ihm gefolgt, steht nun mit verschränkten Armen an der Theke und starrt ihn schwer atmend an. Er trägt den gleichen grauen Sweatpullover wie am Vortag, nur ist er zerknitterter als gestern.

«Wie lange stehst du schon da draußen herum und spionierst mir nach?» Basti wartet vergeblich auf eine Antwort und wirft seinen Autoschlüssel auf die Anrichte. Das laute Geräusch lässt Josh nicht einmal mit der Wimper zucken, und plötzlich wird Basti wirklich wütend.

«Scheiße, Josh!», brüllt er ihn an. «Kannst du endlich mit mir reden? Dann hat sie halt bei mir geschlafen. Und?»

«Ihr habt mich weggeschickt. Ausgerechnet mein bester Freund ist derjenige, der mich ausgrenzt. Obwohl du genau weißt, dass ich bei so was Panik bekomme, weil ich ständig immer nur weggeschoben wurde.» In Joshs Stimme liegt nicht die Spur eines Vorwurfs. Alles, was Basti heraushören kann, ist Verletztheit, und das macht die Sache noch schlimmer.

«Wir haben dich nicht weggeschickt. Sam wollte auch gehen, aber sie ist eingeschlafen.»

Josh schnaubt so laut durch die Nase, dass es am anderen Ende des Raumes noch hörbar ist. «Natürlich habt ihr mich weggeschickt. Alle wollen mich immer loswerden.»

«Niemand will dich loswerden. Die Leute kommen nur nicht damit klar, dass du immer so schlecht drauf bist.»

«Wenn du dich nicht von dem Mädchen fernhältst, geht es dir vielleicht wie mir. Dann bist du nämlich auch bald schlecht drauf.»

«Wie meinst du das?», fragt Basti. Er sieht, wie Joshs Finger sich so fest in seinen Pullover graben, dass die Adern am Handrücken hervortreten.

«Wie ich das meine?» Noch ist Joshs Stimme ruhig, aber sie ist kurz vor dem Kippen. In ihm hat es zu brodeln begonnen, und irgendwann wird etwas davon überkochen. «Hast du dich eigentlich mal selbst angesehen?»

«Ja. Ich kann nicht laufen. Das ist mir irgendwann tatsächlich aufgefallen.»

«Nicht laufen!» Josh löst sich von der Küchentheke und beginnt, im Raum auf und ab zu gehen. «Das hast du aber schön ausgedrückt. Ich sage es ungern, aber man nennt das *behindert*!»

Die Wut, die Basti vorhin gespürt hat, verpufft plötzlich. Sie wird verdrängt von einer schleichenden Angst, die langsam in ihm hochkriecht. Wenn Josh in dieser Stimmung ist, wird es gefährlich. Es sind die seltenen Momente, in denen er aus sich herauskommt, laut wird und dabei oft auch aggressiv.

Er will mich nicht beleidigen. Er versucht nur, mir zu vermitteln, was ich längst akzeptiert habe.

Basti hadert schon lange nicht mehr mit seinem Schicksal. Aber Josh kann das nicht verstehen. In seinem Kopf herrscht eine andere Realität. Für ihn ist Basti gezeichnet fürs Leben.

«Ich weiß, was ich bin.» Langsam bewegt er den Rollstuhl auf Josh zu und versucht, die Hand auf dessen Arm zu legen. Berührungen wirken sich immer sehr beruhigend auf ihn aus. Sie geben Josh das Gefühl, nicht allein zu sein. «Und das ist in Ordnung für mich. Für dich sollte es das auch sein.»

Zornig zieht Josh den Arm weg. «Das hast du mir schon tausendmal gesagt. Aber ich werde dir das niemals glauben. Wie kann man sich wohlfühlen, wenn man so eingeschränkt ist?»

«Im Gegensatz zu dir versuche ich, das Beste aus meinem Leben zu machen.» Sofort bereut Basti diesen Satz und beißt sich auf die Unterlippe. Aber es ist bereits zu spät. In dieser Sekunde explodiert irgendetwas in Josh.

«Wie soll ich etwas aus meinem Leben machen?», schreit er Basti an. «Wie? Glaubst du, ich bin gerne so, wie ich bin?»

«Du könntest wenigstens versuchen, an dir zu arbeiten. Eine Therapie machen ...»

«Ich will keine verdammte Therapie!», brüllt er weiter. Dann schnappt er zornig nach einem Küchenmesser und zieht es aus dem Messerblock. «Das Einzige, was ich will, ist sterben!»

Basti atmet mehrmals in den Bauch und versucht erneut, die Distanz zwischen sich und seinem Freund zu verringern, aber dieser weicht sofort zurück.

Nicht wieder das Gleiche wie damals. Ich will nicht noch mal den Notarzt holen müssen.

«Leg das Messer wieder hin.» Er sagt es in einem ruhigen Tonfall, fast gelangweilt, um sich die eigene Panik nicht anmerken zu lassen.

«Warum?» Josh hält das Damastmesser in die Höhe, genau vor das Fenster. Es funkelt im Licht, und die Sonnenstrahlen, die darauf fallen, werfen unheilvolle Muster an die Wand. «Hast du Angst, ich bringe mich in deiner Küche um?»

«Nein. Aber es ist mein Messer. Ich schneide damit mein Gemüse, und ich will kein Blut dran kleben haben. Also leg es hin.»

«Sonst *was*? Stehst du auf und nimmst es mir weg? Und wenn du das geschafft hast, springst du vor Freude hoch in die Luft?»

«Nein, das tu ich nicht.» Basti ballt die Fäuste so fest zusammen, dass seine Fingernägel sich ins Fleisch bohren. Er kann es nicht leiden, wenn diese Seite von Josh zum Vorschein kommt, denn er ist gnadenlos überfordert damit.

Früher war Josh nie so. Es wird immer schlimmer ...

«Wer macht es dann?», stänkert Josh weiter. «Freiwillige bitte einen Schritt vor!»

«Was willst du mir eigentlich sagen?» Mit dieser Frage überspielt Basti seine eigene Hilflosigkeit und trifft einen wunden Punkt in Josh.

«Hör auf, utopischen Träumen nachzujagen! Was soll das mit Sam denn werden? Ihr könnt nie eine Familie gründen!»

«Du hast mir versprochen, unsere Beziehung zu akzeptieren.»

«Ich akzeptiere sie. Aber ihr habt keine Zukunft! Du machst dir was vor. Sie wird dich so oder so verlassen!»

«Niemand kann mit Sicherheit sagen, dass ich keine Kinder zeugen kann. Es könnte funktionieren ...»

«Du belügst dich selbst und merkst es nicht mal!» Joshs Stimme ist kurz vor dem Überschnappen. Seine Hand klammert sich noch immer fest um den Griff des Messers. «Wie kann man nur so weltfremd sein?»

Basti bleibt weiterhin ruhig, fest entschlossen, sich nicht provozieren zu lassen. «Du bist an nichts schuld. Freu dich doch einfach darüber, dass ...»

«Mich freuen? *Freuen*? Über was? An was? Ich will mein scheiß Leben nicht! Du kannst es haben. Mein Leben für deins. Das ist es, was ich mir wünsche! Mein verdammtes Leben für deins! Es gibt nichts, worüber ich mich freuen kann.»

«Wieder und wieder dieses Thema! Du könntest dich beispielsweise freuen, dass du laufen kannst ...»

Joshs Augen blitzen voller Zorn auf. «Ich *will* nicht laufen können!» Ohne nachzudenken, reißt er einen Arm nach oben und rammt sich schwungvoll das Messer in den Oberschenkel. Sein Aufschrei zerreißt die Luft. Josh knickt mit dem rechten Bein ein und kann sich in letzter Sekunde am Rollstuhl abfangen, damit er nicht hinfällt. Entsetzt bemerkt Basti, dass das Messer in Joshs Bein steckt und seine Jeans mit Blut durchtränkt ist.

«Josh!» Basti greift unter Joshs Arme, richtet ihn halbwegs auf und hilft ihm, sich auf den Boden zu setzen. Dann schüttelt er ihn an den Schultern, weil Basti für einen Moment befürchtet, sein Freund könnte ohnmächtig werden. Doch dieser hebt beschwichtigend die Hand. «Alles okay, mir geht es gut.»

«Bleib sitzen, beweg dich nicht!» Schnell zieht er sein Handy aus der Tasche und wählt den Notruf. Noch während er seine Adresse durchgibt, macht er ein Geschirrtuch nass, fährt mit dem Rollstuhl dicht neben Josh und drückt es ihm auf die Stirn. Kurz überlegt er sich, auch ein Tuch um die Wunde zu wickeln, aber das Messer, das darin steckt, lässt das nicht zu.

Solche Wunden niemals abbinden, das könnte das Gewebe unwiderruflich zerstören.

Zwar tritt rund um die Klinge kontinuierlich Blut aus, aber es ist eher ein Sickern als schwallartig. Josh ist erschreckend blass geworden, und seine Hände beginnen zu zittern.

Er muss ansprechbar bleiben.

«Josh?»

«Hm?»

«Der Krankenwagen kommt gleich.» Tröstend legt er ihm die Hand auf die Schulter und behält weiterhin die Verletzung im Auge.

Zum Glück hat er nicht das Fleischmesser mit den Zacken genommen ...

«Mir ist schwindelig.» Josh bringt nur noch ein Flüstern zustande und dreht die Augen so weit nach oben, dass nur noch das Weiße zu sehen ist.

«Hey!» Basti schüttelt ihn erneut, und als das nicht die gewünschte Wirkung zeigt, schlägt er ihm mit der flachen Hand ins Gesicht. «Wach bleiben.»

Der Schlag macht Josh wieder munter. Die ganze Wut und Verzweiflung von vorher scheint von ihm abzufallen, denn er sinkt teilnahmslos in sich zusammen. Tränen beginnen sich in Joshs Augen zu sammeln. Vergeblich versucht er, sie wegzublinzeln.

«Warum kann ich nicht so sein wie meine Mutter?»

Es ist eine Frage, die Josh über die Jahre immer wieder gestellt hat und die Basti bis heute nicht beantworten kann. Ein klägliches Miauen erregt seine Aufmerksamkeit. Wiederwillig macht Basti sich auf den Weg zur Haustür. Luka huscht hinein und verschwindet im Schlafzimmer. Basti kehrt zurück zu Josh, stemmt sich aus dem Rollstuhl und setzt sich zu ihm auf den Boden. Vorsichtig legt er ihm einen Arm um die Schultern und zieht ihn an sich.

«Eines Tages wirst du so sein wie Birgit. Du musst es nur wollen und immer wieder versuchen …»

Eines Tages wirst du tot sein. Wie deine Mutter.

Schockiert darüber, wie man seine Worte auslegen könnte, verstummt Basti und wartet wortlos auf den Krankenwagen.

Der Notarzt schaut auf die beiden in der Küche sitzenden jungen Männer. Mit skeptischer Miene beginnt er mit der Notversorgung der Wunde. Der Sanitäter ist damit beschäftigt, Josh den Blutdruck zu messen.

«Neunzig zu sechzig», bemerkt er. Basti kann seinem Tonfall nicht entnehmen, ob das nun noch in der Norm liegt oder bereits ein Grund zur Sorge ist.

«Ist es schlimm? Wurden Nerven durchtrennt?», will Basti wissen.

«Das können wir noch nicht sagen, dazu müssen wir erst röntgen. Zumindest wurde die Femuralis nicht verletzt. Er hatte großes Glück.»

«Was ist das denn?»

«Die Arterie.» Der Notarzt drückt die Verletzung sauber ab, um die inzwischen schwache Blutung endgültig zum Stillstand zu bringen. «War das Messer mit Fleisch kontaminiert?»

«Nein. Damit wurde nie Fleisch geschnitten, und es kommt frisch aus der Spülmaschine.» Basti runzelt die Stirn. «Er ist gegen Tetanus geimpft.» Das weiß er deswegen so genau, weil Josh sich vor ein paar Jahren bei einem seiner Ausraster eine verunreinigte Schürfwunde am Ellbogen zugezogen hat und deswegen nachgeimpft werden musste.

Damals war die Situation eine ganz ähnliche wie heute. Josh hatte angedroht, sich das Leben zu nehmen, und war auf eine Brückenmauer geklettert. Basti konnte ihn rechtzeitig festhalten, aber Josh fing an, sich heftig zu wehren. Verzweifelt riss Basti ihn von der Mauer. Josh ist so böse auf den Schotter gestürzt, dass er sich den gesamten Arm aufschürfte und sich zudem unzählige Kieselsteine hineinbohrten. Außerdem war er minutenlang nicht ansprechbar, und Basti blieb nichts anderes übrig, als den Notarzt zu rufen.

Basti schließt kurz die Augen und zwingt sich, wieder in die Gegenwart zu kommen.

Der Arzt deckt gerade die Wunde mit sterilen Tüchern ab.

«Was ist passiert?», fragt er Josh. Dieser hat bei der gesamten Behandlung nicht einmal das Gesicht verzogen und ist bereits wieder in sein einsames Schweigen gefallen. Er macht keine Anstalten, eine Antwort zu geben.

«Er ist abgerutscht», erklärt Basti.

«Aha», macht der Arzt. «Beim Essenzubereiten, oder wie?» Suchend schaut er sich in der blitzblanken Küche um.

Basti sitzt noch immer auf dem Boden und lächelt freundlich. «Nein, natürlich nicht. Oder sieht es aus, als hätten wir gekocht?»

«Was haben Sie denn dann gemacht?»

«Wir haben gespielt», sagt er. «Sie wissen schon. Dieses Spiel, bei dem man die Hand flach auflegt und mit einem Messer ganz schnell zwischen die Finger sticht. Dabei ist er abgerutscht. Schön blöd, oder?»

Langsam erhebt sich der Arzt und schaut vorwurfsvoll auf Basti hinab. Der Sanitäter bereitet in dieser Zeit die Trage vor und macht sich daran, Josh eine Infusion zu legen. «Ich glaube Ihnen kein Wort.»

«Wollen Sie etwa behaupten, dass ich lüge?»

«Ich sage lediglich, dass ich Ihre Version nicht glaube. Das Messer steckt vollkommen gerade im Bein. So rutscht man nicht ab.»

«Was ist denn Ihrer Meinung nach passiert?», fragt Basti und sieht sein Gegenüber herausfordernd an. «Wollte ich meinen besten Freund umbringen? Indem ich ihm ein Messer in den *Schenkel* steche? Was hat das für einen Sinn?»

«Sagen Sie es mir!»

«Ich bitte Sie.» Basti setzt wieder ein Lächeln auf und schaut den Arzt unschuldig an. Mit gespielter Verwirrung deutet er mit dem Zeigefinger auf seine Beine, die leblos auf dem Boden liegen. «Sie sehen doch, ich kann ja noch nicht mal laufen. Wie soll ich so was zustande bringen?»

«Es stimmt, was er sagt», sagt Josh. Entschieden schiebt er die ausgestreckten Hände des Sanitäters weg und erhebt sich, um sich selbst auf die bereitgestellte Trage zu legen. «Das kann ich gerade noch allein.»

«Und Sie?», fragt der Arzt nun etwas freundlicher an Basti gewandt. «Brauchen Sie Hilfe?»

«Nein, ich komme klar.» Basti macht eine lässige Handbewegung zur Tür. «Gehen Sie nur. Ich komme nach.»

Besorgt schaut er zu, wie Josh hinausgetragen wird, und macht sich dann fertig, damit er ebenfalls ins Krankenhaus fahren kann.

Eine knappe Stunde später darf Basti zu Josh ins Zimmer. Das Messer wurde bereits herausgezogen. Ein Arzt ist gerade dabei, das Bein zu verbinden. Josh selbst liegt auf dem Rücken, das Gewicht auf die Unterarme gestützt, die Lippen zu einem schmalen Strich zusammengepresst. Schweigend starrt er aus dem Fenster. Basti boxt ihn freundschaftlich in die Seite: «Und? Alles okay?»

Josh zuckt die Achseln und schweigt weiter.

«Wie schlimm ist es?», fragt Basti den Arzt.

«Darf ich fragen, wer Sie sind?» Er schiebt seine Brille zurück auf die Nase und blickt Basti interessiert an.

Er ist froh, dass ich da bin, weil er mit Josh nicht klarkommt.

«Mein Name ist Steiner», stellt Basti sich vor, reicht dem Arzt die Hand und erwidert dessen Händedruck. «Ich bin sein Freund und war bei dem Unfall dabei. Gibt es Komplikationen?»

Der Arzt wendet sich sichtlich erleichtert an Basti. Er scheint bereits zu ahnen, dass seine Worte nicht zu Josh durchdringen. «Das Messer hat drei Zentimeter tief im Fleisch gesteckt. Es wurden keine Sehnen und Muskeln verletzt. Spätfolgen sind nicht zu erwarten. Da das Messer nach Aussage des Erstversorgers sauber war, habe ich die Wunde gleich genäht und einen Schutzverband angelegt. Ihr Freund muss morgen zum Hausarzt, um den Verband zu wechseln. Anschließend sollte alle zwei bis drei Tage eine Kontrolle erfolgen.»

«In Ordnung. Ich sorge dafür, dass er das einhält.»

Basti weiß genau, dass er dieses Versprechen niemals halten kann. Josh lässt sich von ihm nichts sagen. Hunderte Male hat er versucht, seinen Freund zu einer Therapie zu bewegen, hat ihm gedroht, den Kontakt abzubrechen, wenn er nicht geht, aber alle Versuche sind gescheitert. Josh lässt sich nicht unter Druck setzen.

Josh ein Ultimatum zu stellen, hätte nur zur Folge, dass er komplett dichtmacht und mir aus dem Weg geht.

«Sobald er sich dementsprechend fühlt, dürfen Sie Ihren Freund mit nach Hause nehmen.» Der Arzt steht auf, und Basti befürchtet plötzlich, dass er sie beide für ein Pärchen halten könnte. Er kämpft den Impuls nieder, die Situation klarzustellen.

«Danke sehr.»

«Gute Besserung», sagt er zu Josh und versucht gar nicht erst, ihm die Hand zu geben, sondern verlässt ohne weitere Verabschiedung das Zimmer. Kaum ist die Tür geschlossen, setzt Josh sich auf und hebt warnend die Hand. «Sag nichts. Ich weiß selbst, dass es dumm war. Mir ist einfach eine Sicherung durchgebrannt.»

«Mal wieder.» Basti gibt sich keine Mühe, sein Missfallen zu unterdrücken. «Du brauchst echt ganz dringend professionelle Hilfe.»

«Wieso mal wieder? Ich hab so was noch nie gemacht.»

«Stimmt. Die letzten Male, als in deinem Kopf irgendwas durchgeknallt ist, hast du versucht, vor einen Zug zu laufen, und warst kurz davor, von einer Brücke zu springen. Das war natürlich was ganz anderes.»

Josh beißt die Zähne zusammen und verschränkt die Arme vor der Brust. Kurz befürchtet Basti, dass es sich mit Unterhalten bereits erledigt hat, aber er täuscht sich.

«Da ist mir nichts durchgeknallt. Das war eine ganz bewusste

Entscheidung – und das weißt du auch.» In diesem Moment bröckelt die sorgsam zurechtgelegte Fassade, und Josh schlägt die Hände vors Gesicht, damit Basti die Tränen nicht sehen kann, die bereits über seine Wangen rinnen. «Ich werde mit dieser Schuld niemals leben können ...»

«Du bist nicht schuld!» Früher hatte Basti sich oft vorgenommen, diesen Satz auf Tonband aufzunehmen, damit er ihn bei Bedarf immer wieder abspulen konnte. Es sind mit Abstand die meistgesagten Worte seines Lebens.

«Außerdem wollte ich zu meiner Mama!», platzt Josh plötzlich heraus und beginnt zu schluchzen. «Und ich will es noch heute.»

«Ich weiß.» Mitleid wallt in Basti auf, als ihm wieder einmal klarwird, dass Josh in einigen Punkten nie erwachsen geworden ist. Irgendwie ist ein Stück von ihm in der Kindheit hängen geblieben, und er schafft es nicht, diesen Teil zurückzulassen und weiterzugehen. Joshs Blick schweift aus dem Fenster, und Basti schaut ebenfalls hinaus. Die Sonne scheint hell, und die Luft ist erfüllt vom Zwitschern der Vögel, aber nichts von diesem Frieden dringt ins Zimmer hinein. Innerhalb dieser Wände ist die Verzweiflung greifbar. Der Frust, die Kälte und die Trauer, die Josh ausstrahlt, sind so präsent, dass es fast unmöglich ist, sich wohlzufühlen. Selbst Basti, der an dreihundertfünfzig Tagen im Jahr gute Laune hat, schafft es heute nicht mehr, dieser negativen Energie etwas entgegenzusetzen. Gerne hätte er seinen Freund mitgezogen auf die schönen Seiten des Lebens, aber er muss aufpassen, dass er nicht selbst hineingerät in den Strudel der Unzufriedenheit, der Josh umgibt und der Grund dafür ist, dass niemand etwas mit ihm zu tun haben will.

Niemand außer mir. Weil ich ihn auch anders kenne und deswegen nicht loslassen kann.

«Komm», sagt Basti und zieht Josh am Arm von der Liege. Er

muss hier raus. Die Wände scheinen sich plötzlich auf ihn zuzubewegen, und er hat das Gefühl, die Luft wird immer knapper. «Lass uns gehen.»

Josh wischt sich mit dem Ärmel seines Kapuzenpullovers die Tränen aus dem Gesicht und stützt sich mit der rechten Hand auf den Rollstuhl, um das verletzte Bein nicht mit dem vollen Gewicht belasten zu müssen. Wortlos humpelt er neben Basti in Richtung Fahrstuhl.

SAMANTHA

Der warme Wind weht durch das geöffnete Fenster ins Auto und verknotet meine Haare. Es ist ungewöhnlich heiß heute, und obwohl wir die Klimaanlage anhaben, brauche ich die frische Luft von außen.

«Wunderbar. War klar, dass wir in einen Stau kommen», schimpft Josh von hinten.

In Schrittgeschwindigkeit tuckern wir über die Autobahn, und Joshs genervtes Schnauben hinter mir macht mich noch nervöser, als ich es ohnehin schon bin. Unruhig rutsche ich auf dem Sitz hin und her und tippe mit der Schuhspitze auf der Kunststoff-Fußmatte herum.

Was, wenn wir es nicht rechtzeitig schaffen?

Die Art Gallery in Wiesbaden hat zwar den ganzen Vormittag Einlass, aber ich will unbedingt Todd Williamson treffen, und er wird nicht ewig da sein.

«Ganz ruhig bleiben», sagt Basti, als wir für einen Moment zum Stehen kommen, und legt die Hand auf mein Knie. Eine wohlige Wärme breitet sich in mir aus. Sie scheint von Bastis Fingern in meine Oberschenkel zu fließen und sich in meinem ganzen Körper zu verteilen. «Ich weiß, dass das dein Lieblingskünstler ist. Du wirst ihn nicht verpassen, versprochen.»

Selbst wenn wir stundenlang hier stehen müssen. Basti ist da. Das macht es erträglicher.

«Ich fahre da vorne an der Abfahrt runter», beschließt Basti und legt den zweiten Gang ein.

«Können wir kurz an der Raststätte haltmachen?» Mit dem Finger deute ich auf das blaue Schild, das im Schneckentempo näher kommt.

Josh schnaubt wieder. «Wenn wir zu spät kommen, wissen wir wenigstens, warum.»

Warum hat er es eigentlich auch so eilig?

Mir ist noch nie aufgefallen, dass Josh sich sonderlich für Gemälde interessiert. Es könnte ihm egal sein, wenn wir etwas verpassen.

Eigentlich hätte er sich den Ausflug auch sparen können. Warum hat Basti ihn überhaupt mitgenommen?

Er ist einfach dabei, weil er immer dabei ist, antworte ich mir in Gedanken selbst.

Irgendwie ist es ganz selbstverständlich geworden, dass wir zu dritt weggehen.

Basti lenkt den Wagen auf den Ausfahrtsstreifen und beschleunigt kurz, bevor er auf dem Parkplatz neben einer Tankstelle anhält.

«Ich geh schnell», sage ich und drücke Basti einen Kuss auf die Wange, während ich blind nach dem Türgriff angle. Meine Finger greifen ins Leere, und ich drehe mich verwirrt um. Josh steht bereits neben dem Auto und hält mir die Tür auf.

«Ich komm mit», verkündet er knapp und folgt mir über den Parkplatz zu den Toiletten.

Geht er mit, weil er weiß, dass es für Basti zu umständlich wäre? Wieso meint er eigentlich, ich kann nicht allein aufs Klo?

Obwohl ich extra langsam gehe, bleibt Josh ein ganzes Stück zurück. Es fällt ihm schwer, mit seinem verletzten Bein zu laufen.

Das wird lustig, nachher auf der Ausstellung. Einer kann gar nicht laufen, und der andere humpelt …

Gerne hätte ich Josh auf seine Kurzschlusshandlung angesprochen. Aber ich fürchte mich vor einer überzogenen Reaktion und will mir nicht den Tag versauen. Gerade als ich die Tür zur Toilette aufhalten will, spüre ich einen dumpfen Aufprall auf meiner Schulter. Zwei junge Männer mit Kippen in den Mundwinkeln stehen vor mir und starren mich an.

«Ey, was soll das?», pöbelt einer und hebt drohend die Hand.

Sofort beschleunigt sich meine Atmung.

«Entschuldigung», murmele ich. Bevor ich weiterreden kann, ist Josh neben mir. Er stellt sich dicht an meine Seite und legt mir den Arm um die Schultern.

«Ist doch gar nichts passiert», sagt er ruhig und starrt die beiden an. «Nicht wahr?»

«Passt schon», erwidert einer. Josh lässt ihn nicht aus den Augen, während er mir die Tür zur Damentoilette öffnet. Schnell schlüpfe ich unter seinem Arm hindurch in den Raum hinein und sehe durch den sich schließenden Spalt, dass die Typen sich entfernen. Gerne hätte ich mir extra Zeit gelassen, um sicherzugehen, dass sie wirklich weg sind, bevor ich wieder aus der Toilette komme. Aber der Drang, mich zu beeilen, ist immer in mir, und da wir ohnehin schon spät dran sind, bin ich bereits nach zwei Minuten wieder neben Josh.

«Danke», sage ich zu ihm.

Steht er immer noch auf demselben Fleck? Oder schon wieder?

«Kein Ding», gibt er zurück. «Ist doch meine Aufgabe, auf dich aufzupassen.»

«Deine Aufgabe?» Verwirrt schaue ich ihn an.

«Natürlich», bestätigt er und humpelt neben mir zurück zum Auto. Er schaut mich an, mit einer Mischung aus Sympathie und etwas, was mich frösteln lässt.

Besitzergreifend. Als wäre er für mich verantwortlich.

«Und warum?», frage ich. Gerne würde ich ihm sagen, dass das, wenn überhaupt, Bastis Aufgabe ist. Doch Joshs Antwort kommt zu schnell: «Weil wir Freunde sind. Da macht man das so. Niemand wird dich mehr verletzen.»

Eine Gänsehaut breitet sich auf meinen Armen aus, als ich

erkenne, dass er seine Worte ernst meint, und ein Gefühl sagt mir, dass seine Bereitschaft, mich zu schützen, weit über ein gesundes Maß hinausgeht.

Zu unser aller Überraschung haben wir es pünktlich nach Wiesbaden geschafft. Zwei Minuten, nachdem ich die große Halle erreicht habe, bin ich in meiner Welt. Ich vergesse sogar teilweise, dass ich mit Basti hier bin, so sehr faszinieren mich die abstrakten Gemälde.

«Und mit so was verdient man Geld?», grummelt Josh, als wir uns gemeinsam ein Bild ansehen. Obwohl seine Worte mürrisch sind, meine ich, einen Anflug von Belustigung herauszuhören. Dann entdecke ich endlich Todd Williamson. Er steht neben seinem Werk und beantwortet den Besuchern ihre Fragen. Ich lasse Bastis Hand los und eile zu der Menge, in der Hoffnung auf eine Gelegenheit, meine eigenen Fragen loszuwerden.

JOSHUA

Die Stille im Labor und das akribisch genaue Arbeiten beruhigen ihn. Hier an seinem Schreibtisch ist der einzige Ort der Welt, an dem Josh vergessen kann, wer er ist. Der Ort, an dem er kaum an den Menschen denkt, der er gerne wäre.
Birgit.
Josh setzt sich auf den dreibeinigen Hocker, um sein schmerzendes Bein zu entlasten. Wenn er länger steht, spürt er die Wunde am meisten. Sie pocht und versucht zu heilen. Glücklicherweise scheint das ohne Komplikationen zu funktionieren, und den Großteil seiner Arbeit kann Josh auch im Sitzen ausführen.

Im Wesentlichen geht es in seinem Job darum, ständig die Produktion zu verbessern und somit dazu beizutragen, dass Umweltbelastungen vermieden oder zumindest stark reduziert werden. Eine gute Sache, der er sich ganz hingeben könnte. Wäre da nicht die Stimme in seinem Hinterkopf, die Josh stets daran erinnert, dass er eigentlich lieber Maschinenbau studiert hätte.

Schon längst hat Josh festgestellt, dass ihm die Einsamkeit des Labors viel mehr zusagt als ein Großraumbüro wie das, in dem Basti arbeitet. Dennoch bleibt der schmerzhafte Gedanke, nicht das erreicht zu haben, was Basti hat.

Ewig hinterher. Dazu verdammt, nicht das zu bekommen, was ich will.

«Scheiß drauf!», sagt er leise in die Stille und notiert sich ein Ergebnis auf seinem Block. Es ist wohl doch etwas dran an der Aussage, dass nicht jeder zum Sieger geboren ist. Was hatte sein Vater immer zu ihm gesagt, als Josh noch klein war?

«Du musst nichts können. Wenn ein Rudel Wölfe hinter dir her ist, ist es egal, ob du schnell rennen kannst. Du musst nur schneller sein als irgendein anderer und zusehen, dass der gefressen wird und nicht du.»

Sein Vater vermittelte ihm liebend gerne, dass Rücksichtnahme auf andere nichts ist als eine Schwäche.

Auch Ehrgeiz war etwas, was ihm schon früh genommen wurde, mit Worten, die Josh bis an sein Lebensende nie vergessen wird:

«Egal, wie gut du in etwas bist, es gibt immer jemanden, der besser ist. Also versuch erst gar nicht, der Beste zu sein. Du wirst es sowieso nicht schaffen.»

Josh sieht prüfend in das Reagenzglas, tippt seine Beobachtung in den Computer und schreibt einen weiteren Wert auf den Block. Fast wäre er zusammengezuckt, weil sich die Tür geöffnet und sein Vorgesetzter den Raum betreten hat.

«Josh, wie weit bist du?»

«Womit?», will er wissen. Alles in ihm zieht sich zusammen, und er starrt seinen Vorgesetzten an.

«Ähm?» Nils starrt wütend zurück. «Dir ist klar, dass wir in einer halben Stunde eine Pressekonferenz haben? Wir haben gestern den kausalen Zusammenhang erörtert. Das solltest du heute interdisziplinär aufzeigen.»

«Mist.» Schlagartig fällt es ihm wieder ein. Josh hat sich die Unterlagen kein einziges Mal mehr angesehen und sich keine Notizen gemacht. Unmöglich für ihn, mit leeren Händen in einer solchen Situation frei zu sprechen.

«Nils, sorry. Ich hab es total vergessen. Ich ...»

«Was willst du damit sagen?»

«Ich kann das nicht.» Josh schlägt die Augen nieder und schweigt.

«Schon wieder? Das ist das dritte Mal in diesem Jahr.» Er spürt, wie sein Vorgesetzter um Selbstbeherrschung kämpft. Vermutlich würde er ihn am liebsten an die Luft setzen. «Geht das nun immer so weiter? Oder kriegst du das bald mal in den Griff?»

Josh zuckt die Schultern und schweigt. Gerne hätte er sich verteidigt und Nils gesagt, was ihn die letzten Tage umgetrieben hat: der Streit mit Basti, seine Verletzung und die Fahrt mit dem Rettungswagen in die Klinik. Aber Josh hat gelernt, Kritik wortlos über sich ergehen zu lassen. Stumm schaut er auf den grünen Boden zwischen seinen Schuhen und wartet, bis Nils fertig ist. Dann nuschelt er ein weiteres «Sorry».

«Das ist das letzte Mal, dass ich für dich einspringe», schnauzt Nils. «Und wenn so was noch mal vorkommt, dann kriegst du eine Abmahnung.»

Josh kennt das Gefühl der Schande, das nun von ihm Besitz ergreift. Er kommt sich gedemütigt vor und schleicht aus dem Büro. Jetzt gilt es, ein weiteres unangenehmes Ereignis hinter sich zu bringen.

Josh liebt es, die Bilder von Sam anzusehen, die er sich von Facebook heruntergeladen und ausgedruckt hat. Ihr Lächeln lässt ihn den Ärger mit seinem Vorgesetzten vergessen. Es strahlt eine Wärme und eine Herzlichkeit aus, die er in sich selbst nicht findet. Eins der Fotos steht auf der Kommode, neben den Porträts von Birgit. Die anderen beiden stehen auf dem Nachttisch im Schlafzimmer.

Warum eigentlich? Bis vor kurzem war sie dir doch noch genauso egal wie der Rest der Welt ...

Aber irgendwann muss sich das unbemerkt geändert haben, denn nun denkt er abends vor dem Einschlafen öfter an sie. Er hat sogar schon angefangen, mit ihr zu sprechen, so wie er es auch mit seiner Mutter macht. Oft erzählt er Sams Foto, was in seinem Inneren für ein Sturm tobt und wie gerne er sie in seiner Nähe hätte. Nur um zu reden. Und um wieder so berührt zu werden wie dieses eine Mal vor dem Lokal, als Basti und Sam ihn zum Essen mitgenommen haben.

Unerreichbar! Sam ist für dich unerreichbar!

Natürlich ist sie das. Selbst wenn Sam nicht die Freundin seines einzigen Freundes wäre. Niemals würde ein solches Mädchen sich für ihn interessieren.

Mit ihr gäbe es dieselben Schwierigkeiten wie mit Lisa ...

Josh wirft einen Blick auf seine Armbanduhr. Alles in ihm sträubt sich dagegen, zu Elias zu gehen, und die letzten zwei Jahre konnte er dies auch erfolgreich vermeiden. Jeder Besuch bedeutet für Josh eine enorme psychische Herausforderung, weil sie ihn mit voller Wucht in die Vergangenheit katapultiert und ihm gnadenlos verdeutlicht, dass Josh genau das ist, was sein Vater ihm prophezeit hat: *wertlos und überflüssig.*

Elias hat es nie geschafft, seinem Sohn so etwas wie ein Selbstwertgefühl zu vermitteln – im Gegenteil. Immer wenn die beiden sich begegnen, kommt Josh sich vor, als hätte er keine Daseinsberechtigung in Elias' Haus. Vielleicht nicht mal in seiner Nähe ...

Nicht einmal auf dieser Erde ...

Um diese Erkenntnis zu umgehen, drückt sich Josh um die meisten Besuche. Aber heute ist der sechzigste Geburtstag seines Vaters, und deswegen bleibt ihm keine Wahl.

Missmutig macht er sich auf den Weg zur Haltestelle am Holzhausenpark. Obwohl die Straße durch die vielen Alleebäume sehr unübersichtlich ist, überquert er sie, ohne zu schauen. Sein Blick ist auf den Asphalt unter ihm gerichtet. Nicht, dass es hier wichtig wäre, wohin er die Füße setzt. Kniffelig wird es erst am Grünstreifen, denn der ist zu breit, um ihn mit einem Schritt zu überqueren, und zu schmal für zwei Schritte. Wenn er allerdings mit dem rechten Fuß auf das Gras tritt, muss er es anschließend auch mit dem linken Fuß tun.

Seit seiner Kindheit versucht er, sich an diese selbstauferlegte Regel zu halten.

Wenn du dich nicht daran hältst, passiert etwas.

Deswegen macht Josh im Normalfall zwei Mini-Schritte über den Grünstreifen, auch wenn das für alle Umstehenden sicher merkwürdig aussieht.

Noch bevor Josh seinen Tick umsetzen kann, fährt der Bus ein. Josh rennt humpelnd los, tritt nur mit dem rechten Fuß auf die Wiese und spurtet, so schnell er kann, zur Haltestelle.

Du wirst es bereuen, Josh! Wenn heute was passiert, bist du selbst schuld!

Im letzten Moment springt er in den Bus der Linie 36 ein, bevor sich die Türen schließen. Die Fahrt von Nordend nach Nied, einem der «Armenviertel» Frankfurts, dauert knapp fünfundvierzig Minuten, und man muss einmal in eine Straßenbahn umsteigen. Zwar hat Josh bereits mit achtzehn Jahren den Führerschein gemacht, aber gefahren ist er schon seit seinem Autounfall vor fünf Jahren nicht mehr. Seitdem steht sein Wagen mit gebrochener Hinterachse und zwei zerstörten Radnaben in der Garage und wartet auf eine Reparatur. Josh fehlt es nicht an den finanziellen Mitteln. Er verdient gut und könnte die Werkstatt mühelos bezahlen, aber er hat keinen Grund, diesen Schritt zu unternehmen.

Basti denkt bis heute, dass Josh nicht mehr Auto fährt, weil er seit dem Unfall Angst davor hat. Aber das entspricht nicht den Tatsachen. Josh hat keine Angst. Weder vor dem Fahren noch davor, dass ein weiterer Unfall passieren könnte. Zumal es nicht wirklich ein Unfall war. Es ist ihm wieder mal eine Sicherung durchgebrannt, als er einfach eine rote Ampel überfahren hat und direkt auf die stark befahrene Landstraße dahinter gerast ist, auf der ihm dann ein Geländewagen ins Auto gekracht ist.

Er wurde mit Schleudertrauma und Gehirnerschütterung ins Krankenhaus eingeliefert und musste drei Tage dort bleiben. Josh hat anschließend behauptet, er habe gedacht, es reiche ihm noch bei Orange über die Kreuzung, und alle haben ihm geglaubt. Sogar Basti. Zumindest hat er so getan, als ob.

Josh zieht sich die Kapuze seines Pullovers tief ins Gesicht, als er die Straßenbahn verlässt. Einerseits, um sich vor dem Wind zu schützen, andererseits aber, weil er sich vor seinem Vater abschirmen will. Josh geht quer über die Gleise, raus aus der Innenstadt, hin zu den grauen und tristen Hochhäusern ohne Gärten, ohne Vorhänge und ohne Liebe. Dafür mit ganz viel Müllbeuteln vor den Haustüren, Graffiti an den Wänden und Gewalt hinter den Fenstern.

Oft denkt er an das kanarienvogelgelbe Haus mit den Apfelbäumen zurück, in dem er seine ersten Lebensjahre verbringen durfte. Aber mit dem Verlust der Mutter hat er auch sein Zuhause verloren. Eine Lebensversicherung hat Birgit aufgrund gesundheitlicher Vorbelastung nie bekommen. Deswegen musste Elias aufhören zu arbeiten, um sich um die Kinder zu kümmern, und ohne Geld gibt es nun mal auch kein Eigenheim.

Ein Eigenheim ist nur etwas für heile Familien. Menschen mit Schicksalsschlägen landen in der Gosse.

Diese Worte von Elias hallen noch heute in seinem Kopf nach, und er weiß, dass es allein Bastis Verdienst ist, dass Josh studieren konnte und den Absprung geschafft hat. Ohne die Unterstützung von Bastis Familie wäre das niemals machbar gewesen. Raus aus der Armut, hinein in ein besseres Leben. Nur dass er damit so gar nichts anfangen kann.

Die Haustür ist nur angelehnt. Das hier sind alles Sozialwohnungen, und niemand macht sich die Mühe abzusperren. Es gibt sowieso nichts, was man stehlen könnte. Josh fährt mit dem Fahrstuhl in den siebten Stock, atmet noch einmal kurz durch und schließt dann die Wohnung auf. Es riecht nach kaltem Zigarettenrauch und einem schweren Frauenparfüm.

«Hallo», ruft er in die Wohnung, ohne eine Antwort zu erwarten. Er geht den kurzen Flur entlang. In der Ecke stehen mehrere Kartons aufeinander, und überall auf dem Boden liegt Krimskrams herum. Den Teppich hätte man senkrecht aufstellen können, so sehr starrt er vor Schmutz. Zögernd betritt Josh das Wohnzimmer. Eine Woge eisigen Schweigens schlägt ihm entgegen. Sein Vater und seine Schwester sitzen sich mit verschränkten Armen wortlos gegenüber. Zu ihren Füßen liegt sein Neffe Curtis auf dem Boden und bohrt in der Nase. Seine dunklen Locken sind lang und wirr, und er würdigt Josh keines Blickes. Josh überschlägt im Kopf schnell die Jahre von Curtis' Geburt bis heute.

Er müsste jetzt vier Jahre alt sein. Und ich hab ihn noch gar nicht richtig kennengelernt.

«Hallo», wiederholt Josh etwas freundlicher. Er streckt seinem Vater die Hand hin. «Alles Gute zum Geburtstag.»

Elias steht nicht einmal auf, sondern verzieht fast angewidert das Gesicht. «Sieh einer an, der feine Herr Ingenieur lässt sich mal dazu herab, seine edlen Füße ins schmutzige Ghetto zu setzen.»

Bea sagt nichts. Sie ist genauso wortkarg wie der Rest der noch lebenden Familie.

Josh setzt sich neben seinen Vater und betrachtet seine jüngere Schwester. Ihre Haare sind knallpink gefärbt, ihre Nase und Lippen mit Piercings genauso durchlöchert wie ihre Jeans. Wenn er ihr auf der Straße begegnet wäre, dann hätte er sie niemals erkannt. Josh hat noch nie Farben an ihr gesehen. Früher war sie immer auf dem Gothic-Trip gewesen. Das letzte Mal, als er sie gesehen hat, trug sie dann plötzlich ein weißes Kleid und heiratete ihren zweiten Mann, von dem sie sich aber bald wieder scheiden ließ. Auch ihre erste Ehe mit Curtis' Vater hat nicht lange gehalten. Bea ist schon immer beziehungsunfähig gewesen. Eine Anpassung an die Gesellschaft ist ihr genauso unmöglich, wie Empathie zu empfinden. Sie hat weder einen Schulabschluss noch einen Job und wird vermutlich bis zu ihrem Tod auf Staatskosten leben.

Wie es mir ohne Basti eben auch ergangen wäre.

Die große Standuhr im Wohnzimmer tickt in die Stille. Elias zündet sich eine Zigarette an und starrt weiterhin mürrisch seine Kinder an, als versuche er, sie allein durch seine Blicke wieder zu verjagen.

«He, Curtis», begrüßt Josh seinen Neffen und kniet sich neben ihn. Er bemerkt den grünlichen Rotz, der den Jungen beim Atmen behindert. Automatisch nimmt er sich ein Papiertaschentuch aus der Box, die auf dem Tisch steht, und putzt ihm die Nase. «Kennst du mich noch? Ist ja schon wieder eine Weile her.»

Curtis lässt sich die Prozedur gefallen und schaut aus gelangweilten Augen durch alle hindurch. Von kindlicher Neugier ist hier nicht viel zu spüren.

Unbedacht legt Josh das Papiertaschentuch neben sich.

«Muss das sein?», fährt Elias ihn an. «Dass du die ganzen Keime und Bakterien hier verteilst? Kannst du denn nicht mitdenken?»

«Tut mir leid», gibt Josh zurück und steckt das Tuch in die Tasche seiner Jeans. Aber natürlich stellt auch das Elias nicht zufrieden.

Angewidert schnalzt er mit der Zunge. «Du bist so widerlich», ruft er verächtlich. «Dir den Scheiß auch noch in die Hose zu schieben.»

«Entschuldige», wiederholt Josh monoton, macht aber keine

Anstalten, das Tuch wieder herauszunehmen, um es in den Mülleimer zu werfen.

Er hat lange genug so mit dir gesprochen.

«Geht es dir gut?», fragt Bea hektisch, vermutlich nur, damit etwas gesagt ist.

«Ja. Dir?»

«Nein.» Sie macht eine rosarote Kaugummiblase und lässt sie platzen. «Mein Geld reicht mir nicht. Kannst du mir was pumpen?»

«Wie viel?»

Bea zuckt so heftig mit den Schultern, dass ihre vielen Armreifen klimpern. «Kein Plan. Einen Tausender?»

«Ja.» Josh nickt. «Gib mir deine Kontonummer, ich überweise dir was.»

Ein Lächeln huscht über ihr Gesicht. Sie zieht ein pinkfarbenes Portemonnaie aus ihrer zerschlissenen Handtasche, legt ihre Bankkarte auf die Couch und fotografiert sie mit ihrem iPhone ab.

«Ich schick es dir per WhatsApp. Müsste deine Nummer noch haben.»

«Du denkst auch, du bist was Besseres.» Elias ist aufgesprungen und zeigt wütend mit dem Zeigefinger auf Josh. «Kommst in mein Haus und schmeißt mit Kohle um dich, die dir nicht einmal zusteht.»

«Haus?» Josh schnaubt laut, um zu überspielen, wie sehr ihn die Worte seines Vaters verletzen. «Ach? Du meinst diese armselige Absteige hier? Verstehe.»

«Verschwinde einfach wieder!»

«Das Geld steht mir sehr wohl zu!», verteidigt sich Josh. Das Herz schlägt ihm hart gegen die Brust, und sein Magen hat sich schmerzhaft zusammengezogen. «Ich hab hart gearbeitet dafür!»

«Nachdem *fremde* Menschen es dir in den Arsch gesteckt haben!» Die dicke, bläuliche Schlagader an Elias' Hals tritt bereits hervor, wie immer, wenn er wütend ist und herumbrüllt. Speichel stiebt aus seinem weit geöffneten Mund und lässt zwei Zahnlücken sichtbar werden. «Was ich dir bieten konnte, das war dir ja niemals gut genug!»

«Du hast mir nie etwas geboten.» Josh ist nur äußerlich ruhig. Sein Blut beginnt bereits zu kochen, aber er will nicht vor Beas kleinem Sohn anfangen zu schreien.

«Alles hab ich für euch getan, ihr undankbaren Kreaturen.» Elias greift nach der Zigarettenschachtel und wirft sie in Joshs Richtung. «Hast du jemals daran gedacht, *mich* zu fragen, ob ich vielleicht Geld brauche?»

«Ich hab oft genug gefragt. Ständig. Du wolltest nichts von mir annehmen, weil du zu stolz bist.»

«Hört doch bitte auf zu streiten!» Bea ist ebenfalls aufgestanden und stellt sich vor den Vater. «Bitte. Lass Josh in Ruhe.»

«Geh mir aus dem Weg. Du kannst gerade das Maul halten. Außer die Beine breit machen und schnorren hast du noch nie was geleistet im Leben!»

«Es reicht, Elias!» Nun ist auch Josh laut geworden, und im gleichen Augenblick beginnt Curtis zu weinen.

Toll hast du das gemacht, du nutzloser Idiot, schimpft Josh im Stillen mit sich selbst. *Wärst du mal ordentlich mit beiden Beinen auf den Grünstreifen getreten, wäre das alles nicht passiert!*

«So redest du nicht mit meiner Schwester!»

Bea verlässt ihre Position und setzt sich wieder zu ihrem Sohn auf den Boden. Sie nimmt ihn in den Arm und wiegt ihn hin und her, als wäre er noch immer ein Baby.

«Verschwinde, Josh!», wiederholt Elias. «Verschwinde, bevor ich mich vergesse.»

«Jedes Mal das Gleiche», schreit Josh zurück. «Wieso können wir nicht normal miteinander umgehen?»

«Weil meine Kinder nichts als Versager geworden sind! Hätte Birgit uns nicht verlassen, wäre das nie passiert. Sie ist an allem schuld!»

«Halt die Fresse! Meine Mutter ist nicht schuld. Sie ist *gestorben*. Sie hat uns nicht verlassen! Wenn einer schuld ist, dann höchstens du!»

Mit einer schnellen Bewegung schnappt sich Elias den Keramik-Aschenbecher auf dem Tisch und schleudert ihn Josh an die Schulter. Er fällt auf den Boden, zerbricht in zwei Teile und hinterlässt ein Schlachtfeld aus Asche und Zigarettenstummeln. Curtis brüllt noch lauter.

«Komm, Bea. Wir gehen!» Josh streckt seiner Schwester die Hand hin. Doch Bea dreht sich weg.

«Ich bleibe bei Papa.» Auf ihren Wangen glitzern Tränen, dennoch fügt sie hinzu: «Bevor du kamst, war hier alles in Ordnung.»

Die Zurückweisung tut ihm fast schon körperlich weh. Josh macht auf dem Absatz kehrt, verlässt mit einem lauten Türenknallen die Wohnung und rennt die Treppe hinunter in Richtung Ausgang.

Ich gehe nie wieder zu meinem Vater. Am besten gehe ich nie wieder irgendwo hin.

Josh stürmt zur Haltestelle und unterdrückt das Bedürfnis, mit dem Kopf gegen irgendeine Wand zu rennen.

Überflüssig, Josh! Du gehörst hier nicht her! Du gehörst nirgendwo hin!

Die ganzen alten Gefühle kommen wieder in ihm hoch.

Wie soll ich das aushalten?

Es ist ihm zu viel. Alles ist ihm zu viel.

Josh starrt auf den Bildschirm und wartet ungeduldig darauf, dass der Zahlungsvorgang abgeschlossen wird. Bea hat ihm die Nachricht mit den Bankdaten sofort geschickt. Wenn es um Geld geht, dann ist sie immer schnell. Statt der geforderten tausend Euro hat er ihr das Fünffache überwiesen. Da er es eh nicht mehr braucht, ist es ihm lieber, Bea bekommt das Geld, bevor es Elias erbt. Er hätte ihr gerne alles überwiesen, inklusive Überziehungssaldo, aber mehr lässt sein Tageslimit nicht zu.

Die vielen Nachrichten, die Basti ihm schon den ganzen Tag schickt, ignoriert er. Josh liest sie nicht einmal, um nicht in Versuchung zu geraten, antworten zu müssen.

Er sorgt sich bereits!

Natürlich weiß Basti, dass Elias heute Geburtstag hat, und er weiß auch, wie sehr Josh solche Besuche emotional mitnehmen. Deswegen hat Josh am Morgen einfach gelogen und seinem Freund gesagt, er würde gar nicht zu seinem Vater gehen. Aber Basti ist dennoch besorgt und hat auch versucht anzurufen. Doch Josh will nicht reden, und er will auch nicht aufgemuntert werden.

Seine Entscheidung steht fest, und diesmal ist er entschlossen, es richtig zu machen. Nachdem die Bestätigung für die erfolgreiche Überweisung angezeigt wurde, klappt er den Deckel seines Laptops zu und steht langsam auf. Dann setzt er sich doch noch mal hin und klickt ruhelos an seinem Kugelschreiber herum, bevor er sich entschließt, dass es unnötig ist, etwas zu schreiben. Das hat er bei seinen ersten Versuchen auch nicht getan, an wen hätte er seine Worte auch richten sollen?

Allenfalls an seinen einzigen Freund, aber das war nicht nötig. Basti kann sich auch so denken, was Josh zu diesem Schritt veranlasst hat.

Sam vielleicht? ...

Wenn er singen könnte wie Basti, würde er wenigstens ihr etwas hinterlassen, um auszudrücken, was in ihm vorgeht.

Josh verwirft den Gedanken an das Lied wieder, denn er kann nicht singen, und er hat auch nie die Möglichkeit bekommen, ein Instrument zu lernen. Jahrelang hat er darum gebettelt, Trompete spielen zu dürfen, bis sein Vater ihn restlos davon überzeugt hatte, dass dies überflüssig und unnötig gewesen wäre.

Sam würden deine Gefühle eh nicht interessieren.

Für Elias und seine Schwester braucht er nichts zu schreiben. Sein Vater würde den Brief nicht einmal lesen, und zu Bea hatte er bis auf das Treffen heute seit Jahren keinen persönlichen Kontakt mehr. Wenn sie nicht gerade per SMS nach Geld fragt, hört Josh nie was von ihr.

Schon als Kinder haben sie sich nicht verstanden. Jeder hatte die Wut des Vaters vollkommen unbewusst und auch ungewollt an den anderen weitergegeben, bis es irgendwann einmal in stille Resignation umschlug.

Josh zieht sich seine Sweatjacke über und fragt sich selbst, wieso er das tut. Es kümmert ihn auch sonst nicht im Geringsten, ob er friert, warum braucht er dann kurz vor seinem Tod eine Jacke?

Bereits im Gehen steckt er sich die Stöpsel seines MP3-Players in die Ohren. Vor der Kommode bleibt er kurz stehen, nimmt sich das Foto von Sam und sieht es sich noch mal an.

«Danke, Sam. Für alles. Es kommt nicht oft vor, dass jemand mein Freund sein will.»

Dann wirft er einen Blick auf die Porträts seiner Mutter. Entschlossen nickt er ihr zu. *Bis bald.*

Mit einem leisen Klick fällt die Wohnungstür ins Schloss. Josh vermeidet es, sich noch mal umzudrehen, und starrt stur die Treppe hinunter. Zurückschauen würde bedeuten, dass man an diesen Ort zurückkehren möchte. Er will nicht zurückkommen, und er will auch nicht gerettet werden. Deswegen überspringt er das Lied «Save me from myself» von Sirenia und wählt den Song «A distance there is» von Theatre of Tragedy. Tiefsinnig und düster. Depressiv.

Er betritt die Garage und zieht sorgfältig die Feuerschutztür hinter sich wieder zu. Sein Auto steht noch immer zerbeult und einsam neben den platten Fahrrädern, die hier langsam vor sich hin rosten. Die andere Hälfte der Doppelgarage ist leer, weil niemand außer ihm ein Auto hat. Joshs Vermieterin, die im Erdgeschoss wohnt, hat noch nie einen Führerschein besessen. Außer den Waschmaschinen im Vorraum wird hier unten nichts mehr benutzt, und um diese Zeit wäscht niemand mehr seine Wäsche.

Josh entriegelt den Wagen, den er nur aus einem einzigen Grund abgeschlossen hat: um zu vermeiden, dass jemand den dicken Plastikschlauch im Kofferraum entdeckt und womöglich errät, was er damit vor vielen Jahren schon tun wollte. Sorgfältig geplant und doch nie umgesetzt, weil er zu feige war.

Aber jetzt ist er so weit. Dank Elias, der ihm heute nach langer Zeit wieder einmal so eindeutig klargemacht hat, dass er nichts wert ist und von niemandem gebraucht wird.

Manchmal ist es für alle am besten, das Feld einfach zu räumen.

Es dauert ein paar Minuten, bis der Schlauch richtig fest auf dem Auspuff sitzt und er ihn noch mit Klebeband fixiert hat. Das Fenster auf der Fahrerseite ist noch immer eine Handbreit geöffnet, genauso wie er es damals bei seinem ersten, vergeblichen Versuch hinterlassen hat. Sein Herz schlägt zweimal kurz schneller, als er das Schlauchende ins Fahrzeuginnere steckt. Dann hat er sich wieder im Griff.

Josh steigt auf der Beifahrerseite ein und rutscht dann über die Handbremse auf die andere Seite, um zu verhindern, dass seine Schlauch-Fenster-Konstruktion zerstört wird. Er versucht, die Musik noch lauter zu machen, nur um festzustellen, dass das Maximum bereits erreicht ist.

In Gedanken singt er seine Lieblingsstelle aus dem Text mit, übersetzt ihn automatisch ins Deutsche:

So schweige ich vor Schmerzen, ehe ich mit der Dämmerung zusammenfalle und schmelze.

Der perfekte Zeitpunkt, den Motor zu starten. Josh lässt sich tief in den Sitz sinken und legt den Kopf in den Nacken. Der Geruch nach Abgasen steigt ihm in die Nase. Bewusst atmet er tief ein.

Atme, Josh. Atmen ist das Ticket zu deiner Mutter.

«A distance there is» ist zu Ende, und Josh stellt es wieder auf Anfang.

Wie oft muss ich das machen, bis ich nichts mehr mitbekomme?

Josh lenkt die Gedanken zurück zu der Stimme in seinen Ohren und in seinem Kopf.

Du sagst mir, ich solle unverzüglich gehen –
Ich gehe mit meinem Leib und meinen Tränen in den Händen.

Weinen wird er diesmal nicht. Heute will er Freude empfinden. Vorfreude auf ein leidfreies Sein in Freiheit und Frieden.

Für einen Moment wird ihm schwindelig, und er spürt, wie er automatisch beginnt, flacher zu atmen.

Tief einatmen, Josh. Atmen macht dich frei.

Jetzt schlägt sein Herz kurz schneller und wird unruhig. Leuchtend grelle Punkte tanzen vor seinen Augen. Seine Finger krampfen sich um das Lenkrad, und er kämpft den Impuls nieder, auszusteigen und wegzulaufen. In seinem Kopf breitet sich ein dumpfes Gefühl aus, das ihm Schwerelosigkeit suggeriert, und auf einmal fühlt er sich unendlich müde.

Seine Gedanken werden eins mit der Musik und dem Rauschen in seinen Ohren.

Nach all diesen Jahren hast du mich in den emotionalen Tiefen gelassen –

Die düster gewebte Samtdecke wird auf mich gehängt

Ich wandte meine Gefühle von unserer so unwissenden Welt ab.

Endlich ist der Zeitpunkt gekommen, an dem alles gut wird. Er muss nur sitzen, warten und atmen.

SEBASTIAN

Basti liegt bereits im Bett und ist im Begriff einzuschlafen, aber die Sirenen lassen ihn zusammenzucken. Im selben Augenblick rinnt ihm kalter Schweiß den Rücken hinunter, während sein Blut in Wallung gerät. Noch heute, sieben Jahre später, reagiert sein Körper so, wenn er ein Martinshorn in der Nähe hört. Vielleicht ein Anzeichen dafür, dass er den Unfall längst nicht so gut verarbeitet hat, wie er sich das immer einredet.

Er richtet sich, so weit es geht, auf und schaut in die Dämmerung hinaus. Der Notarztwagen bleibt direkt gegenüber von seinem Fenster stehen, und zwei Männer steigen aus. Zeitgleich kommt ein Krankenwagen hinzu. Aus Bastis erhöhtem Puls wird Herzrasen. Seine Muskeln beginnen zu zittern, wie immer, wenn sich das Adrenalin in seinen Adern ausbreitet und er nicht die Möglichkeit hat, diese Energie sofort abzubauen.

Josh!

Ist ihm das bereits klar gewesen, bevor die Ärzte zum Nachbarhaus gerannt sind?

Er hört nie auf!

Schnell schnappt er sich seine Jogginghose und streift sie über die Boxershorts. Auf Socken und Schuhe verzichtet er. Seine Hände zittern viel zu sehr, und ihm fehlt die nötige Ruhe.

Fast wäre der Rollstuhl umgekippt, so ruckartig zieht Basti sich hinein. Hastig reißt er die Haustür auf. Schon nach ein paar Metern sieht er die Sanitäter mit einer Trage aus der Garage laufen. Keiner achtet auf ihn, und während die Tür des Rettungswagens geöffnet wird, schafft Basti es, die Distanz so weit zu verringern, dass er einen Blick auf Josh werfen kann. Sein Freund trägt eine durchsichtige Atemmaske auf seinem steingrauen Gesicht …

Er ist tot! Scheiße – er ist tot!

Panik ergreift ihn. Schlagartig wird ihm klar, dass er bis zu dieser Sekunde noch nie in seinem Leben wirklichen Schmerz empfunden hat. Alles bisher erlebte und gefühlte körperliche Leid war nur ein schwacher Abklatsch von dem, was er nun fühlt. In seinem Inneren explodiert etwas, und die scharfen Splitter schießen kreuz und quer durch seinen Körper.

«Josh!», ruft er. Niemand achtet auf ihn. Die Trage wird verladen, die Türen geschlossen, und die beiden Einsatzwagen fahren davon, als gäbe es ihn gar nicht.

Basti hat das Bedürfnis zu schreien, aber plötzlich dreht sich alles. Er kann nicht sagen, ob es diesen Schrei wirklich gibt oder ob er nur in seinem Kopf stattfindet. Automatisch greift seine Hand zur Brust, denn von dort strahlen die Schmerzen in seinen gesamten Körper aus.

Erst als die Einsatzfahrzeuge außer Sicht sind, ist er in der Lage, seine Augen von der Leere vor sich abzuwenden. Er dreht sich um, und sein Blick fällt auf die offene Garage und den Schlauch im Auspuffrohr von Joshs Wagen.

Er lebt noch!

Die Hoffnung ist schlagartig da. Wild und unbezähmbar wie ein Hengst, den man nach wochenlanger Gefangenschaft endlich aus dem Stall lässt und der kraftvoll in die Freiheit galoppiert.

Obwohl Joshs Auto älter als fünfzehn Jahre ist, verfügt es über einen Katalysator, der das gefährliche Kohlenmonoxid aus den Abgasen eliminiert. Möglicherweise hat das Josh gerettet …

«Sebastian!»

Basti dreht sich hastig um. Joshs Vermieterin, Ida Stiegler, steht kreidebleich vor ihm.

«Was ist mit Josh?», will er von ihr wissen.

«Ich … Ich …» Nervös schüttelt sie den Kopf und versucht verzweifelt, ihre Sinne wieder zusammenzubekommen.

Sie steht unter Schock. Eigentlich hätte man sie mit ins Krankenhaus nehmen müssen.

«Ganz ruhig. Erzählen Sie doch einfach der Reihe nach, was passiert ist.» Basti fällt es schwer, seine eigene Ungeduld im Zaum zu halten. «Sie sind in den Keller gegangen. Und dann?»

«Ich wollte noch kurz vor die Tür, um frische Luft zu schnappen. Dann habe ich ein Geräusch von unten gehört. Einen Moment lang dachte ich, der Trockner wäre noch an. Aber … aber ich hatte doch gar nichts reingetan in den Trockner.» Die Vermieterin holt tief Luft und redet hastig weiter. «Also wollte ich nachsehen …»

«War Josh noch im Auto? War er ansprechbar?»

«Der Motor lief. Ich habe den Schlauch erst gar nicht gesehen. Aber das Garagentor war zu, das war so merkwürdig.» Schwer atmend und mit zitternden Händen dreht Ida Stiegler eine Locke ihrer Dauerwelle um den Zeigefinger. «Dann habe ich die Fahrertür aufgerissen, und Joshua ist mir regelrecht vor die Füße gekippt.»

«War er ansprechbar?», wiederholt Basti seine Frage.

«Nein. Ich dachte, er wäre tot. Deswegen hab ich ihn liegen lassen und nur schnell das Auto ausgemacht, dann das Garagentor geöffnet und den Notruf gewählt. Es dauerte nicht lange, bis der Notarzt kam.»

… ihn liegen lassen …

Basti unterdrückt den drängenden Impuls, der Vermieterin etwas an den Kopf zu werfen. Keine Wiederbelebungsmaßnahme, nicht versucht, ihn wach zu bekommen. Nichts.

«Was haben die Ärzte gemacht? Konnten die mit ihm sprechen?»

«Sebastian.» Ihre Stimme beginnt zu zittern. «Ich kann es Ihnen nicht sagen. Sie haben ihn hochgehoben und weggetragen. Mehr konnte ich nicht sehen. Ich bin weggegangen, weil ich dachte, er wäre tot.»

Weggegangen und liegen lassen.

Wieso verfügen die Menschen nicht über mehr Hilfsbereitschaft und Courage?

Wütend schüttelt er eine wirre Haarsträhne aus der Stirn und versucht, seine Gedanken zu sortieren. Die Ersthelfer haben Josh Sauerstoff gegeben und ihn mitgenommen. Vermutlich wird er erstmal eine Weile im Krankenhaus bleiben müssen.

Aber er wird es überleben.

Die Hoffnung, die eben nur durch ihn durchrauschte, ist nun untrennbar mit Bastis Gedanken verbunden.

Und dann wird er in die geschlossene Anstalt kommen.

«Danke schön», sagt Basti zu der Vermieterin. «Ich werde zu ihm ins Krankenhaus fahren.»

Er macht sich auf den Weg zu seiner Wohnung, um sich doch Schuhe anzuziehen, vor allen Dingen aber, um Sam anzurufen.

Sie muss ihn unbedingt begleiten.

Seit einer gefühlten Ewigkeit steht er mit Sam am Krankenhausbett und beobachtet Josh. Er ist wach, hat aber noch kein Wort mit ihnen gesprochen. Basti befürchtet, dass sich das in den nächsten Tagen oder sogar Wochen nicht ändern wird.

Josh trägt noch immer die durchsichtige Atemmaske, aber immerhin macht er keine Anstalten, sich dagegen zu wehren oder sie abzunehmen.

Der behandelnde Arzt hat Basti berichtet, dass Josh trotz des Sauerstoffmangels höchstwahrscheinlich keine bleibenden Schäden davontragen wird, da er nicht allzu lange bewusstlos war. Josh soll nun noch zwei Stunden eine Sauerstofftherapie bekommen, und morgen wird der Arzt ihn per Krankenwagen in die geschlossene Psychiatrie schicken. Dort wird er untersucht werden, und man wird ihn auf jeden Fall für zweiundsiebzig Stunden «fürsorglich zurückhalten», wie der Arzt es ausgedrückt hat. Was nichts anderes bedeutet als das, was Basti sich schon gedacht hat: dass man Josh in die Klapsmühle sperren wird.

«Josh», setzt Basti erneut an. «Du musst dich jetzt zusammenreißen. Wenn die Ärzte nach drei Tagen erkennen, dass du suizidgefährdet bist, wird ein Richter dich zwangseinweisen lassen. Dann sitzt du für viele Wochen in der Irrenanstalt. Willst du das?»

Vermutlich wäre das sogar das Beste. Um ihn vor sich selbst zu schützen.

Josh reagiert nicht, sondern starrt weiterhin an die Decke. Basti zuckt kurz zusammen, als Sam ihm sanft in die Seite stupst und mit dem Kinn Richtung Zimmertür zeigt.

«Ich geh mir eben einen Kaffee holen. Kommst du mit?»

Basti versteht ihre Aufforderung sofort. «Ja, ich könnte auch einen Kaffee vertragen. Wir sind gleich wieder da.»

Sam nickt Josh kurz zu, hält Basti die Tür auf und folgt ihm dann nach draußen.

«Das können wir nicht zulassen!», entrüstet sie sich. «Wir müssen ihm helfen. Ich hab versprochen, ihm eine Freundin zu sein. Das wäre eine gute Gelegenheit für mich, das auch zu beweisen.»

Aufgebracht stemmt sie die Hände in die Hüften und runzelt die Stirn. Zwei kleine Grübchen bilden sich auf ihren Wangen und sorgen dafür, dass Basti ihren Zorn nicht richtig ernst nehmen kann.

«Vielleicht wäre es gut für ihn. Möglicherweise können sie ihm dort helfen, und er findet sich irgendwann wieder zurecht auf dieser Welt.»

Sam holt tief Luft und schimpft weiter: «Du warst noch nie in der Psychiatrie, oder? Du hast keine Ahnung, wie es da zugeht. Wir schaffen das auch ohne Zwangseinweisung!»

Die Furchen auf ihrer Stirn werden noch tiefer, und Basti stellt fest, dass sie sogar in diesem Zustand noch wunderschön ist. «Warst *du* da etwa schon?», fragt er belustigt.

«Ich hab mal ein Praktikum dort gemacht.» Sie unterbricht sich selbst. «Basti, glaub mir! Die Menschen dort sind so Banane im Kopf. Wenn Josh das Gefühl bekommt, dass man ihn auch als einen von denen abstempelt – das hält er nicht aus!»

Sie mag ihn!

Es ist Freude, die ihn bei diesem Gedanken überkommt, gepaart mit der Erleichterung, endlich jemanden gefunden zu haben, der seinen besten Freund zu schätzen weiß. Der seinen wirklichen Wert erkennt, trotz seiner abgedrehten Handlungen und seiner immer abstruser werdenden Aktionen.

«Wir können das nicht verhindern. Es ist beschlossene Sache. Sie werden ihn dahin verlegen. Zu seinem eigenen Schutz.»

«Okay, das können wir nicht verhindern. Aber wir müssen dafür sorgen, dass er nach den drei Tagen wieder rauskommt.» Ihre Stimme ist zuversichtlich, als hätte sie bereits einen Plan.

«Und wie?»

«Ich werde seinen Arzt aufsuchen und ihn davon überzeugen, dass es eine Kurzschlussreaktion war. Ein verzweifelter Hilferuf, aus einer Notsituation heraus.»

«Ja.» Basti nickt zustimmend. «War es ja auch. Das Blöde ist nur, dass Josh immer in dieser Notsituation steckt und früher oder später wieder um Hilfe rufen wird.»

«Nein, eben nicht!» Sie hebt den Zeigefinger in die Luft und wackelt damit hin und her. «Ich werde den Arzt davon überzeugen, dass sich diese Situation nicht wiederholen wird. Sag mir, wie er heißt und wo ich ihn finde.»

«Aha.» Basti kneift ein Auge zu und sieht sie prüfend an. Er liebt Sams Zielstrebigkeit, die andere möglicherweise als Starrsinn bezeichnet hätten. «Der Arzt heißt Dr. Schindler. Ich weiß nicht, wo er ist. Du musst nach ihm fragen.»

Sam beugt sich vor und gibt Basti einen Kuss auf den Mund.

«Vertrau mir einfach. Ich mach das schon. Aber zuerst will ich versuchen, mit Josh zu reden. Gib mir zwanzig Minuten.»

«Viel Erfolg. Ich hole mir derweil wirklich einen Kaffee.» Die Räder von Bastis Rollstuhl machen ein widerlich quietschendes Geräusch, als er ihn auf dem grünen Linoleumboden von der Stelle bewegt.

Seine Gedanken überschlagen sich, als er anfängt, darüber nachzudenken, was diesmal der Auslöser gewesen sein könnte.

Wie oft wird er es noch versuchen, und wer kann schon garantieren, dass es niemals klappen wird?

Insgeheim hofft er, dass Sams Plan fehlschlägt und dass Josh tatsächlich für mehrere Wochen in die geschlossene Anstalt eingewiesen wird.

Du willst nur in Ruhe in Urlaub. Deswegen wäre dir das recht.

Ein schlechtes Gewissen überkommt ihn, als er erkennt, dass dies die Wahrheit ist. Der gebuchte Urlaub mit seinen Freunden ist bereits im August, und er würde tatsächlich beruhigter fliegen, wenn er Josh in Sicherheit wüsste. Bisher hat er es noch nicht einmal geschafft, Sam davon zu erzählen. Er hatte heimlich beim Reiseveranstalter angerufen und versucht, für sie nachzubuchen, aber es war nicht möglich gewesen. Die Tatsache, dass sie zu Hause bleiben muss, wird ihr sicher nicht gefallen.

Sag den verdammten Urlaub doch einfach ab!

Basti wirft Kleingeld in den Getränkeautomaten und drückt auf die Taste für Milchkaffee. Vier Wochen Andalusien. Mit

Patricia und drei weiteren Freunden aus der Clique. Will er sich das wirklich verderben lassen?

Willst du Joshs Leben riskieren?

«Das darf doch alles nicht wahr sein!», schimpft er plötzlich laut und unterdrückt den Drang, alles stehen und liegen zu lassen, einfach nach Hause zu gehen und auf die Freundschaft mit Josh zu pfeifen.

Du solltest dich künftig einfach mit normalen Menschen abgeben.

JOSHUA

Die Tür öffnet sich wieder, und diesmal tritt Sam allein zu ihm ins Zimmer. Seine Finger krallen sich unter der Decke in das Leintuch.

«Wie fühlst du dich?», fragt sie leise und tritt zu ihm ans Bett. Sie schiebt ihre Hand unter seine Decke und legt sie ihm auf den nackten Unterarm. Der Atem gefriert ihm in den Lungen, und sein Herz steht still.

Plötzlich wünscht er sich, er hätte Sam doch einen Abschiedsbrief hinterlassen. Wenn schon nicht als Lied, dann wenigstens als Gedicht. Denn diese Berührung auf seinem Arm zeigt ihm, dass er vielleicht doch gerettet werden will.

Von Sam ...

Raus aus seiner traurigen Einsamkeit, erlöst von der Todessehnsucht, hinein in ein neues Leben.

«Josh?»

Er beißt sich fest auf die Backenzähne und schweigt weiter.

«Darf ich mich zu dir setzen?», will sie wissen.

Das Rückenteil vom Bett ist ganz gerade aufgestellt, und Josh begibt sich noch weiter in eine aufgerichtete Position, um am Fußende Platz zu schaffen.

Zu seiner Verwunderung geht Sam nicht zum Fußende, sondern hebt die Decke an. Skeptisch beobachtet er, wie sie darunterschlüpft und sich dicht an ihn kuschelt.

Kurz öffnet er den Mund, überlegt es sich aber anders, weil er nicht weiß, was er dazu sagen will. Stattdessen schiebt er sich die Sauerstoffmaske von der Nase, weil er sich auf einmal unsagbar dumm damit vorkommt.

«Recht hast du. Mich würde das Ding auch stören», pflichtet sie ihm bei und deutet auf das offene Fenster. «Sauerstoff gibt es hier genug.»

In Joshs Kopf hört er seinen Vater, wie er ihn zurechtweist, sich gefälligst an die Anweisungen des Arztes zu halten und nicht eigenmächtig zu handeln. Auch Basti würde ihn vermutlich bitten, an seine Gesundheit zu denken und die Maske aufzubehalten. Aber Sam ist anders. Zwar hält sie sich an die Regeln der Gesellschaft, aber innerlich distanziert sie sich und würde am liebsten gegen die Norm revoltieren. Josh hätte gerne gewusst, woher das kommt, aber er traut sich nicht zu fragen. Zumindest nicht heute. Er begnügt sich damit, die Arme vor dem Bauch zu verschränken, und rutscht so weit wie möglich von Sam weg, obwohl es ihn eigentlich in die andere Richtung zieht.

«Du musst dich nicht vor mir zurückziehen. Ich will gar nicht wissen, warum du das getan hast.» Ohne hinzusehen, weiß er, dass sie lächelt, während sie das sagt. Er hört es an ihrem Tonfall.

«Ach. Nicht?» Josh ist bemüht, sich seine Verwunderung nicht anmerken zu lassen. Alle wollen immer den Grund wissen. Das *Warum* scheint für andere die größte Rolle zu spielen.

Um auszuschließen, dass sie schuld daran sind!

«Nein. Du wirst schon deine Gründe haben.» Sie dreht sich zu ihm um und nimmt ihn in den Arm. «Das Einzige, was mich interessiert, ist, was wir für dich tun können.»

«Gar nichts.» Er versucht, sich aus ihrer Umarmung zu lösen, aber sie hält ihn fest, beugt sich sogar ein Stück über ihn. Josh kann gar nicht anders, als sie anzusehen.

«Wenn du wirklich sterben willst, Josh, dann sag es mir. Ich verspreche dir, wir finden einen Weg.»

«Mich davon abzubringen?»

«Dich zu töten.» Ihre Stimme klingt kalt.

«Was?»

Sie will mich loswerden!

«Sieh mich an, Josh!», verlangt sie. «Und beantworte mir meine Frage: Willst du sterben? Ich helfe dir dabei!»

Josh erwidert ihren Blick, der ihn fast verbrennt. Er will ihr ein *Ja* entgegenschmettern. Entschlossen und aufrichtig. Stattdessen schlägt er die Augen nieder. Seine Lider flattern dabei.

Sam entfernt sich ein Stück von ihm. Nun spricht sie weich, fast zärtlich: «Du willst gar nicht sterben, nicht wahr?»

Zögernd zuckt er die Schultern und schüttelt dann den Kopf. «Wenn es eine andere Möglichkeit gäbe, vermutlich nicht.»

«Was ist dein Ziel im Leben, Josh? Erzähl es mir.»

«Ich habe kein Ziel.»

«Das ist der Weg», beschließt Sam. «Du brauchst ein Ziel. Jeder Mensch braucht das. Etwas, was einen antreibt. Wofür es sich zu leben lohnt. Diese eine Sache, auf die wir hinarbeiten und für die wir jeden Morgen aufstehen. Etwas, wofür wir brennen.»

Erstaunt sieht er sie an. Sams Augen haben zu leuchten begonnen, das Lächeln, das er so liebt, ist auf ihr Gesicht getreten. Er muss kein Gedankenleser sein, um zu erkennen, dass Sam definitiv etwas hat, wofür sie brennt.

«Was ist es bei dir?»

«Eine Familie.» Das Lächeln erreicht sogar ihre Stimme. «Ich wünsche mir nichts sehnlicher als ein Kind. Dem ich all meine Liebe schenken und dem ich eine gute Mutter sein kann.»

Ein Kind!

Das Wort dringt ihm durch das Gehör in den Verstand und droht seinen Kopf von innen zu zerfetzen. Er bekommt Herzrasen, und kalter Schweiß tritt ihm auf die Handflächen.

Sie will ein Kind!

Sam will genau das, was sie von Basti niemals haben kann.

Ich wusste es! Verdammt, ich wusste es! Sam ist der Typ Frau, der Familie will! Ich wusste es von Anfang an.

«Ein Kind also», stammelt er, nur damit etwas gesagt ist.

«Ja, genau. Nicht jetzt sofort, aber später möchte ich eine Familie. Dann will ich alles besser machen als mein Vater damals bei mir und meiner Schwester.» Sam ist so in ihrer Euphorie, dass sie seine Reaktion nicht bemerkt. Äußerlich ist Josh vollkommen ruhig.

Denk nach, Josh!

Die Ärzte haben Basti eine minimale Chance eingeräumt, dass es über künstliche Befruchtung klappen könnte. Allerdings wollte keiner ihm Hoffnungen machen. Der Einzige, der sich an diese Möglichkeit klammerte, war Basti selbst.

«Hattest du nie ein Ziel?»

Josh zwingt sich, den Gedankensturm zum Stillstand zu bringen. Er hat später noch Zeit genug, darüber nachzudenken. Jetzt muss er sich auf Sam konzentrieren.

«Doch», beginnt er. «Früher hatte ich mal etwas, wofür es sich zu leben lohnte.»

In dem Moment wird die Zimmertür geöffnet, und Basti steckt den Kopf hinein. Sam winkt ihn mit der Hand wieder hinaus. «Lass uns bitte noch einen Moment allein», sagt sie und lächelt ihn dabei liebevoll an.

Basti schaut etwas erstaunt drein, als er seine Freundin bei Josh im Bett sieht, aber dennoch verlässt er schweigend wieder das Zimmer.

«Erzähl mir davon», bittet sie Josh.

«Australien. Seit unserer Jugend ist das unser großer Traum gewesen. Wir haben ihn uns gemeinsam in den schönsten Farben ausgemalt. Wir wollten nach dem Studium zusammen nach Melbourne und für ein Jahr überall in Australien leben und arbeiten. Work und Travel sozusagen. Wir haben sogar damit spekuliert, dass jeder bis zur Abreise eine feste Freundin hat, die dann mitkommen kann.»

Ich hatte niemanden in Aussicht. Aber bei Basti hätte es mit Patricia funktionieren können.

Josh muss eine Pause machen und unterdrückt den Wunsch, die Sauerstoffmaske wieder aufzusetzen, weil ihm plötzlich die Luft ausgeht. Er schielt auf das Mädchen neben sich. Sie hört ihm offenbar interessiert zu, deswegen fährt er fort: «Alles war geplant. Die Route, die uns quer durch das Land führen sollte. Wir haben einzelne Stationen ausgewählt und wollten Internetbekanntschaften besuchen. Tja, und dann kam der Unfall und hat uns einen Strich durch die Rechnung gemacht.»

«Ein Unfall. So was passiert leider im Leben.»

«Trotzdem hat er unseren Traum zerstört. Basti sucht sich Ersatz, er macht immer wieder kleinere Reisen. So wie demnächst die Tour durch Andalusien ...» Josh bemerkt sofort an ihrem Blick, dass Sam davon bis eben noch nichts gewusst hat, doch sie versucht, das zu überspielen.

«Du gehst nicht mit? Wieso nicht?», will sie wissen.

«Nein, weil ...» Josh überlegt und entscheidet sich dann für die Wahrheit, die Sam ohnehin schon kennt. «Was soll ich da? Mich kann doch keiner leiden.»

«Ich schon. Ich mag dich.»

Sein Puls beschleunigt sich, und in seinem Bauch ziehen sich ein paar Muskeln zusammen, die sich sonst niemals rühren.

Sag es ihr!

Bilder von Sam kommen ihm in den Kopf. Wie sie sich damals auf der Party neben ihn gesetzt hat und wie schön sich ihre Nähe angefühlt hat.

Unschlüssig greift er nach ihrer Hand, aber er schafft es nicht, ihr dabei in die Augen zu sehen, wie er es gerne getan hätte: «Ich mag dich auch, Sam ...»

Mehr als das ...

Den Rest vom Satz verschluckt er, aber er wird den Verdacht

nicht los, dass Sam trotzdem längst weiß, was er sich nicht zu sagen getraut hat.

«Wir werden dich wieder auf die Beine bekommen, Josh.» Sie zieht ihre Hand nicht unter seiner weg, sondern legt ihre andere noch obendrauf. «Ich verspreche dir, wir kriegen das hin. Aber du musst uns helfen.»

Wir ... Uns ...

Worte, die er in diesem Kontext nicht kennt, die ihm aber gefallen.

«Was soll ich tun?»

«Ich werde dem Arzt nachher eine Geschichte auftischen, und du wirst sie bestätigen. Du gehörst nicht in die Psychiatrie. Du brauchst nur jemanden, der dich an die Hand nimmt und dir den Weg zurück ins Leben zeigt.»

«Ja.» Mehr kann er nicht sagen, weil er nicht versteht, was hier gerade passiert.

«Und du brauchst ein neues Ziel. Mach dir mal Gedanken. Was ist dir wichtig im Leben?»

Du!

«Ich müsste mal überlegen.»

«Ja, mach das. Denk nicht darüber nach, ob es realistisch ist. Sondern nur, was du dir wünschst. Etwas, was dein Antrieb wird. Wofür es sich zu leben lohnt!» Sie zwinkert ihm zu und nimmt dann ihre Hände wieder zu sich.

Ich würde für dich leben.

Für Sam und dafür, ihr eine Enttäuschung zu ersparen, die mit Basti unweigerlich kommen wird. Bis vorhin hat er noch gedacht, am Ende wäre Basti derjenige, der verletzt wird. Aber jetzt ist ihm klar, dass Sam die Leidtragende sein wird.

Das muss ich verhindern. Und ich kann es verhindern.

Er weiß noch nicht, wie, aber irgendwie muss er es schaffen. Was hat Elias gesagt, als Josh und Bea noch Kinder waren?

Tiefe Brunnen muss man graben, wenn man klares Wasser will!

Man kann nicht auf jeden Rücksicht nehmen, wenn man ein höheres Ziel verfolgt, und man muss bereit sein zu bluten. Und langsam, aber sicher bekommt Josh eine klare Vorstellung von dem, was er möchte: verhindern, dass *seine* Sam enttäuscht wird.

«Ich hab was», sagt Josh in die Stille. «Ich kann es dir noch nicht verraten, aber ich denke, ich habe ein neues Ziel.»

SAMANTHA

Dr. Schindler sieht mich über den Rand seiner Brille an, und ich beginne, mich unwohl zu fühlen, lasse mir aber nichts davon anmerken. Wenn ich etwas kann, dann ist es schwindeln. Anderen Menschen das Blaue vom Himmel zu lügen, das ist meine Stärke. Da bin ich irgendwann einmal hineingewachsen. Mit einer autistischen Schwester lässt man sich allerhand Flunkereien einfallen, um nicht die Wahrheit sagen zu müssen. Denn die Wahrheit bedeutet, sich blöd vorzukommen, bloßgestellt zu werden und anders zu sein als all die anderen. Zudem musste ich mir als Kind oft Geschichten ausdenken, wenn ich zumindest einen Bruchteil der Aufmerksamkeit meiner Eltern für mich beanspruchen wollte.

Ich kann sehr überzeugend reden, wenn ich hinter dem stehe, was ich sage. Und das tue ich in diesem Augenblick. Denn mit dem, was ich mache, will ich Josh nicht schaden, sondern ihm helfen. An ihn heranzukommen, war überraschend einfach, und ich frage mich wirklich, warum bisher nie jemand so direkt mit ihm gesprochen hat. Nun gilt es nur noch, mein Versprechen ihm gegenüber zu halten, und dazu muss ich eben auf die Tränendrüse drücken. Mit dem Tempotaschentuch wische ich mir über die Augen und verschmiere absichtlich meinen Mascara.

«Es ist alles meine Schuld», heule ich. «Wie kann man nur so dumm und unüberlegt handeln wie ich?»

«Über was genau wollen Sie mit mir sprechen?» Der Arzt wird bereits ungeduldig.

«Über Joshua Kuschner. Der Patient, der heute bei Ihnen eingeliefert wurde.»

«Dann legen Sie mal los.» Er blickt auf die Uhr und setzt mich damit noch mehr unter Druck.

Mit zitternden Händen streiche ich mir eine Haarsträhne hinters Ohr und schnäuze mich lautstark.

«Josh ist kein Selbstmörder», beginne ich. «Eigentlich ist er ein sehr erfolgreicher Mann, der mit beiden Beinen im Leben steht. Ihm ist heute lediglich eine Sicherung durchgebrannt ...» Ich starre verlegen auf die Tischplatte und presse dann mit gespielter Überwindung hervor: «Und zwar wegen mir.»

«Wie meinen Sie das? Können Sie bitte etwas deutlicher werden?»

«Weil ich eine verdammte Lügnerin bin.» Zumindest dieser eine Satz entspricht der Wahrheit. «Wir waren fast drei Jahre zusammen. Ich wollte mit ihm Schluss machen, aber er hat immer so emotional reagiert, dass ich mich nie getraut habe, es durchzuziehen. Also habe ich mir eine Story einfallen lassen, um einen Grund zu haben, mich von ihm zu trennen. Ich behauptete, dass ich ein Kind von ihm erwarte ...»

«Ja?»

«Heute Mittag rief ich ihn an und sagte ihm, dass ich das Kind verloren hätte.» Ich unterbreche mich selbst, um theatralisch zu schluchzen. «Dass mich das Ganze so fertigmacht und ich deswegen Abstand zu ihm brauche. Eigentlich dachte ich, Josh versteht das. Aber er ist total ausgetickt wegen dem Kind. Das habe ich leider nicht bedacht. Joshs Reaktion darauf kennen Sie ja bereits. Es war pure Verzweiflung und wird bestimmt nicht wieder vorkommen.»

«In Ordnung.» Dr. Schindler schiebt quietschend seinen Stuhl nach hinten und steht bereits auf. «Danke für Ihre Ehrlichkeit.»

«Können Sie das irgendwo vermerken, damit jeder Bescheid weiß, wenn es darum geht, ob er wieder nach Hause darf?»

«Herr Kuschner kommt morgen für die nächsten drei Tage

unter Beobachtung in die Psychiatrie. Dann sehen wir weiter. Ich werde meinen Bericht an die Psychiatrie weiterleiten.»

«Vielen lieben Dank.» Ich stehe ebenfalls auf und reiche dem Arzt die Hand. Mir ist klar, dass mein Wort nichtig ist, wenn Josh sich nicht angemessen verhält. Aber wenn er mitmacht, der Arzt meine Worte im Hinterkopf behält und an die richtigen Stellen weiterleitet, dann haben wir vielleicht eine Chance.

Erleichtert atme ich auf, als ich hinaus auf den Flur und ans Fenster trete. Nachdenklich starre ich in die finstere Nacht hinaus. In diesem Moment wird mir bewusst, wie wichtig Josh mir ist. Anfangs tat er mir einfach nur leid, und später wollte ich seine Gunst nur deswegen gewinnen, um einen Pluspunkt bei Basti zu bekommen. Aber es stimmt, was ich vorhin gesagt habe, als ich neben ihm im Bett lag: Ich mag ihn.

JOSHUA

Unsicher betritt er den Frühstücksraum der Psychiatrie und hätte am liebsten auf dem Absatz kehrtgemacht. Besser gesagt, er verspürt den brennenden Wunsch davonzulaufen. Schreiend.

Eine junge Frau mit feuerroten, wirren Haaren läuft kontinuierlich und ruhelos im Raum auf und ab. Sie hält einen Anti-Stress-Ball in den Händen, den sie unaufhörlich knetet, während sie leise unzusammenhängendes Zeug vor sich hinmurmelt.

In der Ecke unter dem Fenster liegt ein Mann mit ausgestreckten Armen, die er langsam auf und ab bewegt. Allem Anschein nach versucht er, einen Schneeengel auf dem Laminat zu hinterlassen. Der Anzug, den er trägt, muss einmal sehr teuer und schwarz gewesen sein, aber nun ist er grau und vergilbt und überall zerschlissen.

Josh bleibt stehen und sieht sich hilfesuchend um. Die Pflegerin, die ihn vor einer halben Stunde geweckt hat, zeigt auf einen freien Platz an dem großen Tisch. Ohne die Augen vom Geschehen abzuwenden, setzt sich Josh auf den Stuhl neben eine weitere Patientin. Angewidert schielt er zu ihr hinüber und versucht, ihren penetranten Schweißgeruch zu ignorieren. Es schüttelt ihn, als er den Dreck sieht, den sie unter den Nägeln hat. Konzentriert reißt sie ein Stück Brot nach dem anderen ab und stopft es sich mitsamt den Fingern in den Mund.

Vorhin beim Aufstehen hatte Josh noch keinen Hunger. Jetzt allerdings beschließt sein Magen, dass er auch das Essen vom Vortag wieder loswerden will. Er beginnt zu rebellieren.

Während Josh den Drang, sich zu übergeben, niederkämpft, kommt ein weiterer Mann in den Frühstückraum. Mit dem Zeigefinger deutet er aufgebracht auf einen der Pfleger.

«Du!», brüllt er und zieht dabei das «U» in die Länge, bis ihm die Luft ausgeht. «Hast mich heute Nacht wieder ins Gesicht geschlagen!»

Der Pfleger lässt sich nicht beirren, sondern kümmert sich um den Laminat-Engel-Mann, der immer noch auf dem Boden liegt und sich weigert aufzustehen.

Mein Gott! Wo bist du hier gelandet?

Immerhin hat er seinen Magen inzwischen halbwegs unter Kontrolle. Fast flehend sieht Josh hinüber zum Personal, das an der Tür steht und das Ganze zu überblicken scheint.

Aufmunternd nickt einer der Pfleger ihm zu, als wolle er ihm zu verstehen geben, dass alles in Ordnung sei. Anscheinend ist dies hier ein ganz gewöhnlicher Start in den Tag.

Du bist in der Irrenanstalt! Was hast du erwartet?

Bisher hat sich Josh tief in seinem Inneren immer für nicht ganz normal erklärt, weil er mit Fotos spricht. Aber ihm ist auch stets klar gewesen, dass er das aus Einsamkeit tut und nicht, weil sein Gehirn nicht richtig funktioniert. Auch die Schuldgefühle und die Tatsache, dass er sterben will, schiebt er nicht auf seine Psyche, sondern auf die Umstände, die ihn umgeben und ihm keine andere Wahl lassen.

Die Tatsache, dass ich sterben wollte ...

In diesem Augenblick erkennt Josh, dass er alles andere als verrückt ist. Lebensmüde, seiner selbst überdrüssig und vielleicht ein bisschen wahnsinnig, aber nicht verrückt.

Sam hat recht. Ich gehöre nicht hierher.

Die Frau neben ihm stößt ihn plötzlich mit dem Ellbogen an, und er zuckt zusammen.

«Du musst auch essen», erklärt sie ihm. Sie reißt ein großes Stück von ihrem Brot ab und hält es Josh unter die Nase. «Mund auf und essen.»

«Ähm. Nein danke.»

Der Geschmack nach bitterer Galle macht sich in seinem Mund breit, und er schüttelt vehement den Kopf, um seine Worte zu unterstreichen.

«Ist ganz einfach.» Die Frau schiebt sich ein weiteres Stück Brot in den Mund. Dann hält sie ihm ein neues Stück hin.

«Nein danke», wiederholt Josh. Er muss sich bereits bemühen, ruhig zu bleiben, so überfordert ist er mit dieser Situation.

«Du kannst es auch so rum essen. Oder so rum. Oder so rum.» Sie dreht das Innere des Brotes so lange in ihren schmutzigen Fingern herum, bis ein verfärbter Ball entstanden ist. Immer wieder hält sie ihn Josh an die Lippen. «Aber du musst essen. Du musst essen!»

«Ich will deinen Scheiß aber nicht essen!» Wütend schlägt Josh so heftig auf den Tisch, dass das Plastikgeschirr klappert. «Friss es gefälligst selbst und lass mich in Ruhe.»

Fast demütig schiebt sich die Frau den Brotball selbst in den Mund und schluckt ihn, ohne zu kauen, hinunter. Dann vergräbt sie das Gesicht in den Armen und beginnt zu weinen.

Reiß dich zusammen, du Esel!

Einer der Pfleger wirft einen aufmerksamen Blick auf ihn. Josh befürchtet schon, dass er nun mächtig Ärger bekommen wird. Aber genau in der Sekunde springt der militante Mann von vorhin ruckartig auf und brüllt wieder los. «Du», ruft er und zeigt diesmal auf Josh. «*Du* warst es. Du hast mich heute Nacht geschlagen!»

Der Pfleger entscheidet sich dafür, zuerst zu dem zu gehen, der den Aufruhr veranstaltet.

Wütend beißt sich Josh auf die Zunge und fokussiert sich nur noch auf den entstandenen Schmerz, um seine Emotionen herunterzufahren und sich wieder in den Griff zu bekommen.

Pass auf, was du machst. Sonst sitzt du die nächsten Wochen oder, wenn es ganz übel läuft, sogar Monate hier.

«Tut mir leid.» Josh hält die Luft an und rutscht dichter an die brotbesessene Patientin heran. «Es war nicht so gemeint.»

Die Stimmung der Frau ändert sich sofort. Wie auf Kommando sind ihre Tränen versiegt. Da sie ihr eigenes Brot bereits aufgegessen hat, schnappt sie sich das von Josh und reißt erneut ein Stück ab. Wieder dreht sie es in den Fingern, bevor sie es ihm an die Lippen hält. «Du musst essen», sagt sie fröhlich. «Egal wie. Es geht so rum oder so rum oder so rum.»

«Okay.» Josh schließt die Augen und unterdrückt seinen Ekel, bevor er das Brot aus ihren Fingern nimmt und mit seinem Kaffee hinunterspült.

Ein weiterer Blick in Richtung des Personals zeigt ihm, dass er längst nicht mehr im Fokus steht. Mit ein bisschen Strategie dürfte es ein Leichtes sein, die Pfleger und Ärzte davon zu überzeugen, dass in seinem Kopf alles normal funktioniert und er keine Gefahr mehr für sich selbst darstellt.

Einfach freundlich und geduldig sein und immer schön lächeln.

Reiß dich zusammen. So schwer kann das nicht sein!

Drei Tage später betritt Josh erleichtert den Aufenthaltsbereich und lässt sich auf einen Stuhl fallen. Das Gespräch ist positiv verlaufen. Die Entscheidung der Ärzte ist gefallen: Heute Abend darf er die Klinik verlassen. Sams Plan hat funktioniert.

Sie haben seine Selbstverletzung als Kurzschlussreaktion abgetan und ihn als «nicht akut selbstmordgefährdet» eingestuft.

Wie Josh die Tage hier verbracht hat, vermag er nicht mehr zu sagen. In der Hauptsache bestand seine Tätigkeit aus dem Beobachten der anderen Patienten. Bisher hatte er immer angenommen, dass eine Psychiatrie dazu diente, die Durchgeknallten von der Außenwelt zu trennen, um die Menschheit zu schützen. Mittlerweile ist er überzeugt, dass eine psychisch kranke Person niemandem etwas Böses will. Wenn sie überhaupt jemandem schadet, dann nur sich selbst.

Die andere Erkenntnis, zu der er hier gelangt ist, schockiert ihn zutiefst: Eigentlich sitzen hier in dieser Klinik die ganz normalen Menschen, die mit dem Wahnsinn da draußen nicht mehr zurechtkommen. Empfindsame, mitfühlende und intelligente Menschen, die bis zur Perfektion gelernt haben, Masken zu tragen. Ehrgeizige und leistungsstarke Persönlichkeiten, die ihr Leben lang nach immer größerem Erfolg strebten und sehr geschickt ihre Rolle spielten, um niemandem ihre längst zerbrochene Seele zu zeigen. Bis es einen Schlag tat und alles in sich zusammenfiel. Dann plötzlich finden sie sich hier wieder und verstehen die Welt noch weniger als zuvor ...

Mitten in seine Gedanken hinein fährt Basti mit dem Rollstuhl in den Besucherraum. So traurig Josh darüber ist, dass Basti allein kommt, so sehr erleichtert es ihn auch, denn Sam würde ihn bei seinem Vorhaben nur stören.

Basti hält an Joshs Tisch. «Josh», sagt er und nickt ihm zur Begrüßung kurz zu. Ein einziges Wort, frei von jeglicher Anklage. Wenn überhaupt eine Gefühlsregung mitschwingt, dann ist es Sorge.

«Spar dir deine Vorwürfe», sagt Josh dennoch. Er hasst es, so viel zu reden, und wenn er dann auch noch lügen muss, ist es noch schlimmer für ihn. «Du bist doch schuld an dem Ganzen.»

Bastis verletzter Blick ist echt und trifft Josh so unvermittelt, dass es sich anfühlt wie ein Pfeil, der sein Herz durchbohrt. «Wie meinst du das?»

Noch kannst du zurück.

Alles in Josh weigert sich, weiter in der Wunde herumzubohren, die er gerade mit Absicht aufgerissen hat. Aber er tut es trotzdem: «Frag nicht so blöd. Du weißt es genau. Wahrscheinlich hast du gehofft, ich würde einfach verrecken.»

«Was? Wovon zur Hölle redest du?»

Josh verschränkt die Arme vor der Brust und beißt die Zähne zusammen. Er versucht gar nicht erst, ein Blickduell auszufechten, weil er bereits weiß, dass er so etwas nicht kann. Deswegen starrt er auf die blonden Haare an seinem Unterarm und schweigt.

Minutenlang sitzen sie sich stumm gegenüber, und Josh zieht die imaginären Mauern um sich herum noch höher, als sie im Normalfall ohnehin schon sind. Dann steht er unvermittelt auf und wendet sich von seinem Freund ab.

«Ich gehe wieder auf mein Zimmer», verkündet er. «Bitte lass mich in Zukunft einfach in Ruhe. Ich möchte niemandem im Weg stehen.»

«Josh, verdammt! Was wirfst du mir vor?»

Tiefe Brunnen muss man graben ...

Seine Kieferknochen schmerzen, so fest presst er die Zähne aufeinander. Er muss das jetzt zu Ende führen.

«Sam», sagt er tonlos. «Du wusstest, dass ich mich in sie verliebt habe. Vom ersten Tag an wusstest du es, aber es war dir scheißegal. *Ich* bin dir scheißegal!»

Bastis verblüfftes Schweigen dauert zu lange, als dass es hätte gespielt sein können.

Seine Augen weiten sich, und er schüttelt fast unmerklich den Kopf. «Davon wusste ich nichts.»

Natürlich nicht! Weil es so nicht stimmt.

Er hatte sich erst verliebt, als Basti und Sam bereits zusammen waren. Es gibt nichts, was er seinem Freund vorwerfen kann. Wenn überhaupt, liegt der Fehler bei Josh selbst.

Liebe ist niemals ein Fehler.

Worte, die ihm einst seine Mutter beigebracht hat. So lange tief in seinem Gedächtnis vergraben, nur um im falschen Moment an die Oberfläche zu kommen.

«Du wolltest es nicht sehen. Weil du nur Augen für Sam hattest.» Entrüstet schnaubt Josh durch die Nase und schüttelt dann den Kopf. «Ich dachte, wir wären Freunde.»

«Ja, wir sind Freunde.» Bastis Stimme wird lauter und etwas hektischer, wie immer, wenn eine Situation ihn aus der Ruhe bringt. «Was hab ich denn gemacht? Ich hab ein Mädchen kennengelernt und bin nun mit ihr zusammen ...»

Josh kennt den letzten Teil des Satzes, den Basti absichtlich nicht ausspricht, um seinem psychisch labilen Freund keine Vorwürfe zu machen:

Wärst du wirklich ein Freund, würdest du dich für mich freuen.

Umso schlechter fühlt sich Josh, als er sich wieder auf seinen Stuhl setzt und fortfährt: «Zum ersten Mal nach so langer Zeit habe ich mich verliebt. Aber das interessiert dich nicht. Ich hab mich immer um dich gekümmert, aber du nimmst nie Rücksicht auf mich!»

«Ich liebe sie, Josh! Was hat das mit dir zu tun? Sie liebt mich auch. *Mich.* Nicht dich. Deswegen sind wir zusammen. Das ist doch nicht meine Entscheidung allein. Sam ist schließlich auch noch da.»

«*Sam will dich eh nicht.*» *Das willst du mir damit sagen, gib's doch zu!*

«Ja, sie hat sich in *dich* verliebt. Und weißt du auch, warum?» Josh muss sich bemühen, nicht zu schreien. Er will nicht die Aufmerksamkeit der Pfleger auf sich ziehen. «Weil du dich immer in den Vordergrund drängst. Ich hab nie eine Chance gegen dich. Und ich hab die Schnauze voll davon, immer in deinem Schatten zu stehen!»

Wenigstens dieser Teil seiner hinterlistigen Show entspricht der Wahrheit.

«Du musst nicht an meiner Seite sein», sagt Basti kalt. «Es steht dir frei zu gehen, wohin du magst. Aber Sam bleibt bei mir. Wir sind zusammen, und damit musst du leben!»

«Ja, vielleicht. Vielleicht *will* ich aber nicht damit leben.» Josh steht auf und beugt sich noch einmal zu Basti über den Tisch. «Aber dann musst du auch damit leben, dass du dich absichtlich wie ein Arschloch verhalten hast!» Mit gestrafften Schultern geht er zur Tür, bevor er sich noch mal zu Basti umdreht und hinzufügt: «Du hast unsere Freundschaft zerstört! Ich dachte lange, ich bin immer an allem schuld. Aber möglicherweise hast du mir das nur eingeredet? Du bist schuld, nicht ich. Ja, du allein bist schuld an allem! Und sage später niemals, du hättest nicht gewusst, dass es so kommt!»

SAMANTHA

Die Sommersonne scheint hell vom Himmel und brennt auf meiner blassen Haut. Der Weg von der Bushaltestelle zu Bastis Wohnung ist ein Katzensprung. Er wohnt direkt am Holzhausenpark, in dessen Nähe auch die Busse halten, aber ich habe mich vom ersten heißen Tag in diesem Jahr verleiten lassen, meine Flip-Flops anzuziehen, und ich bereue es bereits. Der Riemen scheuert zwischen meinen Zehen, und ich spüre, wie die Stelle bereits wund wird. Erleichtert betrete ich den gepflegten Garten. Es ist unverkennbar, dass Familie Steiner keine Geldsorgen hat. Die Treppenstufen sind aus teurem, grauem Marmor, und am Eingang befinden sich zwei Klingeln. Eine für das Haus der Eltern und eine für Bastis Einliegerwohnung im Erdgeschoss.

Statt zu klingeln, suche ich mit den Fingern nach dem Blumentopf auf der Fensterbank. Eigentlich mag ich es nicht, ungefragt fremde Wohnungen zu betreten, aber Basti weiß, dass ich komme. Er selbst hat mich gebeten, den Ersatzschlüssel zu nehmen. Der ist schon seit Jahren hier draußen für Freunde und Angehörige deponiert. Anfangs, um im Notfall in die Wohnung zu kommen. Mittlerweile haben sich alle daran gewöhnt, und für Basti ist es bequemer, nicht erst in den Rollstuhl zu müssen, um an die Tür zu gelangen.

«Hey», rufe ich in den Flur. Da ich keine Antwort bekomme, werfe ich meine Handtasche in die Ecke und betrete das Wohnzimmer.

Basti sitzt mit untergeschlagenen Beinen auf dem Bett. Seine Haare sind feucht und verstrubbelt, auf dem Gesicht liegt wie immer ein leichter Bartschatten. Auf dem Schoß hält er seine Gitarre. Er spielt leise und bedeutungsvolle Akkorde und singt dazu. Das schwarze T-Shirt, das er trägt, vervollständigt das melancholische Gesamtbild. In diesem Augenblick wird mir klar, dass der lebensfrohe Basti auch eine traurige Seite hat.

Eine sehr traurige Seite ...

Zeitgleich erkenne ich den Song. Es ist Leonard Cohens «Hallelujah».

Ich weiß nicht, ob er so vertieft ist, dass er mich nicht wahrnimmt, oder ob er sich nicht stören lassen will. Behutsam setze ich mich neben ihn und singe leise mit:

«It doesn't matter which you heard, the holy or the broken Hallelujah. Hallelujah, Hallelujah.»

Langsam legt Basti die Gitarre zur Seite und schaut mich lange an, bevor er mir einen Kuss gibt und sich dann wieder abwendet.

Irgendetwas stimmt nicht!

Der Gedanke durchfährt mich wie ein Blitz, der erst gleißend heiß alles verbrennt und dann nichts als Kälte zurücklässt.

«Was ist passiert?», frage ich.

Basti legt sich Zeige- und Mittelfinger beider Hände an die Schläfen und beginnt, seinen Kopf dort in kreisenden Bewegungen zu massieren.

Verzweiflung. Er ist ganz eindeutig verzweifelt.

«Josh», antwortet er.

Mein Herz beginnt zu rasen, als ich diesen Namen höre. Ich bin davon ausgegangen, dass alles in Ordnung ist. Josh wurde gestern aus der Klinik entlassen und hatte sich am Abend noch per WhatsApp bei mir bedankt.

«Geht es ihm gut?»

«Ja. Nein. Wir haben gestern geredet ...» Basti reibt sich mit den Händen die Wangen. «Er gibt mir ... ach ... Ich weiß es nicht.»

«Erzähl doch mal langsam und der Reihe nach.»

Nervös zieht er die Gitarre wieder zu sich heran und zupft mit den Fingern an den Saiten herum, sodass unzusammenhängende Töne erklingen. Ich sehe, wie er mit sich selbst kämpft, das Für und Wider abwägt und schließlich eine Entscheidung trifft. Ein Gefühl tief in mir sagt, dass er sich aus irgendeinem Grund dazu entschlossen hat, mich anzulügen: «Josh hat Probleme mit seinem Vater. Damit kommt er nicht klar. Die beiden hatten noch nie ein gutes Verhältnis zueinander.»

«Aha», erwidere ich und warte, bis er mir den Rest erzählt. Aber Basti bleibt stumm.

«Und was hat das Ganze mit dir zu tun?», hake ich schließlich nach.

Fast wütend blickt er mich an, und mir kommt es vor, als fühle er sich ertappt.

«Nichts», schnauzt er in einem Tonfall, den ich an ihm nicht kenne. «Hab nie gesagt, dass es was mit mir zu tun hat.»

Gesagt nicht, aber angedeutet ...

«Es kam mir irgendwie so vor.»

«Sam, ich fahre in zwei Wochen in Urlaub. Ich werde vier Wochen weg sein.»

«Ja, das sagtest du mir bereits im Krankenhaus, nachdem ich es von Josh erfahren hatte.» Langsam begreife ich, weswegen er sich solche Sorgen macht und was Basti gerade zu zerreißen droht: «Du hast Angst, er könnte wieder versuchen, sich etwas anzutun, sobald du außerhalb seiner Reichweite bist?»

«Ja. Ich sollte einfach zu Hause bleiben.»

«Nein, das solltest du nicht!» Meine Stimme klingt entschlossen, denn ich weiß mittlerweile, wie viel ihm dieser Urlaub bedeutet. Es ist für ihn weit mehr als nur eine Reise ans Meer. Für ihn ist es zumindest eine Teilerfüllung jenes Traumes, den er aufgrund seiner Behinderung nicht mehr ausleben kann.

«Und dann? Vielleicht ist Josh tot, wenn ich wiederkomme. Was hab ich dann davon?»

Vorsichtig nehme ich ihm die Gitarre aus den Händen und rutsche dicht neben ihn. Ich greife nach seinen Ellbogen und ziehe ihn noch näher an mich heran, so dicht, dass meine Stirn die seine fast berührt.

«Er wird leben, wenn du zurückkommst», flüstere ich. «Das verspreche ich dir.»

«Was, wenn es nicht so ist?» Sein Atem kommt abgehackt und streift meine Wange.

«Vertrau mir.» Ich wähle bewusst die Worte, die Basti auch zu mir gesagt hat.

«Was macht dich so sicher?»

«Weil ich mit ihm geredet habe. Er will nicht sterben.»

Ruckartig macht Basti sich los und schaut mich verwirrt an, als hätte ich ihm eine vollkommen abwegige Information gegeben. «Ach? Das hat er gesagt, ja?»

Seine Reaktion verwundert mich. Eigentlich sollte er doch erleichtert sein.

«Ja. Das hat er gesagt.»

«Ihr scheint euch ja prima zu verstehen.» Plötzlich ändert sich seine Mimik, wird hart und verschlossen.

«Wir verstehen uns wirklich», garantiere ich ihm. «Ich passe auf ihn auf. Du kannst beruhigt in den Urlaub fahren, ich werde die ganzen vier Wochen nicht von seiner Seite weichen.»

Basti schnappt entrüstet nach Luft und öffnet den Mund, als wolle er mich anschreien. Er verharrt ein paar Sekunden in dieser Position und scheint es sich dann anders zu überlegen.

«Ja, geh zu Josh. Das ist eine gute Idee», sagt er schließlich. Er reibt sich mit den Fingern erneut die Schläfen und die Augen und fügt fast unhörbar hinzu: «Am besten bleibst du auch da.»

Er ist eifersüchtig.

«Wie bitte?», frage ich, obwohl ich ihn sehr gut verstanden habe. Seine Worte fühlen sich an, als wäre ich frontal gegen eine Wand gerannt. «Du willst mich an ihn abschieben?»

Basti schnaubt wieder. «Was war denn schon zwischen uns? Für dich bin ich doch eh nur einer von vielen.»

«So hab ich das nie gesagt ...» Doch, irgendwie hab ich das. Aber nur, um mir Luft und Zeit zu verschaffen, nicht weil ich ihn damit verletzen wollte.

«Aber gemeint.»

«Basti», beginne ich. Wieder beuge ich mich zu ihm, und diesmal greife ich nach seinen Händen. Ich spüre, dass er sie am liebsten zurückziehen würde, und wenn er in der Lage gewesen wäre, aufzustehen und wegzugehen, dann hätte er es spätestens jetzt getan. Stattdessen muss er bleiben und mir zuhören. «Es stimmt nicht, was ich dir damals gesagt habe. Du warst niemals einer von vielen. Du bist der Eine, die anderen sind nur der Rest.»

Er schließt die Augen, seine letzte Möglichkeit, sich mir zu entziehen. Plötzlich bekomme ich ein schlechtes Gewissen, weil er dazu gezwungen ist, bei mir zu sitzen, und ich ihn unverschämterweise dabei auch noch festhalte. Fast erschrocken lasse ich ihn los.

Eine Geste, die Basti zu ängstigen scheint. «Ich will dich nicht verlieren», gesteht er leise. «Du bist einer der wichtigsten Menschen in meinem Leben.»

«Ich will dich auch nicht verlieren.» Erst als ich die Worte ausspreche, merke ich, dass sie die Wahrheit sind. Basti und ich sind schon viel zu sehr miteinander verbunden, als dass ich ihn einfach hätte loslassen können.

Er schaut mich plötzlich an, und seine Augen brennen sich in meine Gedanken. «Ich liebe dich, Sam», sagt er. «Mehr als mich selbst.»

Ich liebe dich auch.

«Dann vertrau mir. Ich passe auf Josh auf. Ihm wird nichts geschehen.»

«In Ordnung», stimmt er zu. In seiner Stimme schwingt ein Unterton mit, den ich nicht deuten kann. «So schwer es mir auch fällt, ich bin sicher, es ist der richtige Weg.»

«Ja. Du musst aufhören, dich für ihn verantwortlich zu fühlen.»

«Ich weiß.»

«Du hast mir noch gar nicht gesagt, wer alles mitgeht in Urlaub. Du hast nur gesagt, ihr seid zu fünft.» Im Prinzip ist es mir egal, wer dabei ist. Ich will nur das Thema wechseln und ihn rausholen aus dieser selbstmitleidigen Stimmung, die nicht zu ihm passt.

«Rouven, Anja, Florian und Patricia.»

Patricia ...

«Deine Exfreundin geht mit?» Ich versuche, meinen Tonfall gelassen zu halten.

«Sie ist doch nicht meine Ex. Wie kommst du denn darauf?»

Entschuldigend zucke ich die Schultern. «Weiß nicht. Ihr habt auf ihrer Party so gewirkt irgendwie.»

«Nein.» Basti sieht mir in die Augen, während er den Kopf schüttelt. «Wir waren nie zusammen. Vor langer Zeit hatten wir eine kurze Affäre miteinander. Aber es ist nie etwas aus uns geworden, weil uns immer etwas im Weg stand.»

«Ihr hattet eine Affäre?» Zu meinem eigenen Entsetzen bereue ich bereits, ihn dazu ermuntert zu haben, in den Urlaub zu fahren. Aber es ist zu spät, um das rückgängig zu machen. Mein Bauch fühlt sich plötzlich an, als hätte ich einen Wasserball verschluckt.

Basti scheint meine Gedanken zu erraten. «Ich hab doch eh nur Augen für dich. Das mit Pat ist alles lange vorbei.»

«Du hättest mir das sagen müssen.»

«Es ist unwichtig, Sam. Da ist nichts mehr, und da wird auch nie wieder etwas sein.»

Sie haben aber miteinander geschlafen!

Irgendetwas in mir erwacht zum Leben. Ich weiß, dass es kindisch ist, aber auf einmal hab ich das Bedürfnis, auch das von Basti zu bekommen, was Patricia hatte.

Ich beuge mich zu ihm, küsse ihn sanft auf die kratzige Wange. Meine Hand legt sich auf seinen Oberschenkel und schiebt sich nach oben. Noch bevor ich an meinem Ziel angekommen bin, hält Basti mich am Ellbogen fest.

«Sam», flüstert er. «Ich hab das noch nie gemacht, und es gibt so vieles, was man dabei beachten muss.»

«Was kann man denn schon groß beachten müssen, wenn man sich liebt?»

Basti wird rot, und ich spüre, wie er ein Stück von mir wegrutscht. «Einiges. Das geht nicht in allen Stellungen und …» Seine Gesichtsfarbe wird noch eine Nuance dunkler. «Keine Ahnung, ob ich das ohne Medikamente überhaupt kann.»

«Das werden wir gleich herausfinden.» Ich will meine Hand zurück auf seinen Oberschenkel legen, aber Basti fängt sie sofort wieder ab. «Lass mir Zeit damit.»

«Okay», willige ich ein und kämpfe das Gefühl nieder, das mich zu übermannen droht und das ich nicht einmal namentlich benennen kann.

Er will dich nicht!

Der vernünftige Teil meines Verstandes sagt mir, dass Basti gerade einfach nicht in Stimmung ist, weil sich seine Gedanken wo ganz anders befinden.

«Ich liebe dich, Sam», flüstert er. Nur drei Worte, die den dunklen Nebel in mir wieder lichten.

Wenn er bei dir solche Probleme hat, wird mit Patricia auch nichts laufen!

«Ich liebe dich auch, aber ich habe einfach Angst …»
«Vertrau mir, bitte.»
Vertrau mir …
Irgendetwas ganz tief in meinem Herzen, von dessen Existenz ich bisher gar nichts wusste, beschließt, genau das zu tun: ihm zu vertrauen.

SEBASTIAN

Er ist viel zu früh wach und starrt in die Dunkelheit. Die Jalousien sind weit geöffnet, und die Scheinwerfer der vorbeifahrenden Autos huschen über die Decke. Zwar wohnt er in einer Dreißigerzone, aber vor allem nachts und frühmorgens fahren hier alle immer viel zu schnell. Seine Augen brennen, weil er die Lichtkegel verfolgt, aber das ist nicht der Grund, warum ihm die Tränen über die Wangen laufen. Basti hat nicht mehr geweint, seit er damals in der Reha war. Bis heute. Eine Mischung aus Angst und Verzweiflung. Josh ist sein bester Freund, und eigentlich sollte er alles dafür tun, um sein Leben zu retten. Aber Basti liebt Sam, und er ist nicht gewillt, sie aufzugeben.

Nicht für Josh und nicht für irgendetwas auf der Welt.

Ist er deswegen ein Egoist? Oder sogar ein Mörder, falls Josh sich tatsächlich etwas antut?

Ich will *aber nicht damit leben!*

Das waren Joshs Worte gewesen. Eine Drohung, wie sie deutlicher nicht sein konnte.

Warum hab ich nicht schon in der Klinik kapiert, mit was Josh mir droht? Dann hätte ich vielleicht noch dafür sorgen können, dass Josh in der geschlossenen Anstalt bleiben muss.

Doch dafür ist es nun zu spät.

Wäre es deswegen nicht viel richtiger und vernünftiger, einfach mit Sam Schluss zu machen? Schließlich sind wir noch nicht allzu lange zusammen, erst seit Beginn des Frühjahrs.

Was sind schon ein paar Monate gegen das Leben seines Freundes?

Zumal zwischen Sam und Basti noch nie etwas gelaufen ist. Bisher ist es bei innigen Küssen und ein paar Fummeleien geblieben. Dennoch fühlt er sich ihr emotional näher, als er jemals irgendwem sonst war. Sie sind gedanklich auf einer Wellenlänge, ihre Herzen schlagen in völligem Gleichklang. Diese Verbundenheit ist weit intensiver als die anderer Paare, die wahrscheinlich regelmäßig Sex miteinander haben. Deswegen will er auch nicht aufgeben, was er an ihr hat. Er hat es ja nicht einmal fertiggebracht, Sam zu erzählen, was Josh ihm vorwirft, aus Angst, die Freundschaft zwischen den beiden zu zerstören.

Wenn einer Josh helfen kann, dann Sam.

Wie oft kam ihm dieser Satz schon in den Sinn?

Vielleicht sollte ich einfach für immer in Andalusien bleiben ...

Seine Gedanken wechseln willkürlich die Richtung, entgleiten ihm und drohen zu explodieren. Sein Kopf schmerzt vom vielen Überlegen.

Es steht außer Frage, Sebastian! Sam ist deine *Freundin, und damit muss Josh klarkommen.*

Wenn das für Basti so selbstverständlich ist, warum zermartert er sich dann immer noch das Hirn? Wieso sucht er so krampfhaft eine Lösung, die es nicht gibt?

Mein Leben für deins ...

Seit Jahren sagt Josh diese Worte zu ihm. Worte, die vollkommen ernst gemeint sind. Umso trauriger, dass Basti diesen Menschen, der so empfindet, nun einfach allein lässt.

Sein Flug nach Andalusien geht bereits morgen früh. In den letzten vierzehn Tagen hat Basti ständig versucht, mit Josh zu reden, aber dieser blockt alles ab. Jeder Anruf und jede Nachricht bleibt unbeantwortet, und wenn Basti vor seiner Haustür wartet, lässt Josh ihn einfach nicht hinein.

Basti greift nach seinem Handy, das neben ihm auf dem Nachttisch liegt, und tippt eine Nachricht an Josh:

Wenn du heute nicht mit mir redest, sage ich meinen Urlaub ab!!!

Erpressung. Die letzte Instanz. Nicht weil Basti ihn unter Druck setzen will, sondern aus reiner Verzweiflung. Josh kennt ihn, und er wird das drängende Flehen im Text verstehen.

Die Antwort kommt keine fünf Minuten später und zeigt Basti, dass er mit seiner Vermutung richtiglag und dass Josh längst nicht alles so egal ist, wie er tut.

Okay. Hab um 16 Uhr Feierabend. Wann soll ich da sein?

Bin mit Sam verabredet. Kannst ab 22 Uhr kommen.

Einerseits ist Basti erleichtert, andererseits hat er ein flaues Gefühl im Magen.
Er will, dass ich in Urlaub gehe.
Außerdem stört es ihn, nun zu einer bestimmten Uhrzeit allein zurück sein zu müssen. Insgeheim hat er gehofft, Sam würde die letzte Nacht vor seinem Urlaub bei ihm verbringen. Bis auf dieses eine Mal, das eher ein Versehen gewesen war, hat sie das noch nie getan.

Seufzend setzt er sich auf, zieht sich in den Rollstuhl und fährt ins Bad. Dann klappt er den zweiten Rollstuhl auf, der an die Wand gelehnt steht und nur zum Duschen da ist. Es befinden sich keine Polster oder Stoffe daran, sodass das Ding sofort wieder trocken wird und nichts daran schimmeln kann.

Im Sitzen zieht Basti sich komplett aus und wechselt anschließend den Rollstuhl. Früher war das unmöglich für ihn, heute schafft er es relativ mühelos. Mit einem gezielten Wurf befördert er seine Wäsche gleich in die Waschmaschine. Ein Spezialumbau, um ihm auch diese Tätigkeit leichter zu machen. Oft denkt Basti daran, wie viel schwieriger sein Leben wäre, wenn er – und vor allem sein Vater – nicht über ausreichend Geld verfügen würde, um sich alle nötigen Hilfsmittel leisten zu können. Finanziell schwache Querschnittsgelähmte haben es eindeutig schwerer im Leben. Basti dreht das Wasser auf und lässt es über sich laufen. Die Temperatur ist genau auf achtunddreißig Grad eingestellt. Wenn das Wasser beim Duschen zu kalt ist, kann das zu spastischen Zuckungen in den Beinen führen. Genauso, wenn es zu heiß ist …

Er greift nach dem Duschgel und seift seinen Körper ein, auf den er einst so stolz war, dass er ihn überall präsentieren musste. Heute ist ihm das nicht mehr wichtig, denn er braucht die Bestätigung nicht mehr. Nicht, dass er es nicht mehr gekonnt hätte. Obenrum hat er sich nicht verändert. Seine Schultern sind immer noch breit, die Arme sogar noch muskulöser geworden, der Bauch straff und fest. Auch das Tattoo auf seiner Schulter ist so schön wie damals: ein Kompass, auf dem ein riesiger Adler landet. Jede einzelne Feder ist so detailliert ausgearbeitet, dass sie ein Kunstwerk für sich darstellt. Basti war gerade achtzehn Jahre alt, als er es sich stechen ließ. Als Symbol für seine Freiheit und Unabhängigkeit und den Ruf der Wildnis, der ihn in die Welt hinauszog.

Bis das Schicksal mich in den Rollstuhl verdammt hat …

Seit der Problematik mit Sam und Josh ist Basti für seine Verhältnisse oft traurig. So wie jetzt. Sein Blick wandert weiter an sich hinab, die Leisten entlang. Zu dem Teil seines Körpers, der zwar mit Hilfe von Viagra angeblich noch seine Funktion erfüllen kann, aber wahrscheinlich nicht mehr in der Lage ist, Leben zu zeugen. Zwar ist es nichts Ungewöhnliches, dass die Samenqualität in der Anzahl, Beweglichkeit und Vitalität bei einer Querschnittslähmung vermindert ist, aber bei ihm ist es so extrem, dass die Ärzte ihm kaum Hoffnung lassen. Selbst bei einer künstlichen Befruchtung, die teuer und aufwendig ist, sehen sie kaum Chancen. Man hatte ihm damals geraten, sich im Fall eines Kinderwunschs mit dem Gedanken an eine

Adoption zu befassen. Bisher hat er das nie getan, denn Kinder stehen bei ihm nicht oben auf der Prioritätenliste. Da standen Reisen und Abenteuer und der Wunsch, etwas zu erleben. Doch nun gibt es Sam ... Eine warmherzige, junge Frau, deren Augen schon leuchten, wenn sie einen Spielplatz nur von weitem sieht. Die an jedem Kinderwagen stehen bleibt, um einen Blick hineinzuwerfen ...

Du bist der Falsche für sie!

Es wäre utopisch, sich vormachen zu wollen, dass Sam auch ohne eigene Kinder glücklich werden könnte.

Da seine Stimmung mittlerweile ohnehin schon auf dem Tiefpunkt ist, tut Basti etwas, was er sonst vermeidet: Er sieht sich seine Beine an. Früher waren auch sie muskulös und trainiert. Heute sind sie nur noch dünn und bleich und sehen aus, als würden sie nicht zu seinem restlichen Körper gehören.

Wütend dreht Basti das Wasser auf kalt. Es ist ihm egal, wenn seine Beine davon anfangen zu zittern. Er hat versprochen, Sam vom Campus abzuholen und mit ihr zum Abschied Mittagessen zu gehen. Da kann er nicht mit dieser Laune kommen. Das kalte Wasser wird ihm helfen, wieder einen klaren Kopf zu bekommen.

Josh steht schon vor der Tür, als Basti aus dem Auto steigt. Der Tag mit Sam war sehr schön. Nach dem Essen sind sie gemeinsam durch den Zoo gebummelt, und keiner hat den unglückseligen Satz angesprochen, der Basti das letzte Mal in seiner Wohnung herausgerutscht ist:

Geh zu Josh. Am besten bleibst du auch da.

Wie hat er so etwas sagen können? Man sollte nie etwas sagen, von dem man genau weiß, dass man nicht will, dass es tatsächlich eintritt. Aber Joshs Vorwürfe haben ihn so verwirrt.

Jetzt, da Basti seinen Freund nach zwei Wochen das erste Mal wiedersieht, merkt er, wie dringend er das Ganze mit ihm klären will. Wie sehr die vehemente Drohung von Josh in der Luft liegt. Eine Drohung, die Basti in der Klinik gar nicht als solche erkannt, sondern erst Stunden später wirklich verstanden hat.

Und sage später niemals, du hättest nicht gewusst, dass es so kommt!

Dieser Satz, kurz nachdem Josh erwähnt hat, dass er vielleicht nicht mit dieser Situation *leben* muss, hat ihm Angst gemacht. Da konnte Sam hunderte Male beteuern, dass Josh gar nicht wirklich sterben will ...

Er hat zwei Wochen ohne dich geschafft. Da packt er die nächsten vier auch noch.

Basti verwirft den bösen Gedanken und wartet, bis sich die Schiebetür seines Autos geschlossen hat.

«Warum gehst du nicht rein?», fragt er. Josh zuckt nur teilnahmslos mit den Schultern, und Basti weiß bereits, dass er sich dieses Gespräch sparen kann, weil es zu nichts führen wird. Josh geht geradewegs ins Wohnzimmer und lässt sich in den Sessel fallen.

«Du willst mit mir reden?»

«Ja, natürlich will ich das. Du wirfst mir irgendwelche Sachen an den Kopf und gehst mir dann wochenlang aus dem Weg.»

«Tja. Das Leben ist kein Vergnügungspark.» Josh legt provozierend die Füße auf den Couchtisch, in dem Wissen, dass Basti das nicht leiden kann.

«Ich mag es nicht, wenn du so arschig zu mir bist», sagt Basti. «Wem willst du eigentlich was vormachen? Ich weiß doch, dass du so nicht bist.»

«Ich mache gerade eine Veränderung durch, wie du merkst. Vielleicht brauche ich das gerade. Einfach mal auf die Meinung und die Wünsche der anderen pfeifen. Auch auf deine.»

«Gut. Dann mach das. Meinen Segen hast du. Aber ich will das zwischen uns bereinigen. Es tut mir leid, wenn ich dich irgendwie verletzt habe.» Basti seufzt tief. «Josh. Du bist mein bester Freund. Ich würde so was niemals absichtlich machen.»

Aber ich würde Sam auch niemals für dich aufgeben!

«Okay. Bereinigt.»

«Sollen wir nicht mal drüber reden?»

«Nope.» Josh steht wieder auf. «Nicht nötig. Ich verzeihe dir deinen Fehler. Aber für eine Freundschaft reicht es einfach nicht mehr.»

«Ich werde morgen nicht in Urlaub fahren. Ich bleibe bei dir.»

«Nicht nötig», wiederholt Josh. «Du wolltest doch immer, dass ich mich von dir löse und meine eigenen Wege gehe. Dann lass mich das auch machen.»

«Aber doch nicht so! Ich mache mir Sorgen.» Panik wallt in ihm auf. Er spürt, dass Josh nun gehen wird, und er kann ihm nicht einmal hinterherlaufen, um ihn aufzuhalten.

«Du kannst von anderen nicht erwarten, was du selbst nicht leisten kannst. Du musst auch loslassen können.»

«Du bist mein Freund. Ich ...» Basti schafft es nicht, seinen Satz zu beenden.

«Aber du bist nicht mehr mein Freund! Wegen dir soll ich nun ohne Sam leben. Doch das kann ich nicht. Und ich *werde* es nicht! Damit ist das Thema beendet.» Josh muss sich ganz offensichtlich bemühen, nicht die Beherrschung zu verlieren. «Und sag später nie, du hättest es nicht gewusst oder nichts daran ändern können!»

Da ist sie wieder, die Drohung.

«Was sagst du da? Josh. Ich bitte dich ...» Basti verstummt, denn er hat keine Ahnung, worum er ihn eigentlich bitten möchte. Zu bleiben? Ihn nicht zu verlassen? Nicht flügge zu werden oder nicht ein weiteres Mal zu versuchen, sich das Leben zu nehmen?

Sam. Vertraue auf Sam! Sie hat gesagt, dass er nicht wirklich sterben will.

«Leb wohl.» Ohne sich noch mal umzudrehen, verlässt Josh die Wohnung und schließt lautlos die Tür hinter sich. Eine Tür, die ihn nicht nur räumlich, sondern auch symbolisch von seinem besten Freund trennt und die sich nie wieder öffnen wird.

SAMANTHA

Noch vor Sonnenaufgang erreicht mich Bastis Nachricht. Sie reißt mich aus einem Traum, den ich nicht mehr zusammenbekomme und der doch wunderschön gewesen ist. Der Text auf meinem Handy besteht nur aus zwei Zeilen, und irgendwie macht er mich wütend:

Mein Flug geht gleich.
Sam, bitte pass auf Josh auf!
Irgendetwas stimmt nicht mit ihm.

Für eine Sekunde kommt die Zicke in mir zum Vorschein, und ich hätte Basti gerne geantwortet, er soll gefälligst dableiben, wenn er dem Frieden nicht traut. Dann könnte er selbst nach seinem Freund sehen, anstatt mit seiner Möchtegern-Ex durch die Weltgeschichte zu tingeln.
 Mir ist selbst nicht ganz klar, was mich so wütend macht.
 Patricia.
 Vermutlich einfach die Tatsache, dass ich mich so sehr gefreut habe, von seiner Nachricht geweckt zu werden, nur um dann festzustellen, dass kein liebes Wort an mich darinsteht, sondern dass es ihm einzig und allein um Josh geht. Weil es ihm immer um Josh geht.
 Er macht sich Sorgen. Wie du auch.
 Müde zwinge ich mich, die Augen so weit aufzubekommen, dass ich es schaffe, eine Antwort zu verfassen:

Ich passe auf ihn auf. Alles im Griff. Lass die Finger von den einheimischen Frauen!

Seine Antwort kommt binnen zwei Sekunden und ist so kurz, dass meine Wut noch größer wird.

Jaaahaaaa.

Am liebsten hätte ich gleich noch eine Nachricht hinterhergeschickt, dass er die Finger auch von nicht einheimischen Frauen lassen soll. Aber ich will nicht wirken wie ein eifersüchtiger Kontrollfreak, deswegen schreibe ich nur:

Schönen Urlaub. Guten Flug. Komm gesund wieder und bleib mir treu!

Nichts, was ich ihm nicht bereits gestern gesagt hätte, aber irgendwie habe ich das Bedürfnis, es zu wiederholen. Gerade als ich mich wieder hinlege und zum Weiterschlafen in die Kissen mummle, vibriert mein Handy erneut:

Ja, ich bleibe dir treu. Weil ich dich liebe!

Da ist sie. Die Nachricht, auf die ich gewartet habe. Der Text, den ich lesen wollte und auf dem ich mich nun getrost ausruhen kann, bis ich wieder etwas von ihm höre.

Zufrieden lasse ich mich erneut zurücksinken und schließe die Augen. Ich denke an jenen ersten Abend, an dem ich bei Basti war und wir einen Film geschaut haben. Wieder bin ich im Begriff einzuschlummern, als sich mein Handy erneut meldet. Wäre ich nicht von Natur aus neugierig, hätte ich höchstwahrscheinlich einfach weitergeschlafen, weil Bastis letzte Nachricht nicht besser werden kann. Aber ich bin neugierig, also schaue ich darauf und wundere mich, dass es eine Nachricht von Josh ist:

Guten Morgen, Sam. Bist du schon wach? Ich muss mit dir reden.
Josh.

Mein inneres Frühwarnsystem meldet sich eindringlich. An Schlaf ist nicht mehr zu denken, also stehe ich auf und antworte ihm, dass er jederzeit zu mir kommen kann.

Knapp eine Stunde später ist Josh da, um mich abzuholen. Da weder er noch ich über ein funktionstüchtiges Auto verfügen, fahren wir mit dem Bus in die Innenstadt. Wir haben nicht wirklich ein Ziel, er hat mich nur gefragt, ob ich mit ihm in ein Café gehe. Es ist seltsam, er schweigt die ganze Fahrt und starrt teilnahmslos aus dem Fenster. Obwohl ich Basti erst gestern gesehen habe, fehlt er mir plötzlich unerträglich. Seine lebensfrohe Art, die Witze, die er immer macht, und die gute Laune, die er verbreitet. Josh hingegen wird umgeben von einer unnahbaren Aura, die eine solche Kälte ausstrahlt, dass ich zu frösteln beginne. Ich komme mir überflüssig vor, aber schließlich war er es, der mich sehen wollte, und dieser Gedanke macht die Situation etwas erträglicher.

Am Bahnhof steigen wir aus, und ich folge Josh wortlos zu Starbucks.

«Was möchtest du?», fragt er mich. Es ist das Erste, was er seit der Begrüßung zu mir sagt.

Kein Wunder, dass er keine Freunde hat.

«Eine heiße Schokolade und ein Croissant, bitte.»

Josh nimmt einen Milchkaffee und einen Muffin. Hingebungsvoll rührt er den Zucker in seine Tasse. Ich bin wirklich geduldig, und durch Melanie habe ich gelernt, dass Menschen sich oft nicht so verhalten, wie man es gerne hätte. Trotzdem geht mir in diesem Augenblick der imaginäre Gaul durch.

«Josh», schnauze ich ihn an. «Machst du das absichtlich?»

Falls Josh beleidigt ist, weil ich so mit ihm rede, lässt er es sich nicht anmerken. Verwirrt schüttelt er den Kopf und sieht mich erstaunt an. «Nein. Was denn?»

Ich atme tief durch und zwinge mich zur Ruhe.

«Du wolltest mit mir reden. Was ist los?»

Josh nimmt den Löffel aus der Tasse und leckt den Schaum ab. Dann hält er ihn hoch und betrachtet ihn. Vermutlich sieht er sein Spiegelbild darin, und das lenkt ihn so ab, dass er mich für eine Minute vergisst.

«Josh.» Mit diesem einen Wort versuche ich, ihn sanft daran zu erinnern, dass ich auch noch da bin. «Leg doch mal den Löffel hin.»

Wieder verzieht er keine Miene, sondern gehorcht stumm meiner Anweisung. Kaum hat er die rechte Hand frei, beginnt sein Zeigefinger langsam ein Muster in die Luft zu zeichnen. Unauffällig schiele ich auf die sich immer wiederholende Bewegung, aber ich komme nicht darauf, was es darstellen soll.

Er ist krank im Kopf.

«Ich brauche Hilfe», sagt er, als hätte er meinen Gedanken aufgegriffen. Dabei trifft sein Blick mit ungewohnter Intensität auf meinen. Josh fixiert mich mit einer Aufrichtigkeit, dass ich erneut zu frösteln beginne.

«Ja», pflichte ich ihm unsicher bei. «Das tust du.»

Er nickt und schlägt die Augen nieder. Das Gewackel seines Fingers macht mich nervös. Spontan greife ich über den Tisch und nehme seine Hand in meine. Fast erschrocken sieht er mich an, mit seinen wässrig blauen Augen, in denen so viel Schmerz und Traurigkeit liegen und die auf ihre ganz eigene Weise wunderschön und faszinierend sind.

«Du wolltest mit mir sprechen», erinnere ich ihn. «Um was geht es denn?»

«Ich werde in Therapie gehen», sagt er leise. Seine Finger zucken in meiner Hand, aber er zieht sie nicht zurück. «Ich habe mich schon auf die Warteliste setzen lassen. Im besten Fall kann ich nächstes Jahr im Januar anfangen.»

«Ich denke, das ist der richtige Weg.»

«Ja. Zusammen mit dem Ziel, das ich mir gesetzt habe, könnte es funktionieren.» Josh nickt sich selbst bestätigend zu und erwidert noch immer meinen Blick. In seinen Augen entdecke ich auf einmal noch etwas anderes. Etwas, was bisher nicht da gewesen ist: Entschlossenheit.

«Wenn ich dich irgendwie unterstützen kann, mach ich das gerne.»

Jetzt nimmt er seine Hand weg, lehnt sich im Stuhl zurück und verschränkt die Arme vor dem Bauch.

«Ich habe gehofft, dass du das sagen würdest.»

«Natürlich. Was immer du brauchst, ich bin für dich da.»

Josh presst die Lippen so fest aufeinander, dass nur noch ein schmaler Strich zu sehen ist. Obwohl er die Arme immer noch verschränkt hält, sehe ich, dass sein Zeigefinger wieder rhythmische Bewegungen macht. Ich beuge mich über mein Getränk und schlürfe den Kakao aus dem Glas.

«Danke, Sam», sagt er plötzlich. «Ich weiß das zu schätzen. Und es tut mir unglaublich leid, dass ihr euch meinetwegen so Sorgen machen musstet.»

Mit der Zunge schiebe ich den Strohhalm aus meinem Mund. «Wir haben uns tatsächlich Sorgen gemacht. Richtige Sorgen.»

Er nickt wieder. «Das weiß ich jetzt auch. Bisher dachte ich immer, ich bin jedem egal.» Sein Mundwinkel zuckt, und seine Stimme vibriert. Beides verrät mir die enorme Überwindung, die es ihn kostet, mir das zu sagen. Er schnappt hörbar nach Luft, bevor er weiterspricht: «Ich schwöre dir, ich mache es nie wieder.»

«Wirklich nicht?»

«Wirklich nicht. Ich will euch keinen Kummer machen.»

Meine Stimmung wird plötzlich euphorisch, und ich strecke ihm erneut meine Hand hin.

«Versprochen?», frage ich herausfordernd.

«Ja.» Josh nimmt meine Hand und drückt sie kurz. «Versprochen.»

Josh hält mir die Tür auf, als wir das Café verlassen. Seine Manieren sind zumindest dann vorbildlich, wenn er das möchte, und vor anderen Menschen lässt er sich nichts von seinen psychischen Problemen anmerken. Nur seine Ticks könnten seinem Umfeld auffallen.

Aber selbst die könnte er bestimmt irgendwie verbergen ...

Nur wer ihn näher kennt, hat eine Chance zu sehen, was mit ihm nicht stimmt, wenn er es zulässt. Und genau das hat er heute getan. Er hat mir vollkommen bewusst einen Einblick in sein Seelenleben gegeben, und das weckt in mir die Hoffnung, dass er es schaffen kann zu überwinden, was ihn quält.

«Was ist?», frage ich, als Josh stehen bleibt. Er deutet in ein Schaufenster.

«Schuhe», stellt er fest.

«Und?»

«Alle Frauen lieben Schuhe. Deswegen gehen wir da jetzt rein und kaufen welche für dich.» Noch während er spricht, schiebt er mich sanft in den Laden. Für seine Verhältnisse ist das wahnsinnig viel Elan, und ich habe noch nie gesehen, dass er freiwillig einem anderen Menschen so nahegekommen ist. Irgendetwas in mir beginnt, siegessicher zu jubeln, weil es sich anfühlt, als wäre ein dicker Knoten geplatzt. Die Aussicht auf neue Schuhe lässt mein Stimmungsbarometer zusätzlich in die Höhe schießen. Ich bin ganz dem Klischee entsprechend eine Schuhfetischistin, und wenn Josh mir gerne welche kaufen möchte, weil er sich bedanken will und es ihm eine Freude macht, dann bin ich der letzte Mensch auf der Welt, der das nicht annimmt. Stattdessen falle ich ihm freudig um den Hals. «Danke. Hey, echt. Du bist super.»

Mein Tag wird wider Erwarten noch besser. Als ich am Nachmittag nach Hause komme, kündigt mein Handy eine Nachricht an:

Hellooo. Ich bin da. Und es ist der Wahnsinn. Wir waren vorhin schwimmen, sind heute und morgen im Hotel und starten dann mit unserer Tour.
Ich vermisse dich schon jetzt! Ich bin total auf Sam-Entzug und weiß gar nicht, wie ich es vier Wochen ohne dich aushalten soll.

Nach der Nachricht kommen eine ganze Reihe Bilder. Landschaftsbilder und auch ein Selfie. Bastis Haare sind nass, und er hat ein Handtuch um die Schultern. Im Hintergrund steht ein Surfbrett, und ich frage mich plötzlich, was er macht, wenn die anderen surfen. Wie er es überhaupt schafft, mit dem Rollstuhl so dicht ans Meer zu kommen, um schwimmen gehen zu können. Ich bereue es, ihn all diese Dinge nicht gefragt zu haben. Sein bevorstehender Urlaub war nie mein Lieblingsthema, irgendwie habe ich es immer vor mir hergeschoben und verdrängt, und nun merke ich, wie brennend mich das alles interessiert hätte.

Ich nehme mir vor, ihn das alles zu fragen, sobald er nach Hause kommt, denn ich möchte so viel wie möglich über Basti und sein Leben erfahren.

SEBASTIAN

Das Meer löst gemischte Gefühle in ihm aus. Basti sitzt nachdenklich auf einer Baumwolldecke im Sand. In der Ferne versinkt die glutrote Sonne bereits am Horizont und bringt eine spektakuläre Palette an Farben hervor. Einerseits ist Basti glücklich, hier zu sein. Bereits als Jugendlicher hat er das goldene Schwimmabzeichen gemacht, und noch heute kann er sich ein Leben ohne Wasser nicht vorstellen. Andererseits ist es für ihn kaum zu ertragen, zu sehen, wie seine Freunde ohne ihn surfen. Bei ihm ist alles so anders. Irgendwie schwieriger …

Basti zieht sich die Schildmütze tiefer ins Gesicht und versucht, das Positive zu sehen: Er ist in der Lage, ins Meer zu kommen und allein zu schwimmen. Welcher Querschnittsgelähmte kann das von sich behaupten? Der Strand des Hotels hat es ihm ermöglicht, mit dem Rollstuhl bis ins Wasser zu fahren. Dann hat er sich einfach hineinfallen lassen und ist mit Hilfe einer Luftmatratze ins tiefe Wasser gelangt. Die Wellen sind für ihn kein Problem, Basti kann ohne Beine besser schwimmen als die anderen, die mit ihm im Urlaub sind und über gesunde Beine verfügen.

Auf umgekehrtem Weg kam er auch allein zurück in den Rollstuhl. Aber heute Morgen sind er und seine Freunde weitergezogen, an einen Kiesstrand, an dem eine Zufahrt mit dem Rollstuhl nicht möglich ist. Also haben Rouven und Florian ihn kurzerhand ins Wasser getragen. Auch eine Möglichkeit, aber eine, die Basti nicht gefällt. Er mag es nicht, abhängig zu sein. Morgen wollen sie ein Tretboot mieten, und er kann sich bereits vorstellen, wie das aussieht: Alle werden abwechselnd aktiv sein, und er wird als Einziger untätig hinten sitzen.

Anja kommt aus dem Wasser zu ihm an den Platz und greift sich ein Handtuch, mit dem sie ihre kurzen, schwarzen Haare trocken rubbelt. Sie ist so mager, dass sie auf den ersten Blick weder Hintern, Brust noch Hüfte besitzt. Mit ihrem maskulinen Aussehen ist sie genau der Typ Frau, auf den der Großteil der Männer nicht steht. Patricia folgt ihr auf dem Fuß. Sie ist das genaue Gegenteil von Anja: zwar auch sehr zierlich und schlank, aber sie hat weibliche Kurven und eine sexy Ausstrahlung. Der Bikini, den sie trägt, ist schwarz und unauffällig, und dennoch zieht sie alle Blicke auf sich.

Auch Florian und Rouven kommen vom Surfen zurück. Sie legen ihre Bretter auf den Boden und lassen sich auf die Decke fallen.

«Die Wellen sind genial. Und kein Riff weit und breit», schwärmt Rouven und nimmt sich eine Flasche Bier aus der Kühltasche. Mit den Zähnen öffnet er sie. «Leider wird es schon zu dunkel.»

«Wir können ja morgen früh noch mal herkommen, bevor wir weiterziehen.» Florian wühlt in der Strandtasche. «Wo ist das verfluchte Feuerzeug?» Niemand antwortet ihm, deswegen nimmt er seinem Freund die geöffnete Bierflasche aus der Hand. Rouven holt sich wortlos ein neues Bier und öffnet auch dieses auf die gleiche Weise.

Anja steckt sich eine Zigarette in den Mund und steht seufzend wieder auf. «Ich geh mir mal Feuer schnorren.»

«Um elf müssen wir aus der Ferienwohnung raus sein.» Basti ist nicht begeistert davon, morgen noch einmal an diesen Strand zu kommen, aber er hat auch nicht vor zu widersprechen. «Dann müssen wir unser Zeug von der Pension mit hierherschleppen und anschließend direkt weiterziehen.» Er nimmt sein Handy und beginnt, eine Nachricht an Sam zu tippen.

«Ist doch kein Problem.» Florian pustet in die Bierflasche und erzeugt einen schrägen Ton.

«Musik ist eine ausgezeichnete Idee», ruft Patricia begeistert und greift nach ihrer Gitarre, die sie fast immer mit sich trägt. Sie setzt sich dicht neben Basti und streckt ihm den unteren Teil der Gitarre hin. «Komm, wir teilen und spielen zu zweit darauf.»

Er legt sein Handy mit der unvollendeten Nachricht zur Seite.

«Bin dabei.» Rouven beginnt, mit den Fingern auf eine leere Plastikwasserflasche zu klopfen, um sein fehlendes Schlagzeug zu ersetzen. In dem Moment kommt Anja wieder zurück und zündet mit dem eben besorgten Feuerzeug die Fackel an, die Florian vor ein paar Stunden im Kies platziert hat.

Basti stimmt nur den ersten Ton an, und sofort weiß Patricia, welches Lied er spielen will. Automatisch finden ihre Finger die richtige Position.

Wahrscheinlich hat sie es schon vorher gewusst.

Seit dem Tag, an dem sie sich zufällig auf einer Party kennengelernt haben, verstehen sie sich meistens ohne Worte und sind nicht nur musikalisch auf einer Wellenlänge. Sie fällt in seinen Gesang ein, während Rouven rhythmisch auf die Plastikflasche trommelt. Anja beginnt, leise zu summen, und Florian verhält sich still, weil er weiß, dass er nicht singen kann.

Eigentlich hat Basti das Lied zufällig ausgewählt, aber jetzt merkt er, wie gut der Text zu seiner Situation mit Sam passt.

Oder zu seiner Situation mit Josh ...

And you never know what's coming next
You should leave your thoughts behind you and running to
Running to the other side
Running to the better times
Running to the hopeful life.

Er singt mit Patricia über die Endlichkeit der Dinge, darüber, wie vergänglich Zeit ist und wie ungewiss die Zukunft. Darüber, wie gerne man oft am liebsten weglaufen würde, weil nichts bleibt, wie es ist, in diesem sich fortwährend ändernden Leben.

But never running without you by my side
cause time is never coming back.

Die Sonne ist bereits untergegangen und wurde von der Nacht abgelöst. Gemeinsam sitzen sie im Schein der Fackel wie ein Rudel Wölfe, das im Einklang mit der Natur den Mond anheult.

SAMANTHA

Basti ist nun bereits eine Woche weg, und natürlich hält er sein Versprechen. Er schreibt mir jeden Tag. Manchmal mehr, manchmal weniger. Über die Quantität seiner Nachrichten kann ich mich nicht beschweren, und trotzdem merke ich am heutigen Tag, dass etwas nicht so ist wie sonst. Irgendwas stört mich an dem, was er schreibt. Vor allem daran, *wie* er es schreibt. Nicht, dass es etwas Böses oder Unschönes wäre. Dennoch macht es mir Angst. Bisher haben seine Nachrichten immer so viel Liebe und Zuneigung enthalten, und auf einmal sind sie emotionslos und kalt.

Pflichterfüllend hingerotzt.

So zumindest empfinde ich das. Kein Anruf kommt von ihm, noch nicht einmal eine Sprachnachricht. Bevor er in Urlaub gefahren ist, hat er mir oft einfach geschrieben, dass er mich vermisst, oder mich gefragt, was ich gerade mache. Das bleibt nun aus. Fassungslos starre ich auf die letzte Nachricht, die er mir vor zehn Minuten geschrieben hat:

Na duuu? Alles klar?

Ich kann mich gar nicht entscheiden, ob ich wütend oder einfach nur enttäuscht sein soll. Ich vermisse seine warmherzigen Nachrichten, die Sehnsucht, die sonst immer in seinen Worten lag, egal, ob geschrieben oder gesprochen:

Saaaaaam! Was machst du??? Du fehlst mir. Ich denke an dich!

Und nun? Ein «Alles klar? Was geht bei dir so?» Eine Frage unter ruppigen Holzfällerkollegen, die zusammen in den Wald ziehen, einen Baum umsägen und nebenbei noch einen Rothirsch erlegen. Im besten Fall reden auch ein paar Ghettokids so miteinander, die diese Frage mit einer lässigen Handbewegung untermalen. Ich beschließe, nicht länger so zu tun, als würde ich diese Veränderung nicht bemerken:

Warum hast du dich gestern nicht gemeldet? Ich hab bis spätnachts gewartet.

Seine Antwort kommt sofort, und ich wünschte mir, er hätte lieber nichts geschrieben.

Sorry. Wir haben gestern Abend alle zusammen noch ein Spiel gespielt.

Ein Spiel?
Ein Spiel.
Irgendetwas tief in meinem Inneren beginnt, ganz laut zu schreien. Mein Herz klopft hart gegen meine Brust, und es fühlt sich an, als wolle mich eine unsichtbare Macht in tausend Stücke zerreißen.
Ein Spiel!
Panik macht sich in mir breit. Basti ist so weit weg, außerhalb meiner Reichweite, fern meines Zugriffes. Ich habe weder Einfluss auf ihn noch auf sein Handeln, und während es mich mit jeder Faser meines Körpers schmerzhaft zu ihm zieht, scheint er sich emotional komplett von mir gelöst zu haben.

Ich versuche, meine Verlustangst in den Griff zu bekommen, und sage mir, dass er einfach in einer vollkommen anderen Stimmung ist als ich. Er hat schließlich Urlaub und ist ausgelassen und in Partylaune. Klar schwelgt er nicht in Sehnsüchten.
Im Gegensatz zu mir.
Am liebsten hätte ich ihm alle meine Emotionen mitgeteilt,

aber ich weiß, dass das nicht klug ist. Doch einfach darüber hinwegzusehen, das schaffe ich auch nicht. Irgendein Teil von mir will ihm zeigen, dass mich seine Worte verletzt haben.

Du hast mich vergessen? Wegen einem Spiel?
Wie war das? Vertrau mir? Zählen deine Worte nichts mehr?

Ich lese den Text dreimal, bevor ich ihn abschicke. Die blauen Haken zeigen mir an, dass Basti die Nachricht gelesen hat. Wie gebannt starre ich auf den Bildschirm mit der brennenden Hoffnung, dass er mir das zurückschreibt, was ich lesen will. Dass er mich liebt und mich niemals vergessen wird.

Aber mein Handy bleibt stumm.

Nach einer halben Stunde beginnen meine Augen zu tränen und der Handyakku zu piepsen, weil ich immer wieder die Beleuchtung anschalte, damit ich sehe, ob Basti eine Antwort verfasst. Aber das tut er nicht. Er ist längst nicht mehr online, und ich rede mir selbst ein, dass er irgendwo in der Pampa steht und einfach keinen Empfang hat. Die Tränen, die mir mittlerweile über die Wangen laufen, schiebe ich auf meine überreizten Augen.

Nach über einer Stunde gebe ich auf und schalte mein Handy aus. Ich fühle mich einsam und so verraten und verkauft wie damals, als mein Vater unsere Familie ohne Vorwarnung verlassen hat.

Allein, Sam. Die Menschen werden dich irgendwann immer verlassen.

Voller Verzweiflung werfe ich mein Handy in die Zimmerecke.

In dieser Nacht erwache ich jede Stunde mindestens dreimal und schalte mein Handy jedes Mal aufs Neue ein, in der festen

Überzeugung, nun wirklich das letzte Mal daraufgeschaut zu haben.

Gegen fünf Uhr in der Früh halte ich es nicht mehr aus und schreibe ihm erneut:

Basti. Guten Morgen. Alles gut bei dir?
Ich hoffe, du vermisst mich wenigstens ansatzweise so sehr, wie ich dich vermisse.

Natürlich schläft Basti noch und kann mir nicht antworten, umso mehr ärgert es mich, dass ich dennoch nicht schlafen kann und unterbewusst immer auf das rote, blinkende Licht an meinem Handy warte.

SEBASTIAN

Alle außer ihm haben sich einen Jetski gemietet. Basti sitzt am Ufer und sieht sich das Ganze aus der Ferne an. Aber immerhin, er ist dabei.

Jetski ist dein nächstes Ziel. Du kannst Quad fahren, dann schaffst du das auch. Du musst nur irgendwie draufkommen ...

Außerdem braucht er jemanden mit Erfahrung, der hinter ihm sitzt und mitfährt.

Alles ist so umständlich.

Es ärgert ihn selbst, dass es ihm in diesem Augenblick nicht mehr gelingt, Dankbarkeit zu empfinden. Direkt nach seinem Unfall hatte niemand gewagt, sich nur ansatzweise vorzustellen, dass er jemals würde verreisen können. Damals war sein größtes Ziel gewesen, wieder ohne fremde Hilfe eine SMS tippen zu können. Schritt für Schritt kämpfte sich Basti mit unermüdlicher Willenskraft zurück ins Leben, und noch heute ist dieser Kampf nicht zu Ende.

Apropos SMS ...

Siedend heiß fällt ihm ein, dass er Sam noch eine Antwort schuldig ist. Sie hat ihm vor über einer Stunde geschrieben, aber sie saßen gerade alle zusammen, und er war froh gewesen, Sam für wenige, seltene Momente aus dem Kopf bekommen zu haben. Meistens ist sie in seinen Gedanken, spukt wild darin herum und erinnert ihn an die Sorgen und Probleme, die zu Hause auf ihn warten.

Josh ...

Er nimmt sein Handy aus dem Rollstuhl und überlegt sich, was er schreiben soll.

Du bist mir wichtig. Das wird sich nie ändern. Ich liebe dich.

Er beginnt zu tippen und löscht es dann wieder. Er hätte ihr die Nachricht längst schicken sollen, aber er zögert. Hier, weit weg von Sam und all dem, was ihn an sie erinnert, kommt ihm seine Beziehung zu ihr so unwirklich vor. Irreal und fremd.

Nicht richtig. Denn sie wird Josh das Leben kosten.

Irgendetwas in den verschlungenen Windungen seines Gehirnes ruft ihm plötzlich zu, dass diese Beziehung ohnehin keine Chance hat. Sie ist zum Scheitern verurteilt, weil Basti nun einmal ist, wie er ist. Normalerweise lässt er solche Gedanken nicht zu, denn es sind nicht seine. Es ist Josh, der da aus ihm spricht. Aber hier, fernab von allem und nach Joshs eindringlicher Ansage, ist er bereit, die Sache objektiv zu sehen, und muss zugeben, dass jede noch so abwegige These einen Funken Wahrheit enthält. Ohne Frust und Verbitterung kann Basti das erkennen, und dennoch hat er keine Ambitionen, Sam aufzugeben.

Sie gehört zu mir. Ich muss mir was einfallen lassen, damit sie mit mir glücklich wird.

Wieder beginnen seine Überlegungen, sich zu überschlagen und unkontrolliert zu rotieren. Er kann nicht mehr sagen, wie oft er in den letzten Wochen Migräneanfälle hatte, weil sein Gehirn nie zur Ruhe kommt. Die Situation mit Josh, die Verantwortung, die er ihm gegenüber empfindet, das überfordert ihn genug. Nun kommt noch das Dilemma mit Sam hinzu: das Wissen, nicht der Richtige für sie zu sein, und das brennende Verlangen, genau das sein zu wollen.

Wenn ich zurückkomme, müssen wir reden, damit wir ...

Basti löscht auch diesen Text, noch bevor er ihn zu Ende geschrieben hat. Die Worte klingen, als wollte er Schluss mit ihr machen oder ihr gestehen, dass er sich anderweitig verliebt hat. Beides ist so abwegig, wie beim Grillen von Weltraummüll getroffen zu werden.

Patricia ist leise an ihn herangetreten.

«Du musst aufhören damit.» Sie beugt sich zu ihm hinunter

und legt ihre Hand auf sein Knie. «Du drehst dich im Kreis, immer und immer wieder. Irgendwann muss man eben auch mal stehen bleiben.»

«Egal, wie ich es mache, ich kann die Situation nicht so lösen, dass alle zufrieden sind.»

«Dein Anspruch an dich ist sehr hoch, findest du nicht?»

«Ist es denn zu viel verlangt, meinem besten Freund das Leben retten zu wollen?» Herausfordernd sieht er Patricia an. Sie überlegt kurz, und er ist bereits davon überzeugt, dass sie kein Gegenargument parat hat, als sie zögernd sagt: «Ja. Wenn es dein eigenes Leben kostet, dann schon.»

«Ich würde für ihn sterben, Patricia.»

«Das weiß ich. Aber es geht nicht darum, einfach zu sterben. Das kann jeder, und das wirst du irgendwann von allein. Es geht darum, dass Josh dich all deine Energie kostet und immer wieder an dir zerrt. Irgendwann zerbrichst du daran.» Langsam richtet sie sich wieder auf und nimmt ihm dabei das Handy aus der Hand.

«He», sagt er. «Gib das wieder her. Ich muss Sam zurückschreiben.»

«Nein, musst du nicht.» Patricia spricht ungewohnt laut, schaltet das Handy aus und steckt es in ihre Badetasche. «Du hast Urlaub, Basti. Alles, was du tun musst, ist, zur Ruhe zu kommen und endlich mal an dich selbst zu denken.»

Basti holt tief Luft, um zu widersprechen, lässt es aber, als er sieht, wie Patricia sich vor ihm aufbäumt, bereit, mit ihm zu streiten. Es kommt selten genug vor, dass sie sich für etwas einsetzt. Meistens ist sie ein stiller Mitläufer, zu sanft, um ihre Bedürfnisse durchzusetzen. Ein zartes Wesen, das ihn oft an ein Porzellanpüppchen erinnert, weil sie so zerbrechlich und verwundbar ist.

Verletzt. Nicht zuletzt wegen dir.

Er schaut zu ihr auf und fragt sich, wie ihr Leben wohl heute aussehen würde, wenn er es nicht zerstört hätte. Sie wäre glücklich verheiratet und hätte vielleicht auch schon ein Kind. Vor allen Dingen wäre sie nicht diese verletzte Person, die sie heute ist. Eine junge und wunderschöne Frau, die single ist, weil sie kein Interesse mehr daran hat, eine Beziehung einzugehen. Zu groß ist ihre Angst, dass wieder das passiert, was Basti ihr angetan hat. Zu groß ihr Ärger über sich selbst, ihm vertraut und alles aufgegeben zu haben, nur um dann mit leeren Händen dazustehen.

Fast ein Jahr hatten sie überhaupt nicht miteinander gesprochen. Sie hatten sich gegenseitig auf allen Kanälen blockiert und aus dem Leben des jeweils anderen gelöscht. Aber irgendwann hat Basti es nicht mehr ausgehalten und sie daheim aufgesucht. Die nachfolgenden Stunden waren schlimm für ihn, weil Patricia ihm all ihre Wut an den Kopf geworfen hat. Anschließend haben sie die Kontaktsperre aufgehoben, und sie hat ihn wochenlang mit Nachrichten bombardiert, in denen sie ihn beschimpfte und in endlosen Wiederholungen ihren Schmerz zelebrierte. Basti hielt es fast nicht mehr aus, so sehr tat es ihm selbst weh, und doch ertrug er es stumm, weil es der einzige Weg war, wieder zusammenzufinden. Zumindest als Freunde, denn alles andere hatte er unwiderruflich zerstört. Aus Angst und Unsicherheit und weil er der Meinung war, nach seinem Unfall nicht mehr gut genug für sie zu sein.

«Es tut mir leid», sagt er unvermittelt in die Stille.

Patricia lächelt verwirrt. «Macht doch nichts.»

«Das meine ich nicht. Ich meine wegen Noah.»

Augenblicklich scheint die Luft ein paar Grad kälter zu werden, und das Meer rauscht lauter als zuvor. Unwillkürlich wendet sich Patricia von ihm ab und zeigt mit ihrer gesamten Körperhaltung, dass dieses Thema immer noch schmerzt.

«Das haben wir längst geklärt.» Ihre Stimme klingt fast beleidigt. «Warum fängst du jetzt wieder damit an?»
«Weil es mir immer noch leidtut. Und weil das nie aufhören wird.» Zaghaft greift er nach ihrer Hand, aber sie zieht sie sofort weg.
«Du hast ja draus gelernt», gibt sie schnippisch zurück. «Finger weg von Frauen, die kurz vor ihrer Hochzeit stehen.»
«Von allen Frauen, die vergeben sind.» Basti holt tief Luft und fährt dann fort: «Aber du weißt, dass alles anders gekommen wäre, wenn der Unfall nicht passiert wäre.»
«Ja.»
Natürlich weiß sie es, und doch bedeutet es ihr nichts. Wochenlang hatte sie sich gegen seine Avancen gewehrt und immer wieder beteuert, wie glücklich sie mit Noah sei. Selbst als die beiden sich verlobten, war Basti nicht in der Lage aufzuhören, um Patricia zu kämpfen. Basti war es gewohnt, die Mädchen, die er wollte, auch zu bekommen. Also kam er immer wieder an, machte ihr den Hof und offenbarte ihr seine Gefühle.
«Du sollst mich doch nur lieben», hatte er sie ständig angefleht, und irgendwann tat sie es schließlich. Als ihr Widerstand gebrochen war und sie sich wirklich in ihn verliebte, war es heftig und unwiderruflich. Erst als sie sich endgültig von Noah trennte, wurde Basti klar, was er angerichtet hatte und dass keiner von ihnen mehr zurückkonnte.
Dann kam der Unfall und riss Basti aus seinem gewohnten Leben und aus seiner Selbstsicherheit. Obwohl sich Patricias Gefühle für ihn nicht änderten und sein Handicap sie nicht im Geringsten störte, zog er sich komplett zurück. Unfähig, sich selbst zu akzeptieren, konnte er auch Patricia nicht mehr lieben. Noah hatte natürlich längst die Kurve gekratzt und war zu sehr in seinem Stolz gekränkt, als dass er einen Neuanfang mit seiner Verlobten gewagt hätte.

«Ich weiß, dass dir das nichts mehr nützt.»

«Nein, wirklich nicht.» Erneut beugt sie sich zu ihm hinunter, und diesmal ist es Patricia, die seine Hand nimmt. «Aber dir vielleicht.»

«Wie meinst du das?»

«Mach denselben Fehler nicht noch mal. Nicht auch bei Sam.» Sie sieht ihn an, und Basti spürt, wie widersprüchlich ihre Worte zu ihren Gefühlen sind. «Es ist großartig, dass du nun endlich eine Freundin hast, und du wirst sie behalten. Denk nicht dran, wie es ihr mit dir geht. Denk nur daran, wie es *dir* mit ihr geht.»

«Das ist egoistisch.» Sein Blick streift über die Weite des Horizonts. Die Sonne ist gerade dabei, im Meer zu versinken, und ihre Freunde packen unten am Strand ihre Sachen zusammen.

«Ich sehe das anders: Es ist klug. Und weißt du, was das Besondere daran ist?»

«Nein. Was?» Neugierig betrachtet er ihr Gesicht. Die Sommersprossen haben sich, seit sie hier sind, fast verdoppelt und heben sich trotz ihrer dunkler werdenden Haut noch deutlicher ab.

«Wenn du glücklich bist, wird auch sie glücklich sein.»

«So einfach ist das?»

«Ja.» Patricia ist absolut überzeugt von dem, was sie sagt. «So einfach ist das!»

«Und was ist mit Josh?» Allein der Gedanke daran lässt seinen Magen zu einem schmerzhaften Ball zusammenschrumpfen. Er klemmt sich seine Wasserflasche zwischen die Oberschenkel.

«Josh ist erwachsen. Er wird klarkommen.»

«Oder sterben …» Basti nimmt die Flasche wieder in die Hand, nur damit er etwas hat, an dem er sich weiter festhalten kann.

«Ja, oder das. Sterben geht schnell. Es sind sogar schon Menschen beim Hosenanziehen gestorben. Wusstest du, dass mehr Leute von Kokosnüssen erschlagen werden als von Haien gefressen?»

«Ich weiß, dass du ihn nicht leiden kannst. Aber wenn er tot ist, lachst du nicht mehr.»

«Ich habe nicht gelacht. Es war mein Ernst. Wenn es sein Schicksal ist zu sterben, dann wird er es tun. Unabhängig von dir.» Das Meer verschluckt das letzte Licht des Tages und gibt dem Ganzen eine unheilvolle Atmosphäre. Ein Teil tief in Basti ahnt, wie viel Wahrheit in Patricias Worten liegt. Stumm sieht er zu ihr hinauf, und plötzlich überkommt ihn das Bedürfnis, ein Stoßgebet in den Himmel zu schicken.

«Ich will Josh nicht verlieren.»

«Menschen sind viel stärker, als man denkt. Schau dich an. Du bist ein gutes Beispiel dafür.» Sie atmet leise ein, starrt kurz in die Ferne und fügt dann wieder mit eisiger Stimme hinzu: «Und ich auch. Damals war ich überzeugt, das alles nicht zu verkraften und daran zu zerbrechen. Von heute auf morgen habe ich alles verloren. Dich, Noah, meine Zukunft. Meine Eltern haben sich lange von mir abgewandt, weil sie meine Entscheidung weder verstehen konnten noch akzeptieren wollten.» Mit den Fingern zeigt sie erst auf ihren Kopf und macht dann eine Bewegung zu ihren Füßen hinunter. «Dennoch bin ich noch da. Wider alle Erwartungen habe ich überlebt. Und das wird Josh auch tun.»

«Möglicherweise hast du recht.»

«Möglicherweise?» Jetzt beginnt sie tatsächlich zu lachen. «Natürlich hab ich recht. Ich hatte schon damals recht. Wir hätten ein tolles Paar abgegeben. Aber du hast mir nicht vertraut. Leider. Tu es wenigstens jetzt.»

«In Ordnung», willigt er ein. «Was soll ich tun?»

«Mach dir einen schönen Urlaub. Josh und Sam kommen klar. Und wenn du nach Hause kommst, macht ihr da weiter, wo ihr aufgehört habt. Unabhängig davon, was Josh möchte oder nicht. Du schaust nur nach dir.»

«In Ordnung», wiederholt Basti und wendet den Rollstuhl. «Komm, lass uns zu den anderen gehen.»

Erst spät in der Nacht liegt Basti im Bett der Ferienwohnung und bemerkt, dass Patricia ihm noch immer nicht sein Handy zurückgegeben hat.

Rouven schläft schon, deswegen will er nicht quer durch die Wohnung ins andere Zimmer rufen, um ihn nicht zu wecken. Auch Anja schläft möglicherweise bereits.

Sie waren alle gemeinsam in einer Bar gewesen und anschließend zusammen an der Strandpromenade spazieren. Zum ersten Mal seit langem ist sein Kopf angenehm leer. Er fühlt sich müde und beschließt, dass es reicht, Sam ein paar liebevolle Gedanken zu schicken und ihr am nächsten Morgen eine Nachricht zu schreiben.

Wie jeden Abend war Basti der Letzte, der ins Bad und unter die Dusche ging, weil er stets am längsten von allen braucht. Hier im Urlaub ist alles viel schwieriger. Hier muss Basti sich ohne Hilfsmittel von einem Rollstuhl in den anderen ziehen und kann sich nicht einfach an den Haltegriffen hochziehen. Außerdem muss er mit einem Taschenspiegel klarkommen, weil die Badspiegel generell zu hoch hängen, was vor allen Dingen das Rasieren sehr umständlich macht.

Basti dreht sich genüsslich um und rollt sich ein.

Gerade als er im Begriff ist einzuschlafen, öffnet sich leise die Tür. Basti reagiert nicht, in der Annahme, es sei Florian, der auch schlafen gehen möchte.

Erst als sich Patricia vorsichtig zu ihm aufs Bett setzt, richtet

Basti sich langsam wieder auf. Sie trägt nur ein dünnes Nachthemd und sieht aus, als hätte sie selbst schon im Bett gelegen.

«Tut mir leid, ich wollte dich nicht wecken», sagt sie sanft. «Ich wollte dir nur dein Handy zurückgeben.»

«Danke, das ist lieb.» Basti deutet mit dem Finger auf den Nachttisch. «Leg es einfach hin.»

Im selben Moment kommen Florian und Anja auf Zehenspitzen ins Zimmer. Auch Florian hat ein Handy in der Hand, allerdings sein eigenes, und sieht aus, als würde er jeden Moment loslachen. Anja hat einen Lippenstift dabei und bemüht sich ebenfalls, sich das Lachen zu verkneifen. Barfuß schleicht sie zu Rouven ans Bett und beginnt, mit dem Lippenstift Herzen auf seine Wange zu malen.

Basti verdreht gespielt genervt die Augen.

«Tja», macht Patricia. «Wir müssen uns damit abfinden, mit Kleinkindern im Urlaub zu sein.»

Ungeduldig wartet Florian, bis Anja mit ihrem Werk fertig ist, und fotografiert dann den schlafenden Rouven. Das Blitzlicht stört ihn, und er öffnet halb ein Auge.

«Lasst mich in Ruhe!», murmelt er, ohne zu bemerken, dass sein Gesicht gerade als Leinwand missbraucht wurde.

«Was denn? Ich mache nur Fotos», verteidigt sich Florian. «Cheese», ruft er zu Basti und Patricia und drückt mehrfach hintereinander auf den Auslöser.

«Fotos von schlafenden Leuten?», schnauzt Rouven. «Du spinnst doch.»

«Komm, Flo, wir suchen uns gescheite Motive.» Anja lässt schnell ihren Lippenstift verschwinden. «Alles Langweiler hier.»

«Ich geh schlafen», sagt Patricia und folgt den beiden anderen nach draußen. Kopfschüttelnd wirft Basti einen Blick zu Rouven, der ihm mit einem Handzeichen zu verstehen gibt, dass seine Freunde einen leichten Dachschaden haben. Dann legt er sich wieder zum Schlafen hin.

Basti erwacht schlagartig, als er etwas Nasses und Kaltes im Gesicht spürt. Entsetzt schreckt er hoch und schaut auf das Bett neben seinem. Florian sitzt ebenfalls erschrocken und kerzengrade im Bett und starrt verwirrt zurück.

Zeitgleich springt Rouven kreischend auf und schüttelt sein Shirt aus. «Was zur Hölle ist das?»

«Es gibt einen Eiscrusher hier», jauchzt Anja. «Und wir wissen, wie er funktioniert.»

Aus den Augenwinkeln sieht er, wie Patricia erneut in eine große Schüssel greift, und dreht sich vorsorglich von ihr weg.

Die nächste Ladung Eis trifft Basti in den Nacken und schmilzt sofort. Kaltes Wasser rinnt ihm den Rücken hinunter. Mittlerweile ist auch Florian aufgesprungen, um dem Angriff zu entgehen. Ein Privileg, das Basti nicht vergönnt ist. Stattdessen will er gerade zur Verteidigung sein Kopfkissen werfen, aber Rouven und Florian haben das Problem bereits im Griff. Gemeinsam haben sie die Schüssel an sich gerissen und beginnen, das gecrushte Eis abwechselnd Patricia und Anja in den Ausschnitt zu stopfen. Das Kreischen der beiden wird immer schriller, und es gelingt ihnen schließlich, die Flucht zu ergreifen. Die Jungs setzen ihnen nach und jagen sie durch die Ferienwohnung.

Basti zieht sich in den Rollstuhl, um sich auf den Weg ins Bad zu machen. Auf dem Esstisch entdeckt er ein Handy, und plötzlich fällt ihm ein, dass er bei dem ganzen Kindertheater gestern Nacht völlig vergessen hat, Sam zu schreiben. Hastig holt er sein eigenes Telefon aus seinem Zimmer und beginnt zu tippen.

«He», ruft Florian aus der geöffneten Tür des Mädchenschlafzimmers zu ihm hinüber. «Ab ins Bad. Andere wollen auch rein. Deiner Freundin kannst du später schreiben.»

Schnell liest er noch Sams Nachricht, die ihn zu irgendeiner nachtschlafenden Uhrzeit erreicht hat, und tippt eilig einen Text.

Bin gerade auf dem Sprung.

Noch bevor er das Handy wieder weglegen kann, erreicht ihn die Antwort.

Kein Problem. Melde dich einfach, wenn du Zeit hast. Hab einen schönen Tag!

Sofort weiß Basti, dass Sam beleidigt ist und eigentlich von ihm erwartet, sich augenblicklich Zeit zu nehmen und ihr zu antworten. Aber telefonieren kann er hier nicht. Die Mädchen kreischen noch immer in den höchsten Tönen, und erneut brüllt Florian zu ihm hinüber: «Sebastian! Wird's bald? Wir haben nicht den ganzen Tag Zeit. Wir müssen auch noch packen.»

«Und aufräumen», ergänzt Rouven. Er hat das Eis durch ein Handtuch ersetzt, das er gerade nach Anja wirft. Sie duckt sich rechtzeitig, dafür erwischt ein Zipfel des Handtuchs eine leere Bierflasche, die laut klirrend auf dem Boden zerschellt. «Hier sieht es aus wie im Ersten Weltkrieg.»

Seufzend legt Basti das Handy wieder auf den Tisch und verschwindet im Badezimmer.

JOSHUA

Lautlos fällt der letzte Krümel in die Schüssel, gefolgt von einer kleinen Staubwolke. Wütend wirft Josh die leere Cornflakes-Packung in die Luft und tritt mit dem Fuß dagegen, sodass sie quer durch den Raum saust und an der Wand landet. Er hasst es, wenn kein Frühstück im Haus ist. Resigniert zieht er seine Jeans wieder aus und beschließt, anstatt ins Fitnessstudio geradewegs zurück ins Bett zu gehen. Das Klingeln an der Tür hält ihn davon ab.

Wahrscheinlich die Zeugen Jehovas oder irgendein bofrost-Typ ...

Josh nimmt den Hörer der Sprechanlage ab und knurrt: «Ich kaufe nichts. Ich verkaufe nichts. Ich hab keinen Bock auf andere Religionen. Außerdem bin ich auf Diät und extrem schlecht drauf.»

Gerade als er wieder auflegt, klingelt es erneut. Zudem klopft es an der Wohnungstür.

Scheiße, wie sind die ins Haus gekommen?

Genervt öffnet er, in der festen Überzeugung, die Tür gleich wieder lautstark zuzuschlagen.

«Sam!», ruft er überrascht. «Was machst du hier?»

«Unten war offen», sagt sie anstelle einer Begrüßung. «Darf ich reinkommen?»

«Ähm, klar.» Josh tritt einen Schritt zur Seite und fährt sich mit der Hand durch die Haare, um sie wenigstens notdürftig in Form zu bringen. «Ist was passiert?»

Sams Schweigen ist ihm Antwort genug.

«Basti», stellt er fest.

«Ja.»

Hastig drückt er sich an ihr vorbei und positioniert sich nervös mit dem Rücken an der Kommode. «Gehen wir ins Wohnzimmer.» Er deutet mit der Hand den Flur entlang. «Geradeaus durch.»

«Störe ich dich?» Skeptisch blickt sie ihn an.

«Nein, gar nicht.»

Endlich setzt sie sich in Bewegung, und er klappt schnell mit der Hand das Foto von Sam so um, dass es mit der Vorderseite nach unten auf der Kommode liegt. Dann folgt er ihr und befördert einen Berg Wäsche in die Ecke, um ihr einen Platz anbieten zu können. Mit den Zehen schiebt er eine schmutzige Socke unter die Couch und setzt sich zu Sam. Dass er nur Boxershorts und Shirt trägt, ist aktuell sein kleinstes Problem. Inständig hofft er, dass Sam nicht in die Küche geht, in der sich Türme von schmutzigem Geschirr stapeln. Oder ins Schlafzimmer, in dem sich ebenfalls zwei ausgedruckte Bilder von ihr befinden ...

Da will sie bestimmt nicht hin.

Josh wippt nervös mit dem Fuß auf und ab, und sein Zeigefinger beginnt schon wieder, «Birgit» zu schreiben, als Sam sich im Raum umsieht. Ihr Blick fällt auf ein Porträt an der Wand.

«Das ist aber eine hübsche Frau», stellt sie fest. «Wer ist das? Deine Exfreundin?»

«Meine Mutter.»

«Oh.»

«Ja. Hier sind überall Bilder von ihr. Du weißt doch, ich ticke nicht ganz richtig.» Er lässt den Zeigefinger um die Schläfe kreisen, um seine Worte zu bestätigen. «Was ist mit Basti?»

Sie seufzt, reibt sich mit den Händen über die Augen und sieht aus, als würde sie jeden Augenblick losheulen. «Ich weiß nicht, wie ich das sagen soll.»

«Was hat er gemacht?» Wut steigt in Josh auf.

«Er hat *nichts* gemacht. Das ist es ja. Nichts.»

«Kannst du das genauer erklären?»

«Es ist, als würde er sich gar nicht mehr für mich interessieren. Ein Beispiel.» Sie seufzt wieder. «Wenn ich ihm schreibe, dass mein Frühstück das einzig Positive an meinem Tag war, weil danach alles scheiße gelaufen ist, ich einen Autounfall hatte, mir das Bein gebrochen habe und anschließend von Außerirdischen entführt wurde, dann bekomme ich als Antwort: Mein Frühstück war auch gut. Ich hatte ein Nutellabrot.»

«Du wurdest von Außerirdischen entführt?» Er setzt ein überraschtes Gesicht auf.

«Nein, Josh! Es geht darum ...»

«Ich verstehe schon», unterbricht er sie. «Er geht nicht auf dich ein. Du fühlst dich übergangen und weißt nicht, was los ist.»

«So ist es.» Sie runzelt die Stirn. «Vielleicht liebt er mich nicht mehr?»

Das ist deine Chance, Josh! Erzähl ihr, dass Basti jetzt doch mit Patricia zusammen ist. Oder dass er immer so mit Frauen umgeht. Dass er eine Urlaubsliebe kennengelernt hat oder einfach ein Arschloch ist. Lass dir was einfallen!

Verfluchter Egoismus. Scheinheilige Nettigkeit. Endlose Sehnsucht und beschissene Moral.

«Natürlich liebt er dich.» Josh bringt es nicht übers Herz, sie absichtlich zu verletzen. «Vielleicht braucht er einfach etwas Abstand.»

«Du meinst, die Sache mit mir wird ihm zu viel?» Ihre Stimme zittert.

«Nein.» Die Worte kommen automatisch über seine Lippen. «Die Sache mit *mir* wird ihm zu viel. Er versucht, Distanz zu bekommen – wegen mir!»

Gott, Josh. Du schießt dir selbst ins Bein. So wird das nichts!

«Und warum ist er dann so lieblos zu mir?» Sie zieht ein Taschentuch aus ihrer Jeans und putzt sich die Nase.

«Wie gesagt, mit dir hat das nichts zu tun. Basti ist ein sehr emotionaler Mensch, der sich oft selbst im Weg steht. Seit seinem Unfall fängt er manchmal an, die einfachsten Dinge so lange zu durchdenken, bis sie kompliziert werden. Das frisst ihn auf. Dann noch die Probleme mit mir ... Ich denke, er nutzt jetzt einfach die Gelegenheit abzuschalten.» Josh unterbricht sich selbst und zieht eine Augenbraue hoch. «Das hilft dir jetzt nicht viel, was? Tut mir leid, ich bin nicht so gut darin, andere Menschen zu trösten. Es ist bestimmt Jahre her, dass ich überhaupt so viel am Stück geredet habe.»

«Ich hab verstanden, was du mir sagen willst. Und ich fühle mich sehr wohl getröstet. Josh, du kannst viele Dinge besser, als du denkst.»

Manchmal gibt es kein nächstes Mal. Es gibt nur ein Jetzt oder Nie!

«Vor seinem Unfall war Basti ganz anders», beginnt Josh. «Er war unfähig, eine Beziehung einzugehen. Es wäre ihm niemals in den Sinn gekommen, sich zu binden. Seine Meinung war: Wieso auf eine Frau konzentrieren, wenn man doch alle haben kann? Die Einzige, die ihn jemals ernsthaft interessiert hat und die er wirklich als Partnerin wollte, das war Patricia ...»

«Waren sie zusammen?» Er kann die Unsicherheit in ihrem Tonfall spüren.

Lüg, Josh! Eine bessere Gelegenheit bekommst du nicht.

«Nein, sie waren nie richtig zusammen. Patricia hatte zu dieser Zeit einen festen Freund.»

«Ach so.» Sam atmet erleichtert auf. «Und heute? Wie ist Basti heute?»

«Er ist zurückhaltender und vorsichtiger geworden und hat seine Frauengeschichten komplett aufgegeben. Aber er ist noch immer ein Freigeist und Querdenker. Ein freiheitsliebender Mensch, den man nicht zähmen kann.»

«Denkst du, er meint es ernst mit mir?»

«Ich *weiß*, dass er es ernst meint. Er liebt dich über alles.»

Chance gehabt. Chance verpasst.

«Danke!» Sam lächelt ihn mit halb geöffneten Lippen an. Dann greift sie nach seiner Hand, was ihm wieder einmal fast den Atem nimmt.

«Ich hab dir nur die Wahrheit gesagt.»

«Und genau das weiß ich zu schätzen.» Langsam dreht Sam seine Hand um, sodass die Innenfläche seines Arms nach oben zeigt. Dann schiebt sie das Nietenarmband ein Stück nach unten und fährt mit ihren langen Fingernägeln sanft über sein Handgelenk. Sofort bekommt er eine Gänsehaut.

«Was machst du?», fragt er misstrauisch. «Überprüfst du, ob ich mal versucht hab, mir die Pulsadern aufzuschneiden?»

«Ja.» Ihre Wangen nehmen eine dunkelrote Farbe an. «Eigentlich hätte ich jetzt nein sagen müssen, aber da du so ehrlich warst, wollte ich es auch sein.»

Beleidigt zieht er seine Hand zurück und verschränkt die Arme vor der Brust. «Du hättest mich auch einfach fragen können.»

«In Zukunft mache ich das. Aber dann musst du mir auch immer die Wahrheit sagen.» Nun lächelt sie ihn offen an. «Ich verspreche dir auch, stets ehrlich zu dir zu sein.»

«Pulsadern aufschneiden machen nur Frauen.» Josh beißt sich so fest auf die Backenzähne, dass sein gesamter Kiefer schmerzt. Dann beschließt er, Sam zu vertrauen. «Nach Bastis Unfall wollte ich mich vor einen Zug schmeißen. Aber ich hab es nicht geschafft, weil ich Panik gekriegt hab. Ich bin einfach im letzten Augenblick zur Seite gesprungen. Ein anderes Mal bin ich mit meinem Auto in den fließenden Verkehr gefahren. Seitdem ist das Auto Schrott.»

«Oh. Wow. Dumm gelaufen, könnte man sagen.»

«Ja. Ich war damals sehr rücksichtslos. Aber ich hab so weit einfach nicht gedacht, und vermutlich war es mir auch scheißegal. Wie alles andere auch.»

Sam wirft ihm einen warnenden Blick zu. «Heute würdest du das nicht mehr machen. Du hast es versprochen. Und wir sind ja immer ehrlich zueinander. Du erinnerst dich?»

«Woran soll ich mich erinnern? Wer bist du eigentlich?»

Ihr Gesichtsausdruck ist so verblüfft, dass er lachen muss. «Ich mache nur Spaß.» Er steht auf und springt über die Lehne der Couch. Dann streckt er ihr die Hand hin. «Komm mit. Ich ziehe mich kurz an, und dann gehen wir frühstücken. Ich bin am Verhungern.»

SAMANTHA

Mittlerweile habe ich begriffen, dass ich nicht daran sterben werde. Es fühlt sich lediglich so an, aber es ist nicht tödlich. Was bleibt, ist die Frage nach dem Warum. Basti hat mich in seinem gesamten Urlaub nur dreimal angerufen, und entweder war die Verbindung schlecht oder der Hintergrund so laut, dass wir nicht über ernste Themen sprechen konnten. Sosehr ich die Antwort auf meine Frage auch wissen will, so sehr fürchte ich mich vor ihr. Vermutlich habe ich sie deswegen noch nicht gestellt und versuche, mich einfach über seine Nachrichten zu freuen, auch wenn sie mir oft inhaltsleer und lieblos erscheinen.

Nutellabrot eben.

Ende der Woche, am Samstagmorgen, wird Basti zurückkommen. Meine Vorfreude auf ihn wird nun begleitet von dem dumpfen Gefühl der Angst, dass, wenn er wieder da ist, nichts mehr so sein wird wie zuvor. Die Sorge, alles könnte enden, noch bevor es richtig angefangen hat, wird immer größer.

Nervös laufe ich im Zimmer auf und ab, unfähig, mich auf meine Zeichnung zu konzentrieren, die ich schon vor zwei Wochen begonnen habe. Es ist ein Bild von Basti, wie er dicht am Lagerfeuer im Gras sitzt, mit seiner Gitarre in der Hand. Ich habe das Bild im Kopf, ebenso wie das Lied, das er damals auf Patricias Party gesungen hat, und dennoch komme ich nicht in die richtige Stimmung, die Zeichnung zu vervollständigen. Es ist egal, was ich mache oder wie ich mich versuche abzulenken – die Angst, Basti zu verlieren, ist allgegenwärtig.

Seufzend greife ich nach meinem Handy und klammere mich an den einzigen Strohhalm, den ich in diesem reißenden Fluss der Emotionen finde: Josh.

In den letzten Tagen habe ich ihm oft geschrieben, wenn ich

nicht schlafen konnte und die Verzweiflung mich fast rasend machte. Früher dachte ich immer, so aufmerksam und achtsam wie Basti kann kein anderer Mann sein. Aber Basti ist auch emotional und gefühlsbeladen, was sicherlich ein Vorteil ist, aber auch dazu führt, dass er sich oft von seinen Empfindungen leiten lässt und sprunghaft ist. Josh hingegen hat für Gefühlsduseleien nichts übrig. Er ist geradlinig und radikal, dabei aber einfühlsam und tiefsinnig.

Meine Nachricht an ihn ist kurz:

Komme zu dir. Brauche Beistand.

Fünf Worte. Mehr Erklärung ist bei Josh nicht nötig, weil er sofort begreift. Nie muss ich mich rechtfertigen oder argumentieren, er nimmt es einfach hin und ist für mich da. Noch bevor seine Antwort mich erreicht, mache ich mich auf den Weg. Dass Josh mir absagt oder keine Zeit für mich hat, ist noch nie vorgekommen. Mein Handy vibriert und fängt an zu blinken.

Okay. Bis gleich.

Grinsend stecke ich mein Telefon wieder ein und frage mich plötzlich, wie ich bisher in meinem Leben ohne Josh klargekommen bin.

Er wartet bereits vor der Haustür auf mich. Josh trägt ein ärmelloses, schwarzes Tanktop, das seine muskulösen Arme und Schultern zur Geltung bringt. Seine kurze Hose ist grau und verwaschen und lässt ihn irgendwie verrucht aussehen. Die blonden Haare sind seit dem Sommer viel heller geworden und fallen ihm in die Stirn.

«He», ruft er mir zu und hebt zwei Finger. Eine lockere Bewegung, die ihn souverän und selbstsicher wirken lässt. «Lust auf einen Spaziergang durch den Park?»

Zum ersten Mal fällt mir auf, wie hübsch Josh ist. Irgendwie ist mir das noch nie bewusst geworden, weil ich immer nur Augen für Basti hatte. Zudem ist irgendetwas an ihm anders ...

«Klar», gebe ich zurück und knuffe ihn zur Begrüßung in die Seite. Er nickt mir kurz zu, und im Licht der Sonne funkeln seine Augen blauer als sonst. Während ich neben ihm hertrotte, überlege ich krampfhaft, was sich an ihm verändert hat.

«Wie geht es dir?», will er wissen.

«Erzähl ich dir gleich. Sag mir erst, wie es dir geht.»

«Sehr gut», gibt er zurück. Sein Lächeln offenbart eine Reihe makelloser Zähne.

Erstaunt starre ich ihn an. Schlagartig wird mir bewusst, was sich an ihm verändert hat.

Er hat eine ganz andere Ausstrahlung.

Die Veränderung hat tief in seinem Inneren stattgefunden, und das macht die Sache so wertvoll.

«Josh!» Ich kann meine Begeisterung nicht zügeln, und ich will es auch gar nicht. Euphorisch falle ich ihm um den Hals. «Ist dir klar, wie sehr du dich verändert hast?»

«*Du* hast mich verändert», gibt er zurück. Dann schiebt er mich sanft wieder von sich. «Über was wolltest du mit mir reden?»

Ich glaube, Basti liebt mich nicht mehr. Ich entnehme das seinen Textnachrichten.

Hier draußen im Park, mit dem Wind in den Haaren und der Sonne im Gesicht, kommt mir die Aussage plötzlich unsagbar lächerlich vor. Joshs gute Laune wirkt ansteckend auf mich.

Joshs gute Laune ...

Ein Oxymoron, wie es im Buche steht. Selbst ein *stummer*

Schrei und der *lebende Tod* könnten nicht widersprüchlicher sein als *Joshs gute Laune.*

«Lass uns nicht darüber reden. Lenk mich lieber ab.»

«Alles klar. Komm, wir holen uns ein Eis.» Nie wäre Josh auf die Idee gekommen, nachzubohren oder mich zu drängen. Er geht quer über den Rasen mit dem Bitte-nicht-betreten-Schild, direkt auf den Eiswagen zu, der ganz am Ende der Grünanlage steht. Amüsiert laufe ich hinterher, und als er unvermittelt stehen bleibt, pralle ich gegen seinen Rücken.

«Was ist?», frage ich.

«Pscht», zischt Josh und legt mir einen Zeigefinger an die Lippen. Er hält den Atem an und lauscht konzentriert in die Stille. «Hörst du das auch?»

«Nein. Was?»

«Komm mit.»

«Wohin? Was ist denn?» Verwirrt zucke ich die Achseln. «Was hörst du?»

Josh nimmt mich an der Hand und zieht mich hinter sich her.

Wie schön es ist, Hand in Hand mit jemandem zu laufen.

Wir schleichen gemeinsam zu einem großen Busch, den wir mehrmals umrunden. Dann bleibt er wieder stehen, lässt mich abrupt los und sinkt auf die Knie.

Ich komme mir ein bisschen albern vor, wie ich da stehe auf der Grünanlage, die man nicht betreten darf, und der Mann, mit dem ich hier bin, auf Knien in die Büsche krabbelt. Es knackt laut, als die Äste unter seinem Gewicht brechen. Rückwärts kriecht er wieder heraus, einen blauen Müllbeutel im Schlepptau.

Jetzt erst höre ich das, was Josh schon vorher aufgefallen sein muss. Hastig lasse ich mich ebenfalls ins Gras fallen und beginne, mit den Händen das durchlöcherte Plastik aufzureißen. Das Winseln wird immer lauter und das Loch größer, als schließlich eine schwarze, nasse Nase hervorkommt.

«Vorsichtig», warne ich. «Es könnte uns beißen.»

Daran denkt Josh nicht, sondern hebt das große Bündel heraus und zieht es auf seinen Schoß, um es eindringlich zu begutachten. Ein zitternder Hund mit verschmutztem, drahtigem Fell und einem Schlappohr. Er hat ein trübes Auge, und um die Schnauze herum beginnt er bereits, grau zu werden. Als Josh versucht, ihn auf die Pfoten zu stellen, sehe ich, dass ein hinteres Bein zur Hälfte fehlt. Es ist keine frische Wunde, sondern eine alte Verletzung, die längst verheilt ist und den Hund zum Krüppel gemacht hat.

Josh springt plötzlich auf, und im ersten Moment denke ich, dass er von dem Hund angeekelt ist. Dann wird mir klar, was er sucht. Natürlich erfolglos, denn der Täter ist längst über alle Berge.

Der Hund hat sich erschöpft auf den Boden gelegt und jammert leise.

Zu schwach zum Stehen. Entsorgt wie ein Stück Müll.

«Gehen wir», sagt Josh und hebt das Tier vorsichtig auf. «Ich werde ihn mitnehmen.»

«Kannst du ihn tragen?»

«Ja, klar. Der wiegt doch nicht viel. Frag mal Google, wo der nächste Tierarzt ist. Ich hab keine Ahnung.» Josh hebt den Hund hoch und legt ihn sich wie einen riesigen Pelzkragen um die Schultern.

Während wir über den Rasen gehen, gebe ich «Tierarzt» in die Suchleiste ein.

«He ihr», ruft uns ein älterer Herr böse zu und schwingt seinen Krückstock. «Könnt ihr euren Köter nicht woanders Gassi führen? Hier ist Betreten verboten!»

«Ich wünsche Ihnen auch einen schönen Tag», sagt Josh

ungerührt im Vorbeigehen. Dann schüttelt er den Kopf und fügt an mich gewandt hinzu: «Verbitterter, alter Kauz.»

Verbittert ... Das Wort, mit dem ich bis vor kurzem auch Josh beschrieben hätte.

Zum zweiten Mal an diesem Tag staune ich über seine Wandlung. Es ist, als hätte ich einen komplett anderen Menschen neben mir. Ich konzentriere mich wieder auf mein Handy.

«Knapp einen Kilometer von hier ist einer. Dr. Gottschalk. Es fährt kein Bus hin. Soll ich ein Taxi rufen?»

«Quatsch, das laufen wir. Bis das Taxi bei uns ist, sind wir zu Fuß längst dort. Wohin?»

«Da lang.» Mit dem Finger zeige ich ihm die Richtung an. Eine WhatsApp-Nachricht erscheint auf meinem Bildschirm:

Saaaaam! In vier Tagen bin ich wieder da! Ich freue mich irre auf dich!!!

Schnell klicke ich die Nachricht wieder weg, um zurück zu der Straßenkarte zu gelangen. Wir folgen den Anweisungen meines Handys, während der Hund reglos auf Joshs Schultern hängt. Keine fünfzehn Minuten später sitzen wir im Wartezimmer der Tierarztpraxis und werden auch nahezu sofort aufgerufen.

Eine freundliche Tierärztin mit dem Namen Susanne Gottschalk bittet uns, den Hund auf den silbernen Tisch zu legen.

«Er gehört uns nicht. Wir haben ihn eben gefunden», erklärt Josh entschuldigend. «In einem Müllsack.»

Frau Gottschalk tastet die Rippen des Hundes ab, schaut ihm ins Maul und in die Ohren. Anschließend hört sie das Herz ab. «Insgesamt scheint sie gesund zu sein. Aber sie ist vollkommen unterernährt. Außerdem auf dem linken Auge vollständig blind. Stellen Sie sie doch bitte mal auf die Waage.»

«Es ist ein Mädchen?» Josh nimmt die Hündin wieder hoch, um sie zu wiegen.

«Ja, eine Hundedame. Und zwar eine ältere. Ich schätze sie auf elf oder zwölf Jahre. Vermutlich wird sie bis ans Lebensende im Tierheim sitzen. So einen Hund nimmt in der Regel niemand mehr.»

«Was ist es denn für eine Rasse?» Ich schiele auf die Anzeige der Waage. Knapp fünfzehn Kilo. Wirklich sehr wenig für einen Hund, der fast die Größe eines Schäferhundes hat.

«Ein Strakömi.» Die Tierärztin lacht, als sie unsere verwunderten Gesichter sieht. «Straßenköter-Mix. Da kann man keine Rasse definieren. Ich spritze ihr was, um sie etwas aufzubauen.» Sie zieht eine Spritze auf und fügt dann erklärend hinzu: «Keine Angst, Sie müssen das nicht zahlen. Ich gebe die Rechnung an das örtliche Tierheim weiter.»

«Ähm», macht Josh. «Das ist jetzt mein Hund. Natürlich zahle ich das.»

Ein breites Grinsen erscheint auf dem Gesicht der Tierärztin. «Ich hatte gehofft, Sie würden das sagen. Einmal baden, bisschen aufpäppeln und vielleicht etwas Lack, dann habt ihr beide einen wunderbaren Hund.» Frau Gottschalk sieht mich an, und ihr Lachen ist ehrlich. «Wenn es Sie nicht stört, dass sie behindert ist.»

«Stört nicht», erwidere ich. «Kennen wir schon. Mein Freund sitzt im Rollstuhl. Der Hund passt also ganz wunderbar in unsere Clique.»

Die zwei wichtigsten Menschen in meinem Leben sind ein bisschen anders als der Rest der Welt, füge ich in Gedanken hinzu. *Der eine körperlich, der andere geistig.*

«Da hat die Hündin ja wirklich die Richtigen gefunden. Vielen Dank, dass Sie das Tier hergebracht haben.» Die Tierärztin reicht uns die Hand. «Es sollte mehr Leute wie Sie geben.»

Josh nimmt den Hund wieder hoch. Der hat aufgehört zu fiepen und wedelt nun schwach mit dem Schwanz. Gemeinsam gehen wir zurück zur Anmeldung, um die Rechnung zu bezahlen. Danach öffne ich Josh die Praxistür.

«In einer Dachgeschosswohnung ist ein dreibeiniger Hund nicht gut aufgehoben», sagt er nachdenklich. «Ich sollte ihn Basti geben. Er wohnt ebenerdig, hat einen Garten, und er wünscht sich schon so lange einen Hund.»

«Dann mach das doch.»

Josh schweigt fast den ganzen Heimweg. Von einer Minute auf die andere ist er wieder so wortkarg geworden, wie er es immer war, seit ich ihn kenne. Auch die Hündin gibt keinen Ton mehr von sich.

«Ich behalte sie», beschließt er plötzlich. «Notfalls trage ich sie die Treppen rauf und runter.»

«Willst du nicht erst mal Basti fragen, ob er die Hündin gerne möchte? Sie war vorhin so freundlich zu der Katze im Wartezimmer. Bestimmt versteht sie sich hervorragend mit Luka und wäre dann tagsüber nicht allein ...»

«Basti ist nicht mehr mein Freund», unterbricht er mich. «Deswegen behalte ich den Hund.»

«Wie bitte?» Entsetzt starre ich ihn an. Diese Information ist mir neu. «Habt ihr gestritten?»

«Ja und nein. Eher nein. Lange Geschichte. Ich erzähle sie dir mal, aber nicht heute.»

Akzeptiere das, Sam. Er löchert dich auch nie.

«Okay. Fehlt Basti dir nicht? Willst du nicht um seine Freundschaft kämpfen?»

«Nein, ich will um etwas anderes kämpfen. Aber das geht nur, wenn er nicht mein Freund ist.»

«Ich verstehe kein Wort.»

Josh bleibt vor dem Eingang seiner Wohnung stehen. «In

meiner rechten Hosentasche ist mein Schlüssel. Machst du auf? Ich hab keine Hand frei.»

«Kämpfen?» Ich stecke meine Finger in seine Tasche und ziehe den Schlüssel heraus. «Kannst du mir das bitte erklären?»

Will Josh um sein eigenes Leben kämpfen? Um seine Unabhängigkeit von Basti?

«Raja.» Er hebt den Hund ein Stück hoch, sodass er ihn betrachten kann. Dann drückt er ihn wieder an sich und geht die Treppen hinauf. «Ich werde sie Raja nennen. Das bedeutet Hoffnung.»

SAMANTHA

Raja steht zitternd in Joshs kleinem, weiß gekacheltem Badezimmer, während er die Wanne halbvoll laufen lässt und ich der Hündin etwas kaltes Wasser in einer Schüssel anbiete. Sie trinkt ein paar Schlucke und wedelt mich dann freundlich an. Vorsichtig zupfe ich ihr ein paar Blätter aus dem schmutzigen Fell.

«So, Raja. Jetzt machen wir dich mal sauber.» Josh hebt sie hoch und stellt sie dann behutsam in die Badewanne. Die Hündin macht keine Anstalten, sich zu wehren oder hinauszuspringen, aber sie sieht auch nicht sonderlich glücklich aus. Ihr Zittern nimmt zu, als sie im Wasser steht. Deswegen steigt Josh kurzentschlossen zu ihr in die Wanne. Es stört ihn nicht, dass seine Shorts vollkommen durchnässen. Er greift nach der Shampooflasche und seift das drahtige Fell der Hündin ein. Dabei spricht er die ganze Zeit leise mit ihr.

Dass Josh feinfühlig und aufmerksam ist, das weiß ich bereits. Nun entdecke ich, dass er auch in der Lage ist, liebevoll und warmherzig zu sein. Von der Kälte, die ihn bisher umgab, ist nichts mehr zu spüren. Dieser Schutzwall um ihn herum war nichts anderes als ein verzweifelter Versuch, seine Seele vor noch mehr Schaden zu schützen.

Es ist richtig, dass er den Hund behält. Sie können sich gegenseitig helfen.

«He, dageblieben.» Sanft zieht Josh Raja dichter zu sich heran. Sie schüttelt sich so heftig, dass die Schaumtropfen und das Wasser nur so spritzen.

«Igitt», mache ich und wische mir mit meinem Ärmel das Gesicht wieder trocken. Josh lacht nur. Mittlerweile ist auch sein Tanktop durchnässt und klebt ihm am Körper. Er zieht es aus und wirft es ins Waschbecken. Ich kann nicht anders, als ihn zu betrachten. Josh hat definitiv keinen Grund, sich hinter Basti zu verstecken.

Vielleicht ist es ganz gut, wenn sie von nun an getrennte Wege gehen.

Damit Josh endlich die Chance hat, für sich selbst zu stehen und sich nicht immer an jemandem messen muss, dem er seiner Meinung nach sowieso nie das Wasser reichen kann.

Gleichzeitig bricht es mir fast das Herz, wenn ich daran denke, wie eng die beiden befreundet waren. Irgendwie muss es doch möglich sein, eine andere Lösung zu finden. Sobald Basti wieder zurück ist, möchte ich mit ihm darüber reden.

Schlagartig wird mir klar, dass ich nicht zwischen zwei Stühlen stehen will. Natürlich steht es außer Frage, für wen ich mich im Zweifelsfall entscheiden würde. Das Problem ist nur: Ich *will* mich nicht entscheiden!

Es darf nicht passieren, dass Josh einfach komplett aus Bastis Leben verschwindet.

Weil ich mir auch nicht vorstellen will, dass Josh aus meinem *Leben verschwindet.*

«Sam!», ruft Josh. «Hilf mir mal. Gib mir bitte ein Handtuch.»

Mir ist gar nicht aufgefallen, dass Raja bereits vom Shampoo befreit wurde und das Wasser schon den Abfluss hinuntergesickert ist.

«Welches? Eines von deinen?»

«Ja!»

Ich reiche ihm sein Badetuch. Er legt es über die nasse Hündin und beginnt, sie abzurubbeln, während ich ihn weiter betrachte.

«Du hast kein Tattoo», stelle ich fest.

«Ist das schlimm?»

«Nein. Ich wundere mich nur. Weil Basti eins hat.»

«Aha.» Er hält sich schützend das Handtuch vors Gesicht, als Raja sich erneut schüttelt. «Weil ich ihm immer automatisch alles nachmache.»

«Ja, genau.» Ich lächle, weil seine Worte genau meine Gedanken wiedergegeben haben. In diesem Moment fällt mir auf, dass die Zeit vorbei ist, in der ich Angst haben musste, dass Josh beim kleinsten falschen Wort beleidigt war und sich zurückzog. «Aber ich finde es gut, dass du es nicht getan hast.»

«Du magst keine Tattoos?» Nachdenklich hebt Josh eine Augenbraue und sieht mich an. «Ich auch nicht», fügt er hinzu und lächelt mich an. Seine Schneidezähne sind ein Stück länger als die nebenanliegenden Zähne. Ich stelle fest, dass mir das gefällt. Bisher ist es mir nur noch nie aufgefallen, weil Josh so selten lächelt.

«Ich finde Tattoos toll», gestehe ich schließlich. «Aber du bist du und hast es nicht nötig, andere zu kopieren.»

«Hm», macht er und hebt Raja aus der Wanne. Kaum berühren ihre Pfoten den Boden, rennt sie los. Sie flitzt aus dem Bad, den Flur entlang, hinein ins Wohnzimmer. Staunend gehen wir ihr nach.

«Wow. Sieh dir das an.» Aufgeregt stupse ich Josh mit dem Ellbogen an. «Wer hätte gedacht, dass sie auf drei Beinen so flink ist?»

Raja springt auf die Couch, wälzt sich, springt wieder hinunter, umrundet uns und hüpft dann zurück auf die Couch. Ich setze mich dazu.

«Bewundernswert, wie manche mit ihren Handicaps umgehen können», sagt Josh. «Ich wünschte, ich könnte das auch.»

«Weißt du, was meine Mutter immer zu meiner Schwester und mir gesagt hat?»

«Nein, was denn?» Neugierig sieht er mich an.

«Habt stets Mut, ihr selbst zu sein. Es gibt immer jemanden, der euch dafür liebt.»

«Das ist wunderschön.» Josh nimmt den Pullover, der auf dem Boden liegt, und zieht ihn sich an. «Ich wünschte, ich könnte mich daran erinnern, was meine Mutter zu mir gesagt hat.»

«Weißt du gar nichts mehr davon?»

«Liebe ist niemals ein Fehler», murmelt Josh. «Das hat sie mal gesagt.»

«Sehr kluge Worte. Schade, dass du deinen Vater über sie nichts fragen kannst. Bestimmt gibt es noch mehr Zitate von ihr.»

Raja hat ihre Position auf der Couch wieder verlassen und beginnt, vorsichtig die Ecken auszuschnüffeln. Josh geht in die Küche und öffnet die Kühlschranktür.

«Was frisst denn so ein Hund?», ruft er mir zu.

«Hundefutter.»

«Ah. Stimmt. Jetzt, wo du es sagst!», antwortet er. «Dann mach ich mal schnell eine Dose auf. Hab ich nämlich immer im Haus. Steht hier zwischen Whiskas, dem Eimer mit den Pferdeleckerlis und den Flocken für die Fische.»

Ich verkneife mir ein Schmunzeln und versuche, einen Blick in den Kühlschrank zu erhaschen. «Was hast du denn da?»

«Hackfleisch. Vermischt mit Reis dürfte das doch ganz verträglich sein.»

«Ja, klingt gut. Soll ich dir helfen?» Langsam stehe ich auf und gehe zu ihm in die Küche.

«Du kannst das Hackfleisch anbraten. Was macht Raja?» Josh wirft einen Blick über meine Schulter ins Wohnzimmer.

«Nicht viel. Schnuppert herum. Wo soll sie denn schlafen?»

«Sie kann meine Couch haben. Rauf und runter kommt sie ja.» Er sieht mich fragend an. «Morgen muss ich irgendwo hin und ein paar Sachen für sie kaufen. Hast du Lust mitzukommen?»

Ich nicke. «Klar. Bin sehr gespannt, wie ihre erste Nacht hier wird.»

Josh gibt mir eine Flasche Olivenöl, und ich kippe etwas davon in die Pfanne, um das Fleisch anzubraten. Er schüttet den Reis ins Wasser und holt eine Plastikschüssel aus dem Schrank.

Raja tapst zaghaft in die Küche, wedelt schwach und schnuppert mit hoch erhobener Nase Richtung Herd. Ein Speichelfaden tropft aus ihren Lefzen auf die weißen Fliesen.

Plötzlich scheint Josh unsicher zu werden: «Ich hoffe sehr, dass ich Raja ein würdiges Zuhause bieten kann. Ich weiß ja gar nicht, wie so etwas aussieht. Ich hatte doch nie eins.»

«Wenn ich mal Kinder habe, möchte ich auch alles besser machen als mein Vater», gestehe ich ihm. «Möchtest du denn eigentlich Kinder?»

«Wollen schon.» Josh rührt eine Weile schweigend mit dem Holzlöffel im Wasser herum. «Aber ich glaube nicht, dass ich das leisten kann.»

«Was meinst du?»

«Ach, komm schon.» Gekränkt schnaubt er durch die Nase. «Selbst wenn ich je eine Frau finden würde, die mit mir klarkommt, hätte ich keine Ahnung, wie man Kinder aufzieht. Zwischenmenschliche Beziehungen sind mir fremd. Das würde mich total überfordern.»

Entsetzt stelle ich fest, dass er seine Worte ernst meint. «Es würde dich nicht überfordern. Du würdest das spielend schaffen.»

«Und das weißt du woher?»

«Weil ich dich kenne!» Ich nehme ihm den Holzlöffel weg und drehe Josh zu mir um. «Sieh mich an. Du hast alles, was du brauchst, und zwar ...», vorsichtig lege ich meine Hand auf seine Brust, «... hier drin. Mehr ist nicht nötig, um Kindern ein gutes Zuhause zu geben.»

An den Grübchen auf seinen Wangen sehe ich, dass er sich fest auf die Zähne beißt. Er nickt knapp.

«Glaub mir», füge ich hinzu. «Du bist ein toller Mensch. Jedes Kind kann sich glücklich schätzen, bei dir aufzuwachsen.»

«Fehlt nur noch die passende Frau dazu ...» Joshs Lippen sind halb geöffnet, und meine Hand liegt noch immer auf seiner Brust. Schnell ziehe ich sie weg, weil mir die Situation plötzlich falsch vorkommt. Er scheint es ähnlich zu sehen, denn er nimmt den Holzlöffel wieder an sich und rührt verbissen weiter.

«Der Reis dürfte gar sein», sage ich eine Spur zu barsch. Während er das Wasser in ein Sieb kippt, gebe ich das Fleisch in die Schüssel. Dann mischen wir den Reis dazu und warten, bis es kalt wird.

«Darf ich dich was fragen?» Josh sieht mich nicht an dabei.

«Natürlich. Du darfst mich alles fragen.»

«Was wirfst du deinem Vater vor? Was hätte er besser machen können?»

«Mir hätte es gereicht, wenn er meine Schwester geliebt und akzeptiert hätte. Ohne von ihr zu erwarten, etwas zu sein, was sie nicht ist. Und niemals werden kann.» Ganz stimmt das nicht. Ich werfe meinem Vater so viel mehr vor. Aber irgendwo muss ich anfangen. «Er hat mich unbewusst immer unter Druck gesetzt. Ich wäre gerne perfekt für ihn gewesen, weil es Melanie nicht sein konnte. Leider habe ich auf ganzer Linie versagt.»

«Ich habe auch versagt», sagt Josh. «Auch ich war nie gut genug.» Josh stellt Raja die Schüssel auf den Boden. Sie kommt sofort heran und beginnt, alles in sich hineinzuschlingen. «Hoffentlich benimmt sie sich gut heute Nacht.»

«Wenn du magst, bleibe ich bei dir. Ich kann mit Raja auf der Couch schlafen», schlage ich ihm vor.

«Von mir aus.»

«Wir können eine lange Rede-Nacht starten. Hast du das schon mal gemacht?»

«Ich?» Josh beginnt zu lachen. «Reden ist nicht meine Stärke. Du wirst endlose Monologe führen.»

«Das Risiko gehe ich ein.»

«Wenn mich als kleines Kind etwas bedrückt hat, dann kam meine Mutter zu mir ins Zimmer, hat es ganz dunkel gemacht und nur eine große Kerze auf den Fußboden gestellt. Dann haben wir uns in Decken gehüllt davorgesetzt, und ich durfte im Schein des Feuers meine Sorgen erzählen.» Josh sieht mich verwirrt an. «Das ist mir eben gerade eingefallen. Ich habe ewig nicht mehr daran gedacht.»

«Das klingt toll. So machen wir das.» Meine Begeisterung ist echt. «Ganz bestimmt fällt dir dabei dann noch viel mehr ein.»

«Es wäre schön, wenn ich mich an noch mehr erinnern könnte.»

Die Schüssel klappert laut auf dem Boden, als Raja den letzten Rest ausleckt.

«Wir sollten mit ihr spazieren gehen», beschließe ich. «Draußen kann auch ihr Fell besser trocknen. Hast du etwas, was wir als Leine benutzen können?»

Josh verschwindet kurz im Schlafzimmer. Vorsichtig bindet er Raja ein Halstuch um. Sie scheint es gewohnt zu sein, ein Halsband zu tragen, denn sie hält ganz still. Auch als er einen Strick daran befestigt, bleibt sie gelassen und folgt uns sofort.

«Sie hat alles gelernt. Leinelaufen, Gassigehen, alles. Bestimmt hat sie in einer Familie gelebt.» Ich öffne die Wohnungstür, und wir gehen gemeinsam die Treppen hinunter. Raja kommt mit ihren drei Beinen bemerkenswert gut klar.

«Bis sie zur Last wurde und man sie entsorgt hat», bemerkt Josh bitter.

«Sollen wir mit ihr im Park spazieren gehen?»

«Ja, das ist eine gute Idee», sagt Josh, und ich folge ihm über die Straße. In diesem Moment fällt mir ein, dass ich mein Handy in der Wohnung vergessen habe und eigentlich Basti antworten wollte. Das muss nun bis später warten. Zu fasziniert bin ich von dem Hund, der aufgeregt einen Grashalm nach dem anderen beschnuppert und dabei freudig wedelt. Und ein bisschen auch von dem Mann, der den Hund an der Leine hält und sich mit ihm mitfreut wie ein kleines Kind. Seine Veränderung seit unserer ersten Begegnung ist so deutlich, dass ich manchmal kaum glauben kann, dass ich immer noch den gleichen Menschen vor mir habe.

***

Die erste Nacht mit Raja ist erstaunlich ruhig verlaufen. Sie hat auf einer kleinen Baumwolldecke auf der kurzen Couch-Seite geschlafen, während ich es mir auf der anderen Seite gemütlich gemacht habe. Josh kam die ganze Nacht nicht ein einziges Mal aus seinem Schlafzimmer, und Raja ist nur zwei- oder dreimal aufgestanden, um etwas zu trinken. Anschließend hat sie eine Runde durch das Zimmer gedreht und sich danach wieder hingelegt. Nichts, weswegen ich Josh hätte wecken müssen oder wovon er hätte aufwachen können.

Heute Morgen ist Josh dann früh aufgestanden, mit Raja durch den Park gelaufen und schließlich zur Arbeit gegangen.

Ich muss erst heute Nachmittag zur Uni und habe versprochen, noch bei Raja zu bleiben, damit sie nicht so lange allein ist.

Deswegen liegen wir nun gemeinsam auf der Couch: Raja

in ihrer Ecke und ich in meiner. Während sie genüsslich ihre Pfoten leckt, starre ich auf mein Handy. Der grüne Punkt hinter Bastis Namen will einfach nicht aufleuchten. Natürlich habe ich längst bemerkt, dass sich Basti in seinem Urlaub nicht oft bei Facebook anmeldet. Dennoch erwische ich mich immer wieder dabei, wie ich wartend auf unser Chatfenster starre, in der Hoffnung, er würde doch noch online kommen.

Gelangweilt klicke ich mich durch die News und sehe, dass Florian vor einigen Tagen eine ganze Reihe Fotos gepostet hat.

Gespannt wische ich mit dem Zeigefinger über das Display. Es sind alles Bilder aus dem Urlaub in Andalusien. Einige zeigen ihn auf dem Surfbrett. Auf dem letzten Bild sitzt die ganze Gruppe eng beisammen am Strand …

Patricia!

Natürlich ist sie dabei. Aber wieso sitzt sie halb auf Bastis Schoß?

Hör auf damit, Sam!

Mit Daumen und Mittelfinger ziehe ich das Bild auseinander, um es zu vergrößern. Patricia sitzt dicht neben Basti. Er hat die Arme über ihre Schultern gelegt, und gemeinsam halten sie die Gitarre fest und scheinen auch zu zweit darauf zu spielen. Rouven und Florian befinden sich neben den beiden.

Ist wirklich nichts mehr zwischen ihnen?

Die Stimmen in meinem Kopf beginnen, miteinander zu streiten. Engelchen und Teufelchen, die mir abwechselnd zurufen:

Du bist unnötig eifersüchtig, Sam! Es gibt keinen Grund zur Sorge.

Und die andere Seite, die immer lauter wird:

Wie blind muss man sein, um das nicht zu sehen? Zähle mal eins und eins zusammen. Dann weißt du, warum er sich nicht mehr meldet.

Ich zwinge mich dazu, Florians Profil zu verlassen, doch gerade als ich rausgehen möchte, sehe ich die beiden neuesten Bilder:

Rouven, wie er schläft. Und Patricia, die bei Basti im Bett sitzt.

Wieso ist sie bei ihm im Schlafzimmer?

Es fühlt sich an, als wäre ich mit hundertzwanzig Stundenkilometern gegen die Wand gelaufen. Tränen schießen mir in die Augen, als ich auch dieses Bild heranzoome und im Detail betrachte:

Basti liegt mit nacktem Oberkörper im Bett. Seine Haare sind zerrauft und lassen darauf schließen, dass er bereits geschlafen hat. Patricia trägt ein dünnes, seidenes Nachthemd, das zumindest auf dem Foto fast durchsichtig erscheint und unverschämt kurz ist. Ihre eine Hand steckt unter der Bettdecke, und sie macht ein entsetztes Gesicht.

Sie fühlt sich erwischt.

Wut steigt in mir auf. Sie wird immer heißer und brennender und entlädt sich in einem schrillen Schrei. Winselnd springt Raja auf und flüchtet in die Küche.

Er hat dich verarscht!

Ein gleißender Schmerz trifft mich wie ein Blitz mitten ins Herz, und es fühlt sich an, als würde es in zwei Teile gespalten werden. Mein Magen krampft sich zu einem harten Ball zusammen, und Tränen schießen mir in die Augen.

Raja kommt langsam wieder hereingeschlichen und legt sich dicht vor die Couch. Sanft stupst sie mit ihrer feuchten Nase gegen meine Hand und bewirkt, dass meine Wut plötzlich der Enttäuschung weicht. Ein Gefühl, das sich untrennbar mit meinem Wesen verbindet.

SEBASTIAN

Bastis Vorfreude bekommt einen zweiten starken Dämpfer, als das Taxi vor seiner Haustür hält. Zwar hat Sam weder gesagt, dass sie ihn vom Flughafen abholt, noch, dass sie bei ihm zu Hause sein wird, wenn er ankommt, aber irgendwie hat er genau das erwartet. Nun muss er feststellen, dass beides nicht der Fall ist.

Sie ist sauer!

Die Erkenntnis beschleicht ihn langsam, aber eindringlich, wie der Heißhunger auf Pizza, wenn er vor einem Tiefkühlregal steht. Irgendetwas muss Sam in seiner Abwesenheit verärgert haben.

Während Basti wartet, bis der Taxifahrer die Rampe hinuntergelassen hat und er das Fahrzeug verlassen kann, beginnt er schon wieder mit dem Grübeln. Verzweifelt versucht er sich zu erinnern, was er falsch gemacht haben könnte. Wie versprochen, hat er Sam regelmäßig geschrieben, viel häufiger als geplant. Zudem hat er sich stets verkniffen, nach Josh zu fragen, obwohl ihm das wirklich schwergefallen ist. Doch er wollte nicht, dass Sam das Gefühl bekommt, dass es ihm nur um seinen besten Freund geht.

Der übrigens auch sauer ist.

Basti schließt die Haustür auf und kommt schlagartig in der Realität an. Zeitgleich mit dem Klicken des Türschlosses ist das unbeschwerte Urlaubsflair für immer verflogen. Die Sorgen, die ihn bereits Tage vor seiner Abreise gequält haben, kommen unaufhaltsam zurück und legen sich wie ein bleierner Vorhang über ihn. Für einen Moment ist er so überfordert, dass er am liebsten postwendend wieder zurück nach Andalusien geflogen wäre. Basti beschließt, zuerst Sam anzurufen. Es klingelt ein paarmal, dann meldet sich die Mailbox. Seufzend legt er auf und versucht es bei Josh. Sein Handy ist ausgeschaltet.

Ruhig, Basti. Wenn irgendetwas passiert wäre, hätte Sam dir Bescheid gegeben.

Nervös bringt er den letzten Koffer in den Flur und beschließt, zu Josh hinüberzugehen. Auf halber Strecke entdeckt er etwas, was ihn an seinem Verstand zweifeln lässt: Aus dem Park kommen Josh und Sam. Sie laufen dicht beieinander, er führt einen großen Hund an der Leine, und sie lachen miteinander.

Sie lachen miteinander!

Verblüfft schüttelt er den Kopf und reibt sich die Augen.

In all den Jahren ist mir das nie gelungen.

Dieser Gedanke ist es, der sich anfühlt, als würde eine eisige Hand nach Bastis Brust greifen, sein Herz umklammern und für immer zum Stillstand bringen. Alles hat er versucht, alles gegeben, und doch ist es ihm nie gelungen, seinen Freund zu dem zu machen, was er nun zu sein scheint.

Wenn ihn einer retten kann, dann Sam.

Von Anfang an war ihm das klar gewesen. Sam ist das Ticket zu Joshs Leben. Keiner der zwei hat Basti vermisst, sondern sie haben gemeinsam herausgefunden, dass sie ihn nicht brauchen. Nicht nur nicht brauchen, sondern dass sie ohne ihn viel besser dran sind. Ein Gefühl ganz tief in seinem Bauch ruft ihm immer lauter werdend zu, dass er jetzt einfach umdrehen und wieder nach Hause gehen sollte.

Und du greifst den Erfolg.
Schmerz ist vergänglich,
was bleibt, ist der Stolz!

Ein Zitat, das er mal auf einem Kalender im Wartezimmer seines Arztes gelesen hat.

«Geh einfach, Basti», sagt er zu sich selbst. «Etwas Besseres kannst du nicht machen. Wenn du für Josh wirklich nur das Beste willst, dann verschwinde.»

Vielleicht ist es auch das Beste für Sam.

Reglos verharrt er auf dem Gehsteig in seiner Position, bis Sam und Josh auf seiner Höhe angelangt sind.

Josh nickt ihm kurz zu, dann geht er wortlos weiter. An der Leine der alte Hund, dem nicht nur ein Bein fehlt, sondern der zudem auch noch halbblind ist.

Was zur Hölle ist hier geschehen, als ich weg war?

Sam bleibt vor ihm stehen und schaut ihn einen Moment fragend an.

«Sam», sagt Basti. «Wie schön, dich endlich wiederzusehen.»

«Du bist schon zurück?»

«Schon? Ich war vier Wochen weg. Ich …» Am liebsten wäre er aufgesprungen und hätte sie umarmt. «Das war endlos lange. Du hast mir so sehr gefehlt!»

Sie verschränkt die Arme vor der Brust: «Echt? Du hast mich vermisst? Wann? Ach, du meinst, wenn ihr gerade kein Spiel gespielt habt, ja? Oder wenn du nachts mal allein geschlafen hast.»

«Was ist denn los mit dir? Ich hab dir immer geschrieben. Was sollen diese komischen Anspielungen?» Obwohl Basti ihre Verletzung erkennt, geht er automatisch auf Konfrontation, weil er nicht weiß, was er sonst tun soll.

«Ich hab mich ja auch nicht darüber beschwert, dass du nicht geschrieben hast, oder?» Sam schaut auf ihn herab. Ihre Augen, die sonst voll Liebe und Zuneigung für ihn waren, sind plötzlich kalt. «Nur *was* du geschrieben hast, das tat mir ganz schön weh!»

«Was? Was meinst du?» Panik steigt in ihm auf, als er begreift, wie hoch der Schaden ist, den er unbewusst verursacht hat. «Was hab ich denn Falsches gesagt?»

«Du hast dich total distanziert von mir.»

«Ja, ich hab mich distanziert, weil ich einfach Abstand gebraucht habe und mal durchatmen wollte. Das hat nichts mit dir zu tun.»

«Tja», macht sie schnippisch. «Blöd nur, dass ich davon ausgegangen bin, dass es etwas mit mir zu tun hat.»

Obwohl Basti vorher geglaubt hat, dass seine Angst, Sam zu verlieren, groß gewesen ist, so muss er nun feststellen, dass diese Angst sich nun ins Unerträgliche steigert. «Warum sollte ich nichts mehr mit dir zu tun haben wollen, Sam? Warum?»

«Wegen Patricia, vielleicht?» Sie schleudert ihm die Worte entgegen. «Du denkst wohl, ich bin ganz blöd und merke gar nichts, was?»

«Was hat Josh dir über Patricia gesagt?» Suchend schaut Basti sich um, aber Josh ist längst in seine Wohnung gegangen.

«Ach, gibt es denn noch etwas, was er mir hätte sagen müssen?»

«Nein, natürlich nicht, aber ...»

«Aber was?» Herausfordernd sieht sie ihn mit verschränkten Armen an.

«Vielleicht versucht er, uns auseinanderzubringen, weil ...»

«Wir sind bereits auseinander.» Sams Stimme zerschneidet die Luft hart und schnell wie ein Katana. «Aber nicht wegen Josh, sondern allein wegen *dir* und deiner Patricia.»

«Sam!» Verzweifelt schnappt Basti nach Luft. «Was sagst du da? *Meine* Patricia? Wie kommst du denn auf so was?»

«Es sieht einfach ganz danach aus.» Sie kneift die Lippen zusammen und kämpft offensichtlich gegen die Tränen. «Du wolltest Abstand von mir? Jetzt hast du Abstand.»

«Sam», wiederholt Basti. «Hör auf damit. Allein der Gedanke, von dir getrennt zu sein, bringt mich um.»

«Ja, dann weißt du jetzt, wie ich mich gefühlt habe. So ging es mir fast vier Wochen lang, bis ich es endlich begriffen habe.»

Sie schluckt und fügt mit zitternder Stimme hinzu: «Ich hab dir deine Worte geglaubt. Aber es waren nichts als Lügen.»

«Wann hab ich denn gelogen?»

«*Vertrau mir*, hast du gesagt. *Ich liebe dich*, und dass du mich niemals vergessen wirst. Ich habe dir vertraut, aber du hast mich vergessen und betrogen.» Sam holt tief Luft und fügt dann entschlossen hinzu: «So etwas brauche ich ganz sicher nicht noch mal.»

«Es war nichts zwischen Patricia und mir! Und vergessen hab ich dich auch nicht. Ich hab das doch nicht absichtlich gemacht. Ich hab einfach nicht nachgedacht.» Basti spricht schnell und hektisch, weil er plötzlich spürt, dass Sam ihm nicht mehr lange zuhören wird. «Es tut mir leid.»

«Ja, mir auch», sagt sie.

«Müssen wir das wirklich hier auf der Straße besprechen? Kommst du mit mir rein? Bitte.» Es ist keine Frage, es ist ein Flehen. Ein jämmerliches Flehen.

Scheiß auf Stolz!

«Nein, wirklich nicht.» Sam wendet sich zum Gehen. «Mach's gut.»

«Kann ich dich anrufen? Sam?» Er sieht ihr nach, wie sie über sie Straße geht und so tut, als hätte sie seine Frage nicht gehört. «Wo willst du hin?»

«Zu Josh», erklärt sie ungerührt. «Ich hab ihm versprochen, ihm mit seinem Hund zu helfen.»

«Sam!», ruft Basti, doch sie verschwindet sofort im Haus.

Josh hat die Tür offen gelassen. Er wusste, sie wird ihm nachkommen.

Mit offenem Mund starrt Basti weiterhin ratlos auf die Tür, hinter der seine Freundin verschwunden ist.

SAMANTHA

Die Leere in mir kann auch Josh nicht füllen. Basti fehlt mir, und doch schaffe ich es nicht, ihn einfach anzurufen oder mich mit ihm zu treffen. Als ich ihn vorgestern vor dem Park getroffen habe, wurde mir erst bewusst, wie wütend ich auf ihn bin. Tief in meinem Herzen weiß ich, dass Basti nichts mit Patricia hatte. Aber allein der Gedanke, dass er mich wegen ihr vergessen hat, ist für mich nicht zu ertragen. Mir ist klar, dass ich einen Hang zur Dramatik habe und dazu neige, Nichtigkeiten aufzubauschen, und wahrscheinlich tue ich ihm unrecht, aber ich kann es nicht ändern. Gerne hätte ich meine zornigen Worte für mich behalten und meine verletzten Gefühle einfach abgeschaltet, aber es war nicht möglich. Ich fühle mich von ihm hintergangen, vergessen und belogen. Immer und immer wieder hat er mir gesagt, dass er mich liebt, dass ich ihm vertrauen soll und mich auf ihn verlassen kann, nur um mir bei der ersten Gelegenheit zu beweisen, dass es eben nicht so ist.

Zwar hat er nie gesagt, dass er mich nicht mehr liebt, aber er hat mir dennoch mit seinem Verhalten genau das gezeigt.

Geh doch zu Josh. Und bleib da.

Ebenfalls Worte, die Basti genau wie ich unbedacht im Zorn gesagt und vermutlich längst vergessen hat. Doch ich erinnere mich genau, wie ich mich dabei gefühlt habe. Die Weisheit meiner Mutter, die ich Josh mitgegeben habe, fällt mir ein. Dass man von irgendwem auf der Welt immer um seinetwillen geliebt wird. Es ist nicht das Einzige, was sie mich gelehrt hat.

Wenn du zu oft verzeihst, gewöhnt sich der Mensch daran, dich zu verletzen.

Die Angst in mir ist so groß, dass sie zur unüberwindbaren Blockade wird. Alles in mir sträubt sich dagegen, Basti erneut so dicht an mich heranzulassen. Von Anfang an hatte ich Angst davor, weil ich nie etwas in meinem Leben wollte, dessen Verlust ich nicht ertragen kann.

Nur bei einem Kind bin ich bereit, das Risiko einzugehen, in der festen Überzeugung, dass mein eigen Fleisch und Blut sich niemals von mir abwenden wird und ich vor meinem Kind sterben werde. So, wie sich das gehört. Eltern müssen immer vor ihren Kindern sterben. Wenn das aber zu früh geschieht, wie bei Josh, wird es verdammt hart für das Kind, sich von dem Verlust zu erholen, vor allem dann, wenn der verbleibende Elternteil nicht in der Lage ist, das Kind aufzufangen und ihm Halt zu geben.

Seufzend richte ich meine Aufmerksamkeit wieder auf die Zeichnung vor mir. Das Bild von Basti am Lagerfeuer habe ich nie fertiggestellt, dafür habe ich Josh gezeichnet. Einen lachenden und gutgelaunten Josh, der ausgelassen mit einem dreibeinigen Hund über die Wiese rennt.

Mein Handy klingelt mitten in meine Gedanken hinein, und nur deswegen gehe ich ran, bevor ich nachgesehen habe, wer mich anruft.

«Sam?» Basti klingt aufgelöst. «Ich versuche seit Samstag, dich anzurufen. Können wir reden?»

«Worüber?»

«Du weißt, worüber. Bitte. Nicht am Telefon. Kann ich zu dir kommen?» Er spricht aufgeregt, was nicht zu seinem sonst so ausgeglichenen Gemüt passt. Plötzlich tut er mir leid, und ich stelle mir vor, wie ich mich fühlen würde, wenn ich in seiner Lage wäre.

«Ich komme zu dir.» Ich will ihn nicht in meine Wohnung lassen. Wenn ich zu ihm komme, kann ich wieder gehen, wann immer ich will. «Gib mir eine Stunde.»

Basti öffnet mir auch nach dem dritten Klingeln nicht. Sein Auto steht vor der Tür, und ich weiß, dass er zu Hause ist. Mein Besuch ist ihm zu wichtig, als dass er mich einfach verpassen würde. Deswegen nehme ich gegen meinen Vorsatz den Ersatzschlüssel und betrete die Wohnung. Wieder sitzt Basti auf dem Bett, die Gitarre in der Hand und von einer fast greifbaren Melancholie umgeben. Diesmal setze ich mich nicht zu ihm, sondern bleibe in einigem Abstand stehen und sehe ihn fordernd an. Er zupft auf der Gitarre herum und blickt mich an. Die dunklen Ringe unter seinen Augen verraten mir, dass er vergangene Nacht nicht viel Schlaf gefunden hat.

«Früher hab ich von Partys und Sex gesungen», sagt er. «Heute singe ich von Albträumen und verlorener Liebe.»

Seine Worte sind ehrlich und aufrichtig, und wahrscheinlich rühren sie mich deswegen, aber dennoch weiß ich nicht, was ich dazu sagen soll.

«Es tut mir leid», fügt er schließlich hinzu. «Ich weiß nicht, warum ich so gehandelt habe. Ich wollte dich niemals so verletzen.»

Aber du hast es getan.

«Ist schon okay», sage ich leise.

Es steckt doch immer sehr viel Wissen in *Ich weiß nicht* und sehr viel Schmerz in *Ist schon okay*.

«Nein, es ist nicht okay», gibt er zu. «Ich hab dir gesagt, dass ich oft nicht normal denke. Mein Hirn ist Matsch. Aber ich schwöre dir auf mein Leben, ich hatte seit damals nichts mehr mit Patricia, und ich ...»

«Basti, hör auf», unterbreche ich ihn, weil ich weiß, dass er die Wahrheit sagt. Trotzdem ist da diese Blockade in mir. Ich bin bereits zu weit gegangen, um einfach wieder zurückzukönnen. «Es ist jetzt, wie es ist. Und vielleicht ist es gut so. Josh braucht mich gerade. Dringender als du.»

«Es ist wegen Josh?» Irgendwie schafft er es, seine Stimme ruhig und neutral zu halten.

«Nein, ist es nicht. Aber er braucht mich, und ich will nicht zwischen euch stehen.»

«Aha. Und deswegen entscheidest du dich gleich für ihn. Phantastisch, ich bin begeistert.»

Hab ich das gerade getan? Mich für Josh entschieden? Warum eigentlich, wenn ich doch Basti liebe?

«Ich entscheide mich nicht für Josh. Wir sind nur Freunde.»

«Du hast keine Ahnung, was Josh wirklich will.» In dem Moment fällt Bastis sorgsam aufrechterhaltene Ruhe in sich zusammen. «Was glaubst du eigentlich, warum er mir die Freundschaft gekündigt hat? Aber das erzählt er dir natürlich nicht, oder?»

«Doch, hat er. Er hat mir alles erzählt.» In unserer langen Rede-Nacht, in der wir dicht nebeneinander auf dem Boden saßen. Ich habe ihm von Melanie und meinem Vater erzählt und er mir von seiner Mutter und warum er den Kontakt mit Basti abgebrochen hat. In dieser Nacht hab ich bemerkt, wie sehr Josh mir ans Herz gewachsen ist und dass ich ihn nicht mehr aus meinem Leben streichen kann. Dazu hat er bereits zu viele Spuren hinterlassen. «Er hat sich mir gegenüber stets korrekt verhalten, deswegen sehe ich kein Problem darin. Aber ich befürchte auch, dass ich nicht mit Josh befreundet sein kann, wenn wir zusammen sind.»

«Natürlich. Deswegen hast du mit mir Schluss gemacht. Verstehe ich», sagt Basti schnippisch. Er gibt sich keine Mühe mehr, so zu tun, als hätte er seine Gefühle im Griff. «Josh hat sich ja auch von mir abgewandt, aus demselben Grund. Dann ist euer Weg ja frei.»

«*Du* hast mit mir Schluss gemacht. Indem du nur Zeit für Patricia hattest und mich vier Wochen lang ignoriert hast.»

Ich hebe die Hand, um seinen Einwand im Keim zu ersticken. «Schon klar, dass du das nicht wolltest. Aber ich hab es nun mal so *erlebt*.»

«Und nun?», fragt er resigniert. «Wie geht es weiter? Darf ich jetzt jeden Tag zuschauen, wie du an meinem Haus vorbei zu *ihm* gehst?»

In Zukunft komme ich wieder zu dir ...

Die Worte wollen einfach nicht über meine Lippen kommen.

«Ehrlich gesagt hoffe ich sehr, dass wir eines Tages wieder zueinander finden. Ich wünsche es mir wirklich.» Müde reibe ich mir die Augen. So gerne würde ich wieder mit Basti zusammen sein. Aber die Angst, dass ich das Gleiche wie im Urlaub noch mal durchmachen muss, ist einfach zu groß.

Sobald ihm die nächste Frau über den Weg läuft, vergisst er dich wieder.

«Du *hoffst*?», ruft er fast verächtlich. «Hoffen? Es liegt an dir, Sam. Nur an dir.»

«Ich weiß auch nicht, wie das dann mit Josh werden soll. Er braucht mich momentan dringender als du!»

«Sag mal, spinnst du?», rutscht es ihm heraus. Ich sehe, dass er seine Worte sofort bereut, aber er redet trotzdem weiter. «*Er* hat doch alles zerstört. Wieso stellst du dich auf seine Seite?»

«Josh hat gar nichts zerstört. Er war immer fair. Wenn du auch fair sein möchtest, dann versöhn dich mit ihm. Vielleicht haben wir beide dann irgendwann wieder eine Chance.»

«Geh einfach», sagt Basti kalt. «Sag Josh einen Gruß. Möge er dafür in der Hölle schmoren.»

«Basti, bitte.» Das Gespräch läuft in eine vollkommen andere Richtung als geplant. Anstatt den Streit zu schlichten, befeuert mein Gespräch ihn noch. «Es hat wirklich nichts mit Josh zu tun. Lass mir Zeit.» Langsam greife ich nach seiner Hand. «Ich möchte nicht im Streit mit dir auseinandergehen. Lass uns wenigstens unseren Frieden wahren.»

Er kneift die Lippen zusammen und erinnert mich in diesem Augenblick viel zu sehr an Josh, wie er früher war.

«Bitte», flüstere ich eindringlich. «Du bist mir immer noch wichtig, und das wird auch so bleiben.»

«Okay.» Zaghaft nickt er, ohne mich dabei anzusehen.

«Ich werde nicht einfach alles wegwerfen, was wir hatten.» Mir ist klar, dass ich ihm damit die Hoffnung lassen will, weil ich selbst den Gedanken nicht ertragen kann, dass es nun endgültig vorbei ist.

«Was soll das heißen?»

«Was zusammengehört, das findet auch irgendwann zusammen.»

Ich verschweige Basti, dass dieses Zitat von Birgit stammt. Ein Lächeln umspielt meine Mundwinkel, als ich daran denke, wie sehr sich Josh gefreut hat, als es ihm einfiel.

Basti deutet mein Lächeln falsch. «Das klingt schön. Ich werde auf dich warten, Sam. Egal, wie lange es dauert, ich werde auf dich warten.»

JOSHUA

Mit der rechten Hand dreht er den Hahn zu. Obwohl das Wasser längst nicht mehr läuft, fasst er auch noch mit der linken Hand an den Griff. Damit will er sich nicht vergewissern, dass der Hahn wirklich zu ist, sondern er hat das Bedürfnis, das kalte Chrom auch in der anderen Handfläche zu spüren.

Immer alles beidseitig machen.

Josh trocknet sich die Hände am Geschirrtuch ab und wirft es auf die Kommode im Flur. Das Foto von Sam, das dort bisher stand, hat er längst weggeräumt. Sam soll es nicht sehen, und er braucht es auch nicht mehr, denn nun ist sie oft bei ihm. Nicht als seine Partnerin, aber als eine Freundin. Das ist nicht das, was Josh möchte, aber immerhin, es ist ein Anfang.

«Ich bin immer für dich da», hat Sam zu Josh gesagt, als sie gemeinsam vor der brennenden Kerze auf dem Fußboden saßen. «Jeder braucht jemanden, der ihm im Notfall hilft, eine Leiche zu verstecken. Von nun an bin ich dieser Jemand.»

Wenn man mit nichts rechnet, kann man nicht enttäuscht werden, und wenn man dann doch etwas bekommt, ist man damit zufrieden. Auch wenn die Weisheiten seines Vaters kaum etwas taugen, manchmal hat Elias ihm eben doch Dinge beigebracht, die Josh durchs Leben helfen.

Es klingelt an der Tür. Zweimal kurz, damit Josh sofort weiß, dass es Sam ist. Wer sollte auch sonst zu ihm kommen?

Josh betätigt den Türöffner und wartet, bis sie die Treppe oben ist.

«He, du», grüßt er und nimmt sie für einen Augenblick in den Arm. «Wie geht es dir?»

«Ganz gut. Ich hab Hunger. Gibt es was zu essen?» Sam beugt sich kurz zu Raja hinunter, die aufgeregt wedelt und an ihr hochspringt.

«Hab noch Spaghetti von gestern da. Soll ich sie uns warm machen?» Er wartet ihre Antwort nicht ab, sondern kippt die Nudeln in einen großen Topf und dreht den Herd an. Sam beginnt, die Gläser auf der Anrichte abzutrocknen, öffnet den Schrank und reicht Josh zwei Teller. Seit sie da ist, gibt es keine Türme von schmutzigem Geschirr mehr in der Wohnung. Auch keine Dreckwäscheberge und keine vereinzelten Socken, die irgendwo auf dem Boden festgetreten werden.

Seit sie da ist, ist alles anders.

Die größte Veränderung für Josh besteht darin, dass er nicht mehr mit Bauchschmerzen aufwacht. Jahrelang war es morgens das Erste, was er gespürt hat. Aus Angst davor, was sein Tag wohl bringen mochte.

Mit den gefüllten Tellern in den Händen gehen sie ins Wohnzimmer und lassen sich auf die Couch fallen. Er streut einen Löffel Parmesan über seine Tomatensoße und reicht die Schale dann Sam. Sie nimmt sie entgegen, und ihr Blick bleibt wie so oft an dem großen Bild von Birgit hängen.

«Das muss weg», beschließt sie plötzlich.

«Was?» Raja quetscht sich wie selbstverständlich zwischen Josh und Sam. «Bist du irre? Du kannst doch nicht meine Mutter von der Wand verbannen.»

«Doch. Sie war lange genug da.» Ungerührt dreht sie ihre Spaghetti auf die Gabel.

«Mama bleibt.» Entschlossen verschränkt er die Arme vor dem Bauch.

«Du bekommst andere Bilder dafür.» Sam lächelt ihn wohlwollend an, und er schafft es nicht, so ernst zu bleiben, wie er es gerne gewesen wäre.

«Was für Bilder?»

«Von mir, wenn du magst.» Sam zwinkert ihm zu. «Weißt du, was? Wir gehen morgen zu einem Fotografen und lassen welche von uns beiden zusammen machen. Wir suchen ein Studio, in das wir Raja mitnehmen dürfen.» Sie runzelt die Stirn, als würde sie angestrengt nachdenken. «Als Gegenleistung für diese Fotos kommen aber auch die Bilder deiner Mutter auf der Kommode weg. Ein einziges darfst du stehen lassen.»

«Ähm? Wer sagt denn, dass ich meine Mutter gegen dich eintauschen will?» Josh kann sich das Lachen nicht mehr verkneifen. Es ist immer noch so überraschend und ungewohnt für ihn, dass er es nicht verbergen kann.

«Ach, komm schon. Du bist voll scharf auf meine Bilder.»

«Du spinnst doch.» Er tippt sich mit dem Zeigefinger an die Stirn und zieht eine Grimasse.

«Gar nicht. Ich hab gesehen, dass du dir welche von mir ausgedruckt und sie überall verteilt hast. Die im Schlafzimmer hast du übrigens vergessen wegzuräumen.»

«Oh.» Josh spürt, wie ihm das Blut in die Wangen schießt, als er begreift, dass er bei Sams erstem Besuch nicht schnell genug war. Dann erst dringt der letzte Satz zu ihm durch. «Was hast du in meinem Schlafzimmer gemacht?», hakt er nach.

Sie zuckt unschuldig mit den Achseln und streckt ihm neckisch die Zunge raus. «Ich war neugierig. Wäre mir jetzt echt peinlich an deiner Stelle.»

«Ja, ist es auch», sagt er wahrheitsgemäß.

«Ich verrate es keinem», verspricht sie ihm. «Ich werde deine Mutter dann abhängen. Was glaubst du, wie toll wir an deiner Wand aussehen?»

«Vermutlich wie eine glückliche Familie.» Josh spießt ein paar Nudeln auf die Gabel und schielt über den Tellerrand zu Sam hinüber. «Obwohl, eine Familie ist man erst, wenn man Kinder hat, oder?»

«Keine Ahnung. Aber mit Kindern ist man auf jeden Fall die perfekte Familie ... Irgendwann werde auch ich perfekt sein.»

«Heißt das, du willst ein Kind? Das lässt sich machen.» Josh staunt selbst darüber, dass er das eben gesagt hat. In Sams Gegenwart denkt er nicht nach. Er hat sich angewöhnt, alles, was ihm in den Kopf kommt, frei heraus zu sagen.

Erstaunt starrt sie ihn an, den Mund so weit geöffnet, dass fast eine Nudel zurück auf den Teller gefallen wäre. «Bitte was?»

«Na ja, ich dachte, es ist dein Wunsch und ...»

«Dann darfst du achtzehn Jahre lang Alimente zahlen.» Sie isst ungerührt weiter.

«Sam», beginnt er und legt sein Besteck zur Seite. «Die Alimente würde ich sogar gerne zahlen.»

«Weißt du ...» Sie lässt das Besteck ebenfalls sinken, und sein Herz schlägt ihm bis zum Hals, als sie ihn ansieht. «Natürlich wünsche ich mir nichts sehnlicher als ein Kind. Aber noch nicht jetzt und auch nicht so. Ich möchte eine Familie, es soll Mutter und Vater haben, bei denen es aufwachsen kann.»

«Ja. Du hast ja recht. Tut mir leid. Das war dumm. Ich hab einfach keine Ahnung von zwischenmenschlichen Beziehungen oder von Familie. Aber ich hab das echt ernst gemeint.» Josh muss unwillkürlich lachen. «Ich würde dich niemals verarschen. Du bist nämlich die Frau, die weiß, wie man Leichen verschwinden lässt.»

Jetzt lacht Sam mit. «Ganz ehrlich», sie zeigt mit der Gabel auf ihn, «da brauchst du dir keine Sorgen zu machen. Ich wäre total einsam ohne dich.»

Wäre sie das wirklich? Oder würde sie zurück zu Basti gehen? ...

Zum Glück hat er es wenigstens geschafft, diese Gedanken für sich zu behalten. Früher musste er sich immer zum Reden zwingen, nun muss er aufpassen, nicht zu viel zu sagen.

«Was machst du nur mit mir, Sam?» Josh spricht eher zu

seinem leeren Teller als zu ihr. «Ich verstehe mich nicht mehr. Aber ich muss zugeben, die Wendung, die mein Leben genommen hat, gefällt mir sehr.»

«Mir auch, Josh.»

Er mustert sie skeptisch. In ihren Augen ist nicht ein einziger zweifelnder Funke zu erkennen. «Basti hat sich damit abgefunden?»

«Ich denke schon. Er wird einen Weg finden.»

«Okay.» Josh steht auf und bringt das Geschirr in die Küche. «Sam, ich möchte nicht, dass du später etwas bereust.»

«Ich liebe ihn noch immer.» Sie unterbricht sich selbst und spielt an ihren langen Fingernägeln herum. «Und ich kann dir auch nicht garantieren, dass wir niemals wieder zusammenkommen werden.»

«Ja, ich weiß.» Sein Magen zieht sich bei diesen Worten schmerzhaft zusammen. Er lässt Wasser in die Spüle ein und beginnt mit dem Abwasch.

Sie will zu ihm zurück.

«Momentan brauche ich einfach Zeit, um nachzudenken. Und um mir klarzuwerden, was ich eigentlich will.»

«Ja.» Er hört, wie sie leise hinter ihn tritt, und spürt, wie sie ihr Kinn auf seine Schulter legt. Dann schieben sich zwei kühle Hände unter seinen Armen durch und legen sich um seine Taille.

«Danke, dass du immer für mich da bist», flüstert sie ihm zu. Ihr Atem streift seine Wange.

Unerreichbar, Josh. Sam wird für dich immer unerreichbar sein.

Automatisch tritt er einen Schritt zur Seite, greift nach dem Geschirrtuch und beendet die Annäherung abrupt. «Wann sollen wir zum Fotografen gehen? Gleich morgen früh?»

SEBASTIAN

Fast jeden Tag nach der Arbeit geht Sam an seinem Haus vorbei zu Joshs Wohnung. Es ist für ihn zur Routine geworden, sie dabei zu beobachten. Abends gehen Sam und Josh dann zusammen mit dem Hund spazieren, und Basti hat sich angewöhnt, fast zeitgleich eine Runde durch den Park zu drehen. Nicht um Sam zu kontrollieren oder ihr nachzustellen, sondern weil es ihm das Gefühl gibt, in ihrer Nähe zu sein. Wenn sie sich dann auf dem Weg begegnen, bleibt es meistens bei einer knappen Begrüßung und einem kurzen «Wie geht es dir?». Unangenehm wird es aber erst dann, wenn er im Park oder im Fitnessstudio auf Josh trifft. Anfangs haben sie einfach weggesehen, als würden sie sich nicht kennen. Mittlerweile grüßen sie einander und tauschen ein oder zwei belanglose Sätze aus. Basti wünscht sich immer noch, dass Sam bald wieder bei ihm aufschlagen wird. Aber manchmal schleicht sich die Angst in seinen Kopf, vergeblich zu warten. Das Schlimmste für ihn ist die Befürchtung, selbst daran schuld zu sein.

Patricia war diejenige, die gesagt hat, ich soll Sam nicht schreiben!

Wenn er für Patricia nicht die Hand ins Feuer legen würde, dann hätte er auf den Gedanken kommen können, dass es berechnend von ihr war.

Sam hätte einfach das Bild nicht sehen dürfen!

Seit Basti gesehen hat, dass Florian dieses Foto von Patricia und ihm bei Facebook hochgeladen hat, ist ihm einiges klargeworden. Seine eigene hilflose Distanziertheit, die nie böse gemeint war, und Sams Eifersucht auf Patricia waren eine denkbar schlechte Mischung. Er hat einen anderen Menschen so sehr verletzt, dass es für ein «Tut mir leid» zu spät ist. Diese Erkenntnis treibt ihn um und nagt so sehr an seinem

Inneren, dass er oft glaubt, nicht mehr untätig sitzen bleiben zu können. Basti will aufspringen und rennen, irgendetwas tun, um vor seinen eigenen Gefühlen zu fliehen. Aber er kann sich nicht bewegen und ist in sich selbst gefangen. Gezwungen, die Emotionen immer wieder über sich ergehen zu lassen, weil ihm keine Möglichkeit zur Flucht bleibt. Jedes Mal aufs Neue fühlt es sich an, als würde ein Teil, der untrennbar zu ihm gehört, von ihm abgerissen.

Schon wieder.

Als wäre es nicht genug, dass er keine funktionierenden Beine hat. Was würde man ihm nun wegnehmen? Das Herz? Die Seele? Oder den Verstand?

Es ist ein bisschen wie sterben, nur ohne Ergebnis. Man wird nie fertig, denn man kommt nie an, weil man eben nicht wirklich stirbt. Nicht vollständig, sondern nur ein bisschen. Nicht genug, um physisch tot zu sein und in die Erlösung gehen zu dürfen.

Mit dröhnendem Kopf sitzt Basti mit seiner Gitarre im Gras und spielt darauf. Das Stück klingt gut und rund, nun muss er nur noch einen passenden Text dazu entwerfen. Meistens, wenn er komponiert, sind die Lyrics am schwersten. Die Melodie entsteht einfach in seinem Herzen, und er muss nichts anderes tun, als die Noten auf Papier zu bringen. An den Worten hingegen feilt er oft tagelang, bis alles zu seiner Zufriedenheit passt. Vor allem, wenn das Lied für den wichtigsten Menschen in seinem Leben sein soll.

Please forgive me for leaving you alone
Sure that was a big mistake

Basti legt die Gitarre weg, schreibt die Worte auf seinen Block, radiert die alten aus und wiederholt den ganzen Vorgang. Er verwirft den Text wieder, schließt die Augen und lässt die letzte Woche noch mal Revue passieren: wie er sich schon vor seinem Urlaub immer wieder das Hirn zermartert und nach einer Lösung gesucht hat, die es nicht gab. Und wie er sich nach seiner Rückkehr in einer Endlosschleife schmerzhaft vorgestellt hat, was Sam und Josh direkt gegenüber miteinander getan haben könnten und wie spielend leicht das für sie wäre.

Er kann nicht mit Sam zusammen sein, ohne Josh zu verletzen. Letzteres ist ihm mittlerweile egal, aber nun ist der Karren schon an die Wand gefahren, und er kann das Geschehene vielleicht niemals wiedergutmachen.

Basti nimmt erneut die Gitarre auf den Schoß und versucht, das Lied im Ganzen zu singen.

In diesem Augenblick wird ihm bewusst, dass der Urlaub alles zerstört hat und er nun die neue Situation akzeptieren muss. Basti beschließt, das Lied auf CD zu brennen und es Sam zu schenken. In der verzweifelten Hoffnung, sie würde seinen Schmerz und seine Verzweiflung darin erkennen und wieder zu ihm zurückkommen.

JOSHUA

Die dunklen, grauen Herbstwolken lassen den Oktober noch trüber erscheinen, als er ohnehin schon ist. Sie hängen tief und bleischwer in der Luft und kündigen Starkregen an. Die Bäume tragen längst keine Blätter mehr, und das Wetter ist feucht und schmuddelig. Der perfekte Tag für sein Vorhaben.

Josh hat sich extra Urlaub genommen, damit Bea ihn ohne ihren Sohn begleiten kann. Curtis ist an Wochentagen am Vormittag im Kindergarten, und Josh will unbedingt vermeiden, dass er dabei ist.

«Ich verstehe nicht, was das soll», jammert Bea ein ums andere Mal. «Warum muss das jetzt plötzlich sein? Das wird nur Streit geben!»

«Du hast selbst gesagt, du möchtest das Buch haben.» Joshs Entschluss ist gefasst. Er hat sich entschieden, es gibt kein Zurück. Allerdings ist es keine Zielstrebigkeit, sondern reine Sturheit, die ihn in solchen Momenten antreibt und meistens ins Nichts führt. Auf derartigen Kreuzzügen ist ihm vollkommen egal, wen oder was er auf seinem Weg alles niedertrampelt und ob er eine Schneise der Verwüstung hinterlässt. Wie damals, als Josh in so einer Phase einfach in den fließenden Verkehr gefahren ist, ungeachtet der anderen Menschen, die er hätte verletzen oder sogar töten können …

Kinder. Frauen wie Sam.

Rücksichtnahme auf andere Lebewesen hat er nie gelernt. Die Aussage «Was du nicht willst, das man dir tu, das füg auch keinem anderen zu» hat Josh nie verstanden. Elias hat ihm und seiner Schwester etwas völlig anderes beigebracht:

Wenn du nicht verletzt werden willst, tu den anderen zuerst weh, um sie davon abzuhalten.

Josh will nicht so sein, aber Bea hat sich diesen Satz zum

Lebensmotto gemacht. Sie ist perfekt darin, ihre Partner ohne Reue zu verletzen. Empathie und Mitgefühl sind ihr fremd, ebenso wie die Angst, verlassen zu werden. So etwas passiert ihr nicht, da sie stets diejenige ist, die andere verlässt, um dann für immer zu verschwinden. Josh hat sich vor langer Zeit dafür entschieden, einfach allein zu bleiben. Auf diesem Weg kann man auch wunderbar alle Schwierigkeiten umgehen.

Und dann kam Sam ...

«Du wirst das Buch eh nicht bekommen.» Trotzig schiebt Bea ihre gepiercte Unterlippe vor. «Er wird es dir niemals geben.»

«Abwarten.»

«Du wirst wirklich nur Streit provozieren.» Beas Stimme wird immer höher und nervöser, je näher sie dem Haus ihres Vaters kommen. «All die Jahre war dir das Ding doch auch egal.»

«Weil ich vergessen habe, dass es existiert», rechtfertigt er sich. «Mir ist erst neulich wieder eingefallen, dass er erzählt hat, dass Mama in ihren letzten Wochen Tagebuch geschrieben hat.»

«Natürlich. Es ist dir wieder eingefallen. Einfach so im Traum, oder wie?»

Nein. In der Nacht, als ich Sam alles über Mama erzählt habe.

«Ja.» Entschlossen öffnet Josh die nur angelehnte Eingangstür und betritt dann mit seiner Schwester den Fahrstuhl.

Bea tritt rastlos von einem Stöckelschuh auf den anderen. «Wir hätten wenigstens vorher anrufen sollen.»

«Er hätte uns abgewimmelt.» Mit den Fingerknöcheln klopft Josh an die hölzerne Wohnungstür. Fast zeitgleich wird sie geöffnet, und Elias starrt ihnen fragend entgegen. «Was wollt ihr denn hier?»

«Hallo», grüßt Josh knapp und zieht Bea hinter sich in die Wohnung. «Wir wollten nur etwas abholen.»

«Von mir?» Elias greift nach der blauen Zigarettenschachtel auf dem Tisch und steckt sich eine Kippe in den Mund. «Ich hab nichts, was euch gehört.»

Bea schweigt. Sie kaut so laut auf ihrem Kaugummi, dass es Josh in seiner Konzentration stört und er kurz vergisst, was er eigentlich sagen wollte.

«Ähm», macht er unschlüssig.

«Da das jetzt ja geklärt ist, könnt ihr nun wieder gehen.» Mit dem Zeigefinger deutet Elias den Flur entlang auf die Eingangstür.

«Du hast mal erwähnt, dass unsere Mutter nach ihrer Krebsdiagnose angefangen hat, Tagebücher zu schreiben», beginnt Josh schließlich. Sein Atem beschleunigt sich, und sein Herz macht ein paar Schläge zu viel.

«Ja. Und?»

«Wir wollen das Buch haben.» Josh bemerkt den wütenden Blick seines Vaters, der auf Bea trifft. Schnell korrigiert er sich: «*Ich* möchte es haben.»

«Es hat schon seinen Grund, wieso ich es euch nie gegeben habe.»

Bea macht einen kleinen Schritt nach hinten und zieht sich zurück. Es ist offensichtlich, dass sie versucht, die Situation nicht zum Eskalieren zu bringen. «Du wolltest uns beschützen, weil du dachtest, es nimmt uns zu sehr mit. Aber nun sind wir erwachsen, und wir möchten es gerne lesen. Du bekommst es selbstverständlich wieder zurück.»

«Nein», donnert Elias.

«Wieso nicht?», fragt Bea leise.

«Es ist voll von gefühlsduseliger Jammerei.» Er zieht noch mal hektisch an seiner Zigarette und stopft sie dann in den überquellenden Aschenbecher. «Birgit ist tot. Damit ist Ende. Warum alte Wunden neu aufreißen und immer wieder darin herumstochern?»

«Unsere Wunden sind nie verheilt. Weil du immer verhinderst, dass wir mit dem Thema abschließen können. Wo ist das Buch?» Josh setzt sich in Bewegung und lässt Bea und Elias im Flur stehen. Seine Augen huschen über das Regal im Wohnzimmer.

«Ich habe *Nein* gesagt. Und jetzt raus mit euch!»

Wahllos beginnt Josh, die Bücher aus dem Regal zu ziehen und auf den Boden zu werfen. «Gib es mir, oder ich hole es selbst.»

Eine Hand packt Josh, und Elias versucht, ihm den Arm auf den Rücken zu drehen. Josh löst sich mühelos aus dem Griff. Elias' zweite Hand, die nach seiner Schulter greift, blockt er blitzschnell mit dem Unterarm ab und stößt seinen Vater damit ein Stück nach hinten.

«Finger weg», warnt Josh. «Oder es wird blutig.» Zu seiner eigenen Überraschung tut Elias nichts, außer ihn verblüfft anzustarren. Gegenwehr scheint Elias nicht erwartet zu haben. Hektisch wirft Josh auch die anderen Bücher auf den Boden.

«Kannst du den Scheiß lassen?», brüllt Elias ihn an. «In meinem Haus benimmst du dich anständig. Schlimm genug, dass ich eine Schlampe zur Tochter und einen depressiven Versager zum Sohn habe, ihr müsst euch nicht auch noch wie Vandalen aufführen.»

«Frag dich mal, wieso ich unter Depressionen leide.»

«Weil du krank bist.» Elias schreit so laut, dass es Josh in den Ohren weh tut.

«Ja, vielleicht ist das so. Schön, dass du mal auf die Idee gekommen bist, mir Hilfe anzubieten, wenn ich doch *krank* bin!» Josh beißt sich auf die Zunge. Er darf sich nicht leiten lassen von seinen Emotionen, sondern muss sich auf das Wesentliche konzentrieren.

Buch holen, heimgehen, fertig.

«Es gibt keinen Grund für dich, Depressionen zu haben. Du hast alles bekommen, was du gebraucht hast.»

Alles außer Liebe!

«Manche Menschen haben auch Asthma, obwohl es genug Luft zum Atmen gibt.» Josh hat sich wieder im Griff und will nicht weiter an der Spirale der Gewalt drehen. «Her mit dem Tagebuch, und ich bin weg.» Er reißt eine Schublade heraus und kippt den Inhalt auf den Boden. Dann geht er zur Kommode und den Kisten im Flur, um dort das Gleiche zu tun.

«Achtung», ruft Bea. Aus den Augenwinkeln sieht er etwas durch die Luft fliegen. Josh reagiert zu langsam. Der Gegenstand trifft ihn mit einem dumpfen Aufprall an der Schläfe. Ein greller Lichtblitz leuchtet hinter seinen geschlossenen Lidern auf, und er taumelt kurz.

«Da habt ihr euren Scheiß», flucht Elias. «Und jetzt verpisst euch endlich, oder ich rufe die Polizei.»

Bea bückt sich, um das aufzuheben, was auf den Boden gefallen ist. Schützend drückt sie das Tagebuch an ihre Brust.

«Lass uns gehen», zischt sie ihrem Bruder zu.

«Ja.» Josh reibt sich mit dem Handballen den schmerzenden Kopf und schiebt seine Schwester zur Tür. Dann dreht er sich noch einmal zu seinem Vater um. «Das war das letzte Mal, dass du mich beleidigt hast», sagt er kalt. «Ab heute gehen wir getrennte Wege. Du siehst mich nie wieder.» Hastig stürmt er aus der Wohnung, die Treppe hinunter.

«Wir haben es!», ruft er euphorisch. «Bea, wir haben es!»

«Wir haben es!», wiederholt sie. Im Laufen zieht sie sich die Stöckelschuhe von den Füßen, um wenigstens halbwegs Joshs Tempo mithalten zu können. «Das hätte ich echt nicht gedacht.»

Schwer atmend bleibt Josh im Hausflur stehen. «Zeig mal her.» Ehrfurchtsvoll dreht er das Buch mehrmals in den Händen. Es hat DIN-A5-Format, ist so dick wie ein Roman und in rotes Leder gebunden. Er schlägt wahllos eine Seite auf. Ein Bild von einer kahlköpfigen Frau im Nachthemd lächelt ihm entgegen. Sie sitzt auf dem Fußboden, in ihrer Hand steckt eine Infusionsnadel, und neben ihr sitzen zwei strohblonde Kinder und spielen mit Matchbox-Autos. Unter dem Bild steht in sauberer Handschrift:

Heute war ein guter Tag. Meine Blutwerte sind nicht schlechter geworden. Meine Kinder und ich waren sogar kurz zusammen draußen. Tage mit meinen Kindern sind immer gute Tage. They are the beat of my heart, the pulse in my veins and the energy of my soul. They are my kids.

«Was steht da?», will Bea wissen. Er schüttelt den Kopf, unfähig, die Worte wiederzugeben. Schnell blättert er weiter und hält das Buch so, dass Bea auch hineinschauen kann. Gemeinsam betrachten sie das Bild des fünfjährigen Josh, der weinend auf der Kante eines Krankenhausbettes steht und offenbar mit sich selbst ringt. Unter dem Bild steht in der gleichen sauberen Schrift:

«Mommy? What if I fall?»
«Oh, Darling! What if you fly?»

«Oh mein Gott!» Josh schlägt die Hand vor den Mund, dann klappt er das Buch zu. «Ist dir klar, was das bedeutet?»
　«Nein. Was denn?»
　«Sie hat uns geliebt, Bea. Sie hat uns wirklich geliebt. Vor allem hat sie versucht, uns etwas mitzugeben. Nämlich Hoff-

nung, Mut und positives Denken.» Er hält inne und sieht traurig seine Schwester an. «Und jetzt schau an, was aus uns geworden ist.»

Es ist nie zu spät, etwas zu ändern.

Es sind Sams Worte, die plötzlich in seinem Kopf sind. «Mama hat uns geliebt», wiederholt er. «Und sie hat uns alles mitgegeben, was wir brauchen.»

Zögernd streckt Bea die Hand nach dem Buch aus. «Ich habe Angst davor, es zu lesen», gesteht sie. «Was ist, wenn es mich runterzieht? Bestimmt wollte unser Vater deswegen nicht, dass wir es kriegen.»

«Das Buch wird uns trösten, wenn wir traurig sind, und Mut machen, wenn wir welchen brauchen», beschließt Josh. «Denn deswegen hat Mama es geschrieben. Um uns zu zeigen, dass wir wertvolle Menschen sind.» Er öffnet Bea die Haustür. «Wir sind es wert, geliebt zu werden. Das wollte sie uns sagen.»

«Warum schreibt sie so viel auf Englisch?», will Bea wissen, während sie das Buch durchblättert.

«Mama hat drei Jahre als Au-pair-Mädchen in Großbritannien gelebt. Sie wollte, dass wir zweisprachig aufwachsen.» Josh kann nicht sagen, woher er plötzlich dieses Wissen nimmt. Es ist einfach da, so wie jedes Baby von Geburt an weiß, wie es atmen muss, um nicht zu ersticken.

Gemeinsam verlassen sie das Treppenhaus. «Lass es uns draußen zusammen durchschauen.»

Schwungvoll zieht er die Tür hinter sich mehrmals zu, bis sie lautstark einrastet und endlich geschlossen bleibt. Die Worte, die er seinem Vater an den Kopf geworfen hat, fallen ihm ein.

Du siehst mich nie wieder.

In diesem Augenblick beginnt er, sich zu fragen, ob der Bruch mit seinem Vater wirklich das ist, was seine Mutter gewollt hätte.

***

Sam sitzt auf der oberen Treppenstufe vor seiner Wohnung, als Josh zurückkommt. Ihre langen Haare sind zu einem lockeren Zopf geflochten und fallen ihr auf den roten, eng anliegenden Pullover, den sie zu verwaschenen Jeans trägt. Sie sieht ihn erwartungsvoll an.

«Wie ist es gelaufen?» Sam bemerkt seine leeren Hände, und Enttäuschung breitet sich in ihrem Gesicht aus. «Du hast es nicht bekommen.»

«Doch», triumphiert er und lässt sie hinein. «Bea hat es zuerst mit nach Hause genommen. Wir müssen es ihm aber irgendwann zurückgeben.»

Raja quietscht vor Freude und spult ihr Begrüßungszeremoniell ab. Josh öffnet die kleine Bar in seiner Wohnküche. Er holt zwei Sektgläser heraus, schenkt sie mit Jules voll und reicht eins davon Sam. «Das müssen wir feiern.»

«Dein Vater hat es euch einfach gegeben?» Sam stößt mit Josh an und schaltet das Radio ein.

«Fast.» Josh lacht und setzt sich auf die Eckbank, während Sam sich entspannt neben ihm gegen den Tisch lehnt. «Sagen wir, er hat es mir freiwillig an den Kopf geworfen.»

«Ich finde es großartig, dass du das durchgezogen hast.» Anerkennend knufft sie ihm gegen die Schulter. Dann verharrt sie in der Bewegung und beugt sich zu ihm vor. Ihre Finger berühren seine Schläfe und gleiten zaghaft darüber. Josh atmet tief ein, verharrt gespannt in seiner Position, ohne zu wissen, auf was er eigentlich wartet.

«Du hast eine Schramme abbekommen», stellt sie fest.

Sämtliche Luft entweicht aus seinen Lungen, aber er lässt sich seine Enttäuschung nicht anmerken. «Bleibt ja nicht aus. Ich werde es überleben.»

«Habt ihr euch das Buch schon angesehen?»

«Ja.» Seine Gedanken schweifen kurz ab, hin zu dem Tagebuch seiner Mutter, während sie beide langsam ihre Gläser leeren. Josh schenkt sich nach, stürzt seinen Sekt hinunter und geht zurück an die Bar. Er holt eine Flasche weißen Mezcal heraus und kippt etwas davon in sein Glas. Sofort trinkt er es aus, nur um es erneut zu füllen. «Meine Mutter hat Bea und mich geliebt, Sam. So wie du es gesagt hast.»

«Natürlich hat sie das.» Sam strahlt ihn an. Sie steht auf und tritt dicht an ihn heran. Wieder hält er den Atem an. Allein Sams Nähe bringt jede Faser in seinem Körper zum Vibrieren.

Auffordernd streckt sie ihm ihr ebenfalls wieder leeres Glas hin. «Komm, mach mir auch was davon rein.»

Die Anspannung fällt erneut von ihm ab. Ein Auf und Ab, ein bisschen wie in einer Achterbahn. Die *Aufs* gefallen ihm deutlich besser, und irgendetwas in seinem Inneren sehnt sich nach einem Looping.

Sie trinken, schweigen und hängen ihren Gedanken nach. Dann hält Sam ihr Glas wieder in die Luft. «Ich möchte bitte noch ein Glas.»

«Noch eins?», fragt Josh belustigt. «Ich dachte, du trinkst eigentlich keinen Alkohol.»

«Ich mache heute mal eine Ausnahme.»

«Okay», sagt er und öffnet erneut die Flasche.

«Hör auf, so unverschämt zu grinsen», schimpft sie lachend. Scherzhaft boxt sie ihm mehrfach gegen die Schulter. Ihre Brust hüpft bei diesen Bewegungen fast genauso unruhig wie sein Herz. Josh beißt sich auf die Unterlippe und schenkt ihr den Schnaps ein. Unauffällig schielt er ihr in den Ausschnitt.

Sie schlägt erneut nach ihm: «Und damit hörst du auch auf.»

Er stürzt seinen Mezcal hinunter und hebt unschuldig die

Arme in die Luft: «Ich kann nichts dafür. Das passiert ganz automatisch. Außerdem hab ich getrunken.»

«Ich doch auch.» Sam dreht das Radio lauter, als ein neues Lied beginnt:

The world was on fire and no one could save me – but you
It's strange what desire will make foolish people do ...

«Was ist das für ein Lied?» Der Text irritiert ihn.

«Wicked Game von Chris Isaac.» Sie lacht schrill, als hätte er einen Witz gerissen. «Seit wann interessierst du dich für Musik?»

«Der Typ, der das singt, hat es echt erkannt.» Mit einem lauten Knall stellt er sein leeres Glas auf die Anrichte. «Sam, du hast mir das Leben gerettet.»

«Ach komm. Übertreib mal nicht.» Sie prustet vor Lachen. Während er noch alle Sinne beisammenhat, scheint Sam bereits dabei zu sein, ihre zu verlieren.

«Ich meine es völlig ernst. Danke, Samantha.» Josh macht einen Schritt auf sie zu, nimmt eine Haarsträhne, die sich aus ihrem Zopf gelöst hat, und streicht sie sanft aus ihrem Gesicht. Liebevoll klemmt er sie hinter ihr linkes Ohr und gibt ihr einen flüchtigen Kuss auf die Stirn.

Dann legt er seine Arme um ihre Hüften, wie sie es neulich getan hat, und für einen Moment hält er sie fest, seine Wange auf ihre Haare gelegt. Aus den Augenwinkeln sieht er, dass draußen bereits die Sonne untergeht und alles in unwirkliches Licht taucht.

Unwirklich. Nicht real. Wie in meinen Träumen ...

Aus einem Impuls tief aus seinem Herzen heraus dreht er den Kopf, streift mit den Lippen über ihre Wangenknochen nach unten bis zu ihrem Mundwinkel. Sein Herzschlag beschleunigt sich, als würde er nach einem Marathon in die Zielgerade einlaufen.

In der Überzeugung, sich von ihr nun eine Ohrfeige einzufangen, kneift er die Augen zu und zieht Sam noch ein Stück dichter an sich heran. Sie bleibt reglos, als er sie zärtlich küsst und vorsichtig mit der Zunge gegen ihre Lippen stößt. Samtweiche Lippen, die nach Alkohol und Kirsch-Lipgloss schmecken. Sam öffnet leicht den Mund und lässt ihn machen. Sie wehrt sich nicht, als seine Hände über ihren Hintern wandern. Etwas unbeholfen schiebt Josh seine Finger unter ihren Pullover, seine Lippen immer noch auf ihren. Sam steht stocksteif da, und plötzlich fühlt er sich überfordert. Nervosität kocht in ihm hoch und droht seinen Verstand zu übermannen. Es ist Jahre her, dass er sich in einer Situation wie dieser befunden hat. Und damals war er weit betrunkener. Kurz lässt Josh von ihr ab. Automatisch greift er nach seinem Glas und stürzt den Inhalt hinunter, um die Gedanken loszuwerden.

Er hält Sam immer noch im Arm und beugt sich ihr für einen erneuten Kuss entgegen.

Sanft streicht er ihr über den Rücken, die Seiten und am Bund ihrer Hose entlang. Vorsichtig öffnet er ihre Hose und schiebt sie zusammen mit dem Slip über ihre Schenkel nach unten.

«Sam», haucht er. «Wenn du das nicht willst, musst du es mir sagen.»

Diese Gelegenheit ist zu wertvoll, um sie zu vergeigen. Es ist das, was er sich wünscht, seit Sam mit ihm im Krankenhausbett saß …

«Ich will ja.» Sie verstummt und steigt gehorsam aus ihren Jeans, die ihr mittlerweile zu den Fußknöcheln gerutscht sind. «Es hat nichts mit dir zu tun … Es ist nur …»

«Wegen Basti.» Josh zieht sich das Shirt über den Kopf und wirft es in die Spüle. «Er wird es nie erfahren. Versprochen.»

Sam nickt, und ihre Hände legen sich fest um seine Oberarme. Sie strahlen eine glühende Hitze aus, die durch Joshs Körper jagt und bewirkt, dass er noch entschlossener wird.

«Ich liebe dich, Sam.» Wieder beginnt er, sie zu küssen, heftiger und drängender als zuvor. Allmählich löst sich Sam aus ihrer Schockstarre und erwidert zaghaft seinen Kuss. Er packt Sam an den Hüften und hebt sie auf die Arbeitsplatte. Mit der linken Hand stützt er sich neben ihr auf der glatten Holzfläche ab und unterdrückt den brennenden Impuls, das Gleiche auch mit der rechten Hand zu tun.

Scheiß auf deine Ticks! Dann passiert halt was. Vielleicht das Richtige.

Sams lange Fingernägel wandern Joshs Nacken entlang, verdrängen die Wärme und lösen eine kühle Gänsehaut an seinem ganzen Körper aus. Es schüttelt ihn förmlich, bis Sam in seine Haare greift und ihn ein Stück von sich wegzieht, um ihn anzusehen.

«Josh», flüstert sie. Ein einziges Wort, in dem eine ganze Bandbreite an Emotionen liegt.

«Es ist okay», flüstert er. «Es ist, wie es ist.»

Es ist okay, dass du mich nicht liebst.

Es gelingt ihm nicht, diesen Satz auszusprechen, weil er eine Lüge ist. Hastig zieht er seine Hosen und Socken aus, lässt alles auf den Boden fallen und schiebt den Kleiderhaufen mit dem Fuß zur Seite. Ohne hinzusehen, öffnet er die obere Schublade und tastet nach einem der vielen Folienpäckchen, die da schon seit Urzeiten liegen und verstauben.

Seit der gescheiterten Beziehung mit Lisa.

Nun hat es doch etwas Gutes, dass er stets zu lethargisch war, um sie in den Müll zu werfen.

Lass es doch einfach weg ...

Josh verwirft den Gedanken sofort. Sam wäre niemals darauf eingegangen, sie ist auch so schon unsicher genug.

Mit den Zähnen reißt er das Päckchen auf und rollt sich das Kondom über. Entschieden öffnet er ihre Knie und schiebt sich dazwischen. Sam schnappt hörbar nach Luft, als er ihren Hintern an seine Hüfte zieht. Er spürt Sams Unterschenkel an seinen Lenden, ihre Arme in seinem Nacken und ihren warmen Atem im Gesicht. Er zieht sie automatisch noch dichter an sich heran.

Sam stöhnt kurz auf und klammert sich an ihm fest. Ihre Oberkörper berühren einander, und sie verharren fast reglos in dieser Position. Josh bewegt sich nur langsam und löst sich dann plötzlich wieder von Sam. Er hebt sie hoch und trägt sie durch das halbdunkle Zimmer hinüber zur Couch. Raja verlässt sofort ihren Schlafplatz und flüchtet in den Flur. Vorsichtig setzt Josh Sam ab und kuschelt sich dicht an sie. Sam richtet sich kurz auf, um ihren Pullover über den Kopf zu ziehen, und lässt ihn hinter sich auf den Boden fallen.

Das ist deine Chance, Josh.

Er nutzt diesen Moment und streift blitzschnell das Kondom ab. Mit einer fließenden Bewegung befördert er es unter die Couch und hofft inständig, dass Sam zu betrunken ist, um die Veränderung zu bemerken.

Sein Herz schlägt ihm bis zum Hals, als er Sams Unterschenkel über seine Taille legt und sie erneut zu sich heranzieht.

Feel the fear and do it anyway.

Joshs Blick huscht unweigerlich zu dem Platz an der Wand, an dem bis vor kurzem die Frau hing, die diesen Satz für ihren Sohn in ein Buch geschrieben hat. Aber das Bild von Birgit ist weg.

Plötzlich ist Josh froh darüber, er fühlt sich unbeobachtet und frei.

«Sam», seufzt er und vergräbt seine Nase in der Kuhle an ihrem Hals. Genüsslich zieht er ihren Duft ein. «Ich kann nicht aufhören, an dich zu denken, seit du mich das erste Mal berührt hast.»

Kühle Finger streifen seine glühende Wange, streicheln seine Brust und wandern dann über seine Hüfte hinab nach unten. Josh fängt die Hand ab, verschränkt die Finger mit denen von Sam. Sie drückt fest zu, und Josh wechselt die Position, stützt sich mit den Unterarmen auf der Couch ab, um ihr in die Augen sehen zu können.

«Josh ...» Ihr Atem kommt stoßweise. Adrenalin schießt in sein Blut, und automatisch bewegt er sich schneller. Sein Oberkörper berührt Sams nackte Haut, spürt ihren Schweiß, der sich allmählich mit seinem vermischt. Zeitgleich versinkt er in einem Rausch der Gefühle, den er in einer solchen Intensität noch nie erlebt hat.

SAMANTHA

Minutenlang starre ich auf den fest schlafenden, blonden Mann neben mir. Mein Kopf fühlt sich an, als hätte ein Panzer darauf gewendet. Trotzdem bemühe ich mich, die Geschehnisse in richtiger Reihenfolge zusammenzubekommen. Es ist nicht so, dass ich nicht weiß, wo ich bin oder was gestern Nacht geschehen ist, aber gerade dieses Wissen ist es, das mich so verwirrt.

Ich reibe mir die Augen und sehe noch mal genau hin. Seine Arme sind eng um meine Taille geschlungen, als fürchte er, ich könnte heimlich davonlaufen. Sein Kinn liegt auf meiner Schulter, und es gibt keine Bartstoppeln, die mich dabei piken. Er trägt nur Boxershorts und hat sich offenbar im Schlaf die Decke vom Körper gestreift. Vergeblich suche ich seinen nackten Oberkörper nach dem dünnen Streifen Haare ab, der vom Bauchnabel abwärts läuft und in den Shorts verschwindet. Außerdem fehlt das Tattoo, der landende Adler, in den ich mich so verliebt habe.

In dieser Sekunde begreife ich, was ich getan habe. Bisher hatte ich immer noch die Hoffnung, Josh und Basti würden sich irgendwann wieder miteinander vertragen können, aber dann komme ich und schlage eine unüberwindbare Kluft zwischen die beiden.

Basti darf das niemals erfahren.

Josh hat mir versprochen, nichts zu sagen. Dennoch bekomme ich plötzlich Angst und will raus aus dieser Situation. Raja liegt auf meiner anderen Seite, und ich fühle mich eingeengt, fast gefangen. Mit einem Anflug von Panik will ich Josh von mir runterschieben. Aber er bewegt sich keinen Millimeter, als wäre er mit UHU an mich geklebt worden. Ohne aufzuwachen, klammert er sich an mir fest, legt sein Bein über meins und schläft zufrieden weiter. Irgendetwas an diesem Verhalten geht mir ans Herz. Josh ist immer für mich da, wenn ich ihn brauche. Er hört mir zu, versteht mich und würde mich mit seinem Leben verteidigen. Josh liebt mich und hat sogar im Schlaf Angst davor, dass ich ihn allein zurücklasse. Er würde sich eher nackt auf einen Spanischen Bock fesseln lassen, als sein Wort gegenüber mir zu brechen. Der Gedanke an seine Treue rührt mich abermals, und ich höre auf, ihn wegschieben zu wollen. Stattdessen drehe ich mich zu ihm, lege die Arme um seine Schultern und ziehe ihn an mich. Am liebsten hätte ich ihn für immer ganz dicht bei mir gehabt, um festzuhalten, was längst zu mir gehört. Josh ist ein Teil von mir geworden. Aber er gehört auf eine andere Weise zu mir, nicht auf diese, die sich so falsch anfühlt.

Verschlafen öffnet er ein Auge und sieht mich an. Er richtet sich halb auf und streckt sich ein Stück, um mir einen Kuss zu geben. Stumm presse ich die Lippen aufeinander, ziehe meine Hände zurück und schüttele fast unmerklich den Kopf. Sofort begreift er, und wie immer nimmt er meine Entscheidung ohne Widerspruch hin.

«Okay», flüstert er und kneift die Lippen zusammen, um seine Gefühle vor mir zu verbergen. Wortlos rutscht er ein Stück von mir weg und tut zumindest so, als würde er weiterschlafen. Ich komme mir so unsagbar schäbig vor, und es tut mir in der Seele weh, ihn zurückzuweisen.

Ohne ihn anzufassen, vergrabe ich das Gesicht in seinen Haaren.

Wieso bist du bei ihm im Bett gelandet?

An Josh ist einfach nichts, was meiner Vorstellung vom Traummann entspricht.

Ich stehe auf einen komplett anderen Typ Mann. Dunkelhaarig und leicht verrucht, charakterstark, am besten optisch im Bad-Boy-Stil, aber mit einem sonnigen Gemüt und einer positiven Ausstrahlung.

Typen wie Basti ...
Die Sehnsucht in mir explodiert plötzlich. So lange war ich mir unsicher, unfähig zu wissen, was ich überhaupt will. Nun ist es mir klar: Ich will zurück zu Basti, aber durch mein Verhalten habe ich mir den Weg zu ihm verbaut. Außerdem ist es nun mal keine Frage des Wollens, sondern eine Frage des Brauchens.

Ich *brauche* Basti, denn nur in seiner Gegenwart fühle ich diesen inneren Frieden. Er ist der Mann, der mich von meiner Unruhe befreien kann.

Aber Josh braucht *mich,* um zu überleben. Jeden Tag schafft er es ein Stück mehr hinaus aus dem Meer der Trauer, aus dem er gekommen ist. Ich habe Angst, dass er ohne mich wieder darin versinken könnte.

Er hat nur mich.

Mein Blick fällt auf das große Bild an der Wand hinter mir. Das Ergebnis unseres Besuchs beim Fotografen. Josh hat mich huckepack genommen, und gemeinsam lachen und winken wir in die Kamera. Raja sitzt auf einem Podest neben uns, damit wir alle auf gleicher Höhe sind. Ein fröhlicher und ausgelassener Ausdruck liegt auf Joshs Gesicht. Sein Lachen hat endlich auch seine Augen erreicht, und das ganze Bild strahlt eine fast greifbare Glückseligkeit aus.

Schmerzhaft wird mir klar, dass ich aus dieser Zwickmühle nie mehr herauskomme, ohne einen der beiden wichtigsten Menschen in meinem Leben zu verletzen und damit vermutlich für immer zu verlieren.

Jetzt gilt es nur noch zu versuchen, den unvermeidbaren Schaden möglichst gering zu halten. Das funktioniert aber nur, wenn ich neutral bleibe, mich für keinen von beiden entscheide, sondern in der Mitte verharre und irgendwie lerne, mit dieser Zerrissenheit zu leben.

SEBASTIAN

Seufzend verkneift er sich eine bissige Bemerkung, als die Reifen über den Begrenzungsstreifen kommen. Er sitzt ungern als Beifahrer in seinem eigenen Auto, und dass Patricia fährt, macht die Sache noch schlimmer.

«Entspann dich», sagt sie und wirft ihm einen aufmunternden Blick zu.

«Ich verstehe nicht, warum ich nicht fahren darf.» Basti erschrickt über sich selbst, als er erkennt, dass er so nörgelig klingt wie Josh.

«Weil du keine Lust gehabt hast, aus dem Haus zu gehen, und ich dich quasi dazu zwingen musste.»

Er murrt etwas Unverständliches und verschränkt die Arme vor der Brust. Noch mehr Dinge, die ihn an seinen einst besten Freund erinnern.

Hoffentlich bekomme ich nicht auch Depressionen.

«Wohin fährst du denn?» In Gedanken gibt Basti sich selbst einen Tritt in den Hintern, der ihn ermahnen soll, sich gefälligst zusammenzureißen.

Patricia hebt die Hand. «Abwarten, wir sind gleich da.» Sie schluckt geräuschvoll und fügt dann zaghaft hinzu: «Hast du was von Sam gehört?»

Augenblicklich wird die Luft im Auto etwas dicker und sein Hals enger. «Seit letztem Monat nicht mehr.»

Aber ich sehe sie jeden Tag. Sie geht an meinem Haus vorbei zu Josh.

«Als sie sich per WhatsApp für das Lied bedankt hat», schlussfolgert Patricia.

«Ja, genau.» Sam hatte offenbar nicht den Mut, das persönlich zu tun.

«Was genau stand eigentlich drin?», will Patricia wissen.

Basti zieht sein Handy aus der Tasche, öffnet die App und beginnt zu lesen:

«Ich liebe dieses Lied. Es hat mich zu Tränen gerührt, und ich fühle mich unglaublich geehrt. Dennoch: Es ist so viel vorgefallen – ich brauche etwas Zeit für mich. Bitte hab Verständnis. Es wird alles gut werden. In Liebe – Sam.»

«Was genau meint sie? Was ist denn vorgefallen?»

Seufzend steckt Basti das Handy wieder in die Hosentasche. «Ach, ich weiß auch nicht so genau. Vermutlich steht sie einfach auf Josh.» Es wäre falsch, Patricia zu sagen, dass sie eine tragende Rolle für Sams Entscheidung gespielt hat. Sie würde sich nur Vorwürfe machen.

«Das kann ich einfach nicht glauben», antwortet Patricia.

«Sie behauptet nach wie vor, *ich* sei schuld. Weil ich so gefühlskalt ihr gegenüber geworden bin», antwortet Basti.

Und sie denkt, dass du der Grund dafür bist.

«Du warst nicht gefühlskalt. Du warst im Urlaub.» Patricia hätte fast zu ihm hinübergegriffen, um seine Hand zu tätscheln, als ihr im letzten Moment einzufallen scheint, dass sie dazu den Gashebel loslassen müsste. «Warum macht Sam da so ein Drama draus?»

Wenigstens Patricia versteht ihn. Im Urlaub ist alles so weit weg. Die ausgelassene Stimmung, der Alkohol, die ständigen Unternehmungen. All das trägt dazu bei, dass das, was zu Hause geschieht, einfach ganz weit in die Ferne rückt.

«Ich glaube, Sam hat es nie verwunden, dass ihr Vater sie verlassen hat, und denkt nun, alle Männer sind so», erklärt er. «Vielleicht liegt es auch an mir, und ich bin einfach nicht für Beziehungen gemacht.»

«Wir sind da!», ruft Patricia gutgelaunt. Unbeholfen parkt sie den Wagen in einer riesigen Parklücke.

«Was ist das denn?» Fragend schaut Basti aus dem Fenster.

Sein Blick fällt zuerst auf eine kleine Blockhütte inmitten einer hügeligen Landschaft. Dann erst sieht er die Quads, die dicht danebenstehen.

«Wow», macht er erstaunt. «Quad-Fahren ist eine großartige Idee.»

Früher einmal war er begeisterter Motorradfahrer, bis sein Unfall ihm diese Leidenschaft genommen hat. Unruhig beginnt er, mit den Fingerspitzen auf das Armaturenbrett zu trommeln, und wartet, bis Patricia endlich den Rollstuhl ausgeladen und ihm an die Beifahrertür gebracht hat. Noch ein Grund, warum er lieber selbst fährt: Aus dieser Position heraus ist es ihm nicht möglich, den Rollstuhl selbst auszuladen. Hastig zieht er sich in den Sitz und geht mit Patricia zusammen zu der kleinen Holzhütte hinüber.

Wenn es nicht Patricia gewesen wäre, die Basti hergebracht hat, würde er spätestens jetzt anfangen, sich Gedanken zu machen, ob er mit den Quads überhaupt fahren kann. Aber diese Sorgen kann er sich bei ihr sparen. Sie weiß, auf was sie achten muss, und plant immer alles im Vorfeld.

«Die haben hier tolle Quads für Querschnittgelähmte», erzählt sie stolz. Niemals würde sie das Wort «behindert» in den Mund nehmen.

«Fährst du mit?»

«Natürlich.»

SAMANTHA

Das Pferd neben mir schnaubt leise, als Melanie sich etwas zu entspannen beginnt. Ihre verkrampften Knie lösen sich vom Pferdekörper, und sie schafft es, sich ein Stück nach hinten zu lehnen.

«Sehr gut», lobt Steffi.

Seit Jahren schon geht Melanie immer wieder zum therapeutischen Reiten und absolviert dort wenigstens so viele Stunden, wie die Krankenkasse bezuschusst. Ob es ihr für die Entwicklung etwas geholfen hat, kann keiner sagen. Schließlich weiß niemand, wie sie ohne diese Maßnahmen dastehen würde.

Die heutige Stunde jedenfalls hat ihr nicht viel gebracht. Möglicherweise lag das daran, dass ich die ganze Zeit nur physisch anwesend war. Melanie ist hochsensibel und merkt sofort, wenn etwas nicht stimmt, doch sie kann nicht mit mir darüber sprechen, und es ist ihr unmöglich, ihre Gefühle in Worte auszudrücken. Also hat sie sich die ganze Stunde ans Pferd geklammert und mich angestarrt, während ich versucht habe, Basti aus dem Kopf zu bekommen.

Im Geiste hab ich immer und immer wieder das Lied gesungen, das er für mich komponiert hat.

Er singt davon, wie hoffnungslos und grau alles ohne mich ist und dass ich zurückkommen soll, weil er es ohne mich nicht aushält.

Ich stelle mir vor, wie ich ihn anrufe und er mich abholt. Dann sitzen wir gemeinsam im Park und sprechen so lange über alles, bis uns nichts mehr im Weg steht.

Und dann erzählst du ihm von Josh!

Mein schlechtes Gewissen ruft mir lautstark zu, was ich getan habe.

Wie soll ich Basti jemals wieder in die Augen sehen?

Wie man es dreht und wendet, es kann einfach nichts mehr so sein wie früher. Zumindest nicht, solange Josh da ist.

Josh ... Irgendwie geht es immer um Josh.

Steffi bleibt stehen und erinnert Melanie daran, das Pferd für die Reitstunde zu loben. Dann zieht sie meine Schwester auf den Boden hinunter. Melanie nimmt mich sofort an die Hand, und wir gehen gemeinsam Richtung Stall. Mein Blick fällt auf einen jungen Mann, der sich an den Anbindebalken für die Pferde gelehnt hat. Erst beim zweiten Hinsehen erkenne ich, dass es Josh ist. Seine Haare sind in den letzten Wochen deutlich länger geworden und werden vom Herbstwind zerzaust.

«Was machst du denn hier?», rufe ich ihm schon von weitem zu und merke selbst, wie sehr ich mich freue, ihn wiederzusehen. Irgendwie sind wir uns die letzte Woche aus dem Weg gegangen.

«Ich hab euch zugesehen», sagt er, als wir neben ihn treten. Angestrengt überlege ich, ob ich ihm jemals erzählt habe, wo Melanie zum therapeutischen Reiten hingeht.

Vermutlich schon. Sonst wäre er ja jetzt nicht da ...

Steffi nickt ihm kurz zu, und Josh rutscht zur Seite, damit sie das Pferd anbinden und versorgen kann. Sie löst den Voltigiergurt und geht damit Richtung Sattelkammer.

«Geht es dir gut?», fragt Josh mich. Er kommt auf mich zu und legt mir kurz den Arm um die Schultern. Für einen Moment habe ich den Eindruck, dass er mir einen Kuss geben will. Schnell ducke ich mich unter seiner Umarmung weg und tue so, als hätte ich nur ein Bonbonpapier vom Boden aufheben wollen.

Du musst ihm sagen, dass du das nicht willst.

Aber Josh begreift es auch so. Stumm geht er an mir vorbei, und kurz befürchte ich, er könnte wie früher eingeschnappt sein. Aber er geht zu Melanie, die sich gerade bemüht, den Rücken des Pferdes zu bürsten.

«Hallo», sagt er leise zu ihr. Dann nimmt er ihr wortlos die Bürste aus der Hand und fährt damit über die Stelle am Pferderücken, die Melanie vergeblich zu erreichen versucht hat.

Das gibt gleich ein Riesentheater!

Wenn Melanie etwas gar nicht leiden kann, dann, wenn man ihr etwas wegnimmt oder ihr ganz offensichtlich bei etwas helfen möchte.

Umso mehr überrascht mich die Reaktion meiner Schwester. Sie quietscht kurz vergnügt, dann nimmt sie die Bürste wieder an sich und fährt mit unbeholfenen Bewegungen mit ihrer Tätigkeit fort.

Mit offenem Mund beobachte ich, wie Melanie versucht, mit Josh zu kommunizieren: Sie schaut ihn an und stößt ihm grob die Bürste in die Hüfte. Das ist ihre Art zu sagen, dass sie bereit ist, ihr Spielzeug zu teilen.

Josh lächelt sie an und nimmt dann Melanies Hand, um mit ihr gemeinsam den Pferdehals zu bürsten.

«Na, die beiden verstehen sich aber», bemerkt Steffi, als sie von der Sattelkammer zurückkommt. «Ist das euer Bruder?»

Mein Freund ...

Wie gerne hätte ich diese Worte gesagt, weil ich plötzlich unglaublich stolz auf Josh bin.

«Die beiden haben sich eben erst kennengelernt», sage ich stattdessen.

«Wow. Krass.» Steffi strahlt mich an. «Manchmal stimmt die Chemie eben einfach, hm?»

«Ja, allerdings.»

Ich folge Steffi zum Anbindeplatz, und während sie das Pferd losbindet, verabschiedet sie sich von uns.

«Tut mir leid, wenn ich störe. Ich musste dich einfach sehen.»

Josh wirkt fast zerknirscht. «Ich will nicht, dass wir uns meiden, Sam.»

Ich auch nicht.

«Das hatte ich nicht vor. Die Situation ist nur einfach …»

«Blöd, ich weiß», fällt er mir ins Wort. «Aber damit kommen wir klar. Habt ihr beiden Lust, mit mir essen zu gehen?»

«Ja. Sehr gerne.» Zum zweiten Mal an diesem Tag staune ich. Diesmal über die lockere und unbeschwerte Aussage von Josh, die viel besser zu jemand anderem gepasst hätte.

JOSHUA

Die weiße Farbe tropft ihm auf die Stirn, als er die Walze ein letztes Mal die Decke entlangzieht. Erst dann ist er mit seinem Werk zufrieden.

«Wie liegen wir in der Zeit?», fragt er, während er von der Leiter steigt und sich kurz umblickt. Er findet es seltsam, in einer fremden Wohnung ungefragt zu renovieren. Noch seltsamer ist es allerdings, das Mädchen, das er so sehr liebt, direkt neben sich zu haben und trotzdem auf Abstand bleiben zu müssen.

Besser so, als sie gar nicht zu sehen.

«Alles im grünen Bereich», gibt Sam zurück. Sie taucht Zeigefinger und Mittelfinger in den Farbeimer, verpasst Josh blitzschnell eine Kriegsbemalung auf die linke Wange und flüchtet in die am weitesten entfernte Zimmerecke.

«He», schimpft er. Grinsend nimmt er den Pinsel und macht eine werfende Bewegung, sodass die Farbe quer durch den Raum spritzt und überall auf Sam weiße Tupfen hinterlässt.

«Gut gemacht», schimpft sie gespielt verärgert. «Jetzt musst du diese Wand da auch streichen.»

«Als hätten wir das nicht eh vor, gell? Weil deine Schwester ja nicht wie normale Menschen auf Papier malen kann, sondern dabei immer die Wände mit besudelt.»

«Könnte eventuell daran liegen, dass Mel halt nicht normal ist.»

«Ich weiß. Vermutlich mag ich sie deswegen so gern.» Josh taucht die Walze mit der Spitze in die Farbe, streift sie am Gitter ab und beginnt mit der Wand über der Essecke, die sie mit Folie abgedeckt haben. «Fangen wir hier an. Könnte sein, dass es nicht gleich deckt und wir zweimal drübermüssen.»

«Ein Anstrich reicht hoffentlich. Die beiden bleiben nicht

ewig im Zoo.» Sam nimmt den Pinsel an sich und malt die Stelle über dem Rollladenkasten an. «Es war schwer genug, sie überhaupt dazu zu bewegen, dahin zu gehen. Es wird schon richtig winterlich draußen.»

«Das stimmt wohl.» Vor dem Fenster biegen sich die nackten Äste der Bäume im Wind.

«Deswegen sollten wir die Zeit nutzen. Wann musst du den Wagen zurückgeben?»

«Vollkommen egal.» Josh hat sich von seinem Arbeitskollegen ein Auto ausgeliehen, um die Farbeimer und das Arbeitsmaterial zu Sams Mutter transportieren zu können. Er ist selbst total verwundert, dass man ihm das Auto anstandslos ausgeliehen hat.

Man muss einfach nur fragen ...

Wieder stellt er fest, dass in Sams Welt viele Dinge ganz einfach funktionieren.

«Hast du was gehört von dem, dessen Namen ich nicht sagen darf?», fragt Josh, ohne sie dabei anzusehen. Eine heikle Frage, bei der er gar nicht weiß, welche Antwort er eigentlich hören will.

«Nein.» Kurz und knapp, und damit ist das Thema wieder beendet. Einerseits ist Josh erleichtert drüber, auf der anderen Seite macht es ihn auch traurig, weil er weiß, wie wichtig Basti für sie ist.

Nicht nur für sie, sondern auch für dich. Warum gehst du nicht endlich zu ihm und gibst zu, wie sehr du ihn vermisst?

«Hilf mir mal. Ich bin zu klein.» Auf Zehenspitzen versucht Sam verzweifelt, an den oberen Rand des Rollladenkastens zu kommen.

Josh hängt die Walze in den Eimer und tritt hinter Sam. Kurzerhand hebt er sie hoch, damit sie an die gewünschte Stelle kommt. Ihre Haare kitzeln seine Nase, und ihr Duft weckt sofort Erinnerungen. Augenblicklich gerät sein Blut in Wallung. Am liebsten hätte er sie auch hier auf die Arbeitsplatte gesetzt, wie er es erst neulich in seiner Wohnung getan hat. Doch er tut es nicht.

Geduldig wartet er, bis sie den letzten Pinselstrich beendet hat, setzt sie wortlos wieder auf dem Boden ab und fährt verbissen mit seiner Arbeit fort.

Seit jener Nacht im Oktober haben sie einander nicht mehr angefasst. Ohne darüber zu sprechen, ist Josh klar, dass es eine einmalige Sache war, die sich nicht mehr wiederholen wird.

Was hätten sie auch dazu sagen sollen?

Okay, das war jetzt moralischer Müll, aber es hat trotzdem Spaß gemacht?

Josh ist froh darüber, dass diese Aktion ihre Freundschaft nicht zerstört, sondern sie noch enger miteinander verbunden hat.

Wenn Liebe nur das Herz zerrüttet,
ist es Freundschaft, die die Wunden kittet.

So viele Verse hat Josh im Tagebuch seiner Mutter gefunden, die ihm nun eine Stütze sind und ihn durchs Leben begleiten.

«Darf ich dir, wenn wir hier fertig sind, etwas zeigen, was meine Mutter geschrieben hat?» Josh ist sich gar nicht sicher, ob er das Gedicht überhaupt preisgeben will, aber wieder einmal hat er geredet, bevor er nachgedacht hat.

«Du hast das Tagebuch dabei?» Sam scheint überrascht zu sein, obwohl Josh das Buch mittlerweile fast überall mit hinnimmt. Bea hat es gelesen, und damit war die Sache für sie erledigt. Für Josh hingegen ist es so viel mehr. In vielen von Birgits Texten scheint er seine ganz eigene Geschichte zu erkennen. Liebevoll niedergeschrieben und für immer auf Papier festgehalten – eine Hommage seiner Mutter an ihn.

«Ja, ich hab es dabei.» Josh betrachtet zufrieden die Wände.

Die Farbe hat beim ersten Anstrich gedeckt. «Dieses Gedicht ... Es ist, als hätte Birgit gewusst, was aus mir werden wird.»

Nachdem alle Wände gestrichen sind, rollen sie gemeinsam die schmutzige Folie ein und stopfen alles in den Kofferraum des Astra, den Josh sich geliehen hat. Dann tragen sie Farbeimer und die restlichen Utensilien ebenfalls ins Auto, und Sam lässt sich erschöpft auf den Fußboden fallen. Mit einem lauten Zischen öffnet sie eine Coladose, nimmt einen großen Schluck und reicht sie dann Josh. Er schüttelt verneinend den Kopf und zieht das Tagebuch seiner Mutter aus dem Rucksack.

«Lies vor», fordert Sam ihn auf.

«Ich hab fast einen Herzstillstand bekommen, als ich es das erste Mal las.» Josh setzt sich dicht neben sie, klappt das Buch auf und beginnt leise zu lesen:

«Wo der Himmel bitt're Tränen weint
und das Licht der Hoffnung nicht mehr scheint
Wo die Menschen, die sich selbst verfluchen
ihren Trost im Sterben suchen.

Wo die Stille viel zu laut
dass man ängstlich um sich schaut
Wo der Blick, so trostlos leer
signalisiert: ‹Ich will nicht mehr.›

Wo keine Liebe die Menschen vereint
und kein Gott ihnen zur Hilfe erscheint
Dort ist das Land der Einsamkeit
Das Ende unsrer Lebenszeit.»

«Oh. Wow.» Sam hält ihm den Arm hin. «Sieh nur – ich hab Gänsehaut bekommen.»

Josh klappt das Buch wieder zu und sieht Sam verwirrt an. «Meinst du, meine Mutter hat damals schon geahnt, dass ich mich irgendwann umbringen will?»

«Wer kann schon sagen, welche Sinne eine sterbende Person entwickelt? Ich halte es nicht für unmöglich.» Automatisch greift Sam nach seiner Hand, wie sie es immer tut, wenn sie ein tiefgründiges Gespräch führen. «Wichtig ist, dass du dich selbst darin erkennst und deinen Weg änderst. Aber das hast du ja bereits getan.»

«Ja.» Josh schaut auf ihre schlanken Finger, die auf seinen ruhen. Entschlossen legt er seine Hand obendrauf, wie es Sam im Krankenhaus bei ihm getan hat. Dann hebt er den Blick und sieht ihr ins Gesicht. In die braunen Augen, die ihn so faszinieren, die weichen Lippen, von denen er noch genau weiß, wie sie schmecken.

Langsam beugt er sich vor und legt den Kopf schräg. Er spürt ihren heißen Atem auf seiner Wange ...

In diesem Augenblick geht die Tür auf, und Melanie und ihre Mutter kommen herein.

«Nanu?», ruft Sams Mutter. «Ihr seid noch da?» Sie ist so überrascht, dass sie erst nach ein paar Sekunden die Veränderung im Raum bemerkt. Staunend dreht sie sich um die eigene Achse.

«Ja», sagt Sam und lächelt. «Überraschung!»

Melanie interessiert sich nicht für die weißen Wände. Sie entdeckt Josh und freut sich offensichtlich, dass er noch immer da ist, denn sofort kommt sie auf ihn zu. Wie selbstverständlich setzt sie sich zu ihm auf den Boden und kommuniziert mit ihm in ihrem Schweigen.

«Ihr habt renoviert.» Sams Mutter hat ihre Sprache wiedergefunden. Sie fällt ihrer Tochter um den Hals und drückt sie minutenlang, bevor sie sich wieder von ihr lösen kann. Ihre Augen sind mit Tränen gefüllt, als sie auf Josh zukommt. Schnell steht er auf, um ihr die Hand reichen zu können, aber sie nimmt auch ihn in den Arm.

«Vielen Dank», sagt sie leise. «Das ist so lieb von euch.» Ehrliche Worte, die ganz tief aus dem Herzen kommen.

«Wir haben das wirklich gerne gemacht!» Joshs Worte sind nicht weniger aufrichtig. Schon als er das erste Mal hier war, nachdem er Melanie und Sam von der Reittherapie abgeholt hatte, fühlte Josh sich sofort wohl. Man hat ihn angenommen, so wie er ist, ohne etwas in Frage zu stellen. Er ist sich nicht einmal sicher, ob Sams Mutter überhaupt bemerkt hat, was mit ihm nicht stimmt.

«Ich mache uns einen Kaffee», sagt Sam fröhlich und dreht den Wasserhahn auf.

Melanie greift nach Joshs Arm und zieht daran, um ihm zu bedeuten, dass er sich wieder zu ihr auf den Boden setzen soll. Eine einfache Geste, für einen anderen Menschen möglicherweise nichts Besonderes. Aber für Josh bedeutet sie so viel.

Von einer Sekunde auf die andere hat er das Gefühl, endlich zu Hause angekommen zu sein.

SEBASTIAN

Das heruntergefallene Laub ist nicht bunt und idyllisch, wie man es von schönen Herbstbildern kennt. Es ist nass und rutschig und bleibt an den Rädern seines Rollstuhls kleben. Der Himmel ist grau an diesem 1. Dezember, und bleischwere Wolken bewirken, dass es bereits dunkel erscheint, obwohl es noch früh am Abend ist. Die erste Schneeflocke in diesem Jahr segelt lautlos auf seine Daunenjacke, gefolgt von ihren unzähligen Brüdern und Schwestern. Sie wirbeln vor seinen Augen und erschweren ihm die Sicht. Er gibt es auf, sich suchend umzublicken. Eigentlich hätte ihm klar sein müssen, dass Josh und Sam bei diesem Wetter nicht im Park sind.

Die liegen gemütlich auf der Couch.

Entschlossen verjagt Basti den Gedanken aus seinem Kopf. Missmutig stellt er fest, dass die unbefestigten Wege im Park nun noch rutschiger werden, als sie es ohnehin schon sind. Dennoch bringt er verbissen seine abendliche Runde zu Ende, bevor er sich auf den Heimweg macht und sich stumm fragt, ob er jemals seine dauergute Laune wiederfinden wird. Seine Haare hängen ihm bereits nass in die Stirn, und das verschlechtert seine Stimmung zusätzlich.

In dem Moment, als Basti spürt, dass auch seine Kleidung durchnässt ist, hört das Schneegestöber wie zum Hohn plötzlich auf. Er schnaubt wütend durch die Nase und schüttelt sich die Wassertropfen aus den Haaren. Seufzend verlässt er den Holzhausenpark und biegt in die von Kastanienbäumen umsäumte Allee ein. Auf dem Gehsteig bekommt er den Rollstuhl besser vorwärts, und die gedimmten Straßenlaternen erleuchten wenigstens schwach den Weg. Sein Blick wandert unwillkürlich zu den Häusern auf der anderen Straßenseite. Hinter einem der Fenster im Dachgeschoss sieht er Licht brennen.

Natürlich ist er zu Hause. Wahrscheinlich mit ihr ...

Das Kopfkino beginnt bereits wieder von vorne. Immer wieder rasen die unerwünschten Bilder mit halsbrecherischer Geschwindigkeit vor seinem inneren Auge vorbei.

Ein Geräusch befördert ihn in die Wirklichkeit zurück. Basti sieht sich um und entdeckt zwei Männer hinter sich. Sie sind beide unauffällig gekleidet, tragen dunkle Baseball-Caps und scheinen auf den ersten Blick harmlos. Doch sie gehen ihm wortlos hinterher, und allein diese Tatsache lässt sie bedrohlich wirken. Suchend sieht Basti sich um. Zwei weitere Männer mit denselben Schildmützen tauchen aus dem Gebüsch auf und gesellen sich offenbar gelangweilt zu den beiden anderen. Ansonsten ist weit und breit niemand zu sehen. Die Allee ist wie ausgestorben, der Park dahinter menschenleer.

Seine Nervosität nimmt zu, als die vier näher kommen.

Ganz ruhig. Bestimmt wollen sie gar nichts von dir.

Dennoch ist sein Gedächtnis bereits dabei, nach Bewegungsabläufen aus dem letzten Selbstverteidigungskurs zu suchen. Zusammen mit einigen Frauen und einer Handvoll weiteren Querschnittgelähmten wurde ihm beigebracht, sich im Notfall verteidigen zu können. Basti hatte schon immer Zweifel, ob das Gelernte in einem Real-Life-Kampf tatsächlich funktioniert. Bisher war er guter Dinge, das nie herausfinden zu müssen, aber von dieser Hoffnung verabschiedet er sich, als zwei der Männer vor den Rollstuhl treten und ihn ausbremsen. Automatisch greift Basti in die Tasche seiner Jeans und zieht langsam seinen Schlüsselbund heraus. Er schiebt ihn sich wie einen Schlagring über den Mittelfinger, den Haustürschlüssel senkrecht nach oben gerichtet. Unauffällig legt er den anderen Arm darüber, um seine Waffe zu verbergen.

«Was wollt ihr von mir?», fragt Basti und bemüht sich, seine Stimme ruhig klingen zu lassen.

«Geld!», fordert einer der vier und stellt seinen Fuß auf das Trittbrett des Rollstuhls.

«Ich hab kein Geld dabei», sagt Basti.

«Dann alles, was du hast.» Der Typ ist fast hünenhaft groß und spricht abgehackt. Er tritt näher an den Rollstuhl heran und hält die Hand auf. Sein Begleiter stellt sich breitbeinig auf und nimmt die Fäuste in Kampfstellung nach vorn.

Wäre die Situation nicht so bedrohlich, hätte Basti darüber gelacht. Als wäre er in der Lage, mit ihm zu boxen …

«Ich hab nichts dabei.»

«Deine Jacke.»

«Was?»

«Jacke her.»

Betont langsam zieht Basti die Jacke aus, was zur Folge hat, dass er den Schlüssel loslassen muss.

Vergleiche nie einen Straßenkampf mit Kampfsport.

Es geht nicht darum, ein paar kleinere Treffer zu erzielen, und man darf sich niemals auf eine Spielerei einlassen. Es geht darum, das Ganze so schnell wie möglich zu beenden. Dazu gibt es die Primärziele, die andere sind als in einem Kampfring: Augen, Kehlkopf, Unterleib und Knie.

Zähneknirschend gibt Basti dem Typen mit den erhobenen Fäusten die Jacke und zwingt ihn so, seine Angriffsstellung aufzugeben.

«War's das dann?», will er wissen und versucht, den Rollstuhl zwischen den Männern durchzubekommen.

Sie versperren ihm den Weg, während die anderen beiden ein Stück abseits stehen, vermutlich, um Wache zu halten.

Bastis Herz schlägt schneller, als er begreift, dass die Gefahr noch nicht vorbei ist. Im Geiste hört er die Worte des Kursleiters:

Manche sagen, es ist übertrieben, gleich auf die Primärziele zu gehen. Aber wenn das eigene Leben bedroht ist, dann ist es das nicht!

«Handy.» Der Mann mit Bastis Jacke im Arm hebt einen kleinen Zweig vom Boden auf und pikt Basti damit in den Bauch.

Zögern bedeutet verlieren.

Wut steigt in Basti auf. Er kann den Schlüssel nicht wieder als Schlagring positionieren, ohne dass es seinem Gegner auffallen würde.

Langsam greift Basti erneut in die Hosentasche, zieht gehorsam das Handy heraus und gibt es dem anderen, der noch immer seinen Fuß auf dem Rollstuhl hat.

Plötzlich wird ihm schmerzhaft bewusst, wie sehr Josh ihm fehlt. Der beste Freund an seiner Seite, der immer auf ihn aufgepasst hat und der niemals gezögert hätte, ihn zu verteidigen. Sosehr Josh auch an sich selbst zweifelt, so zielgerichtet ist er, wenn es um andere geht. Er braucht keinen Kurs, um sich zur Wehr zu setzen ...

«Noch einen Wunsch?» Irgendwie schafft Basti es, das dauerhafte Gepikse in seinen Bauch zu ignorieren und entwaffnend zu lächeln.

«Wir wollen Geld.»

«Ich sagte schon, ich hab nichts dabei.» Basti hebt die Hände in die Luft, um genau das zu demonstrieren.

«Verschwinden wir.» Der Typ mit Bastis Jacke im Arm tritt einen Schritt zurück und hört auf, ihn mit dem Stock zu ärgern. «Soso, der Spacko hat also nichts.» Lautstark zieht er den Rotz die Nase hoch und spuckt Basti ins Gesicht.

Adrenalin jagt so heftig durch Bastis Venen, dass er Schweißausbrüche bekommt, als er seine Wange mit dem Ärmel sauber wischt und einen Fluch hinunterschluckt.

«Mal sehen, ob das auch stimmt.» Der große Typ bückt sich zu ihm hinunter und fasst an seine Hosentaschen. Blitzschnell legt Basti den linken Unterarm in den Nacken des Mannes, drückt seinen Kopf nach unten und rammt ihm den Ellbogen gegen den Kehlkopf. Das laute Röcheln zeigt ihm, dass er einen Volltreffer gelandet hat. Basti nutzt die allgemeine Verwirrung, reißt seinem Gegenüber den Zweig weg und peitscht ihm damit quer durch das Gesicht.

Die Reaktion folgt nach nur wenigen Sekunden: Eine Faust trifft Basti direkt aufs Auge. Er kann den Schlag nicht abwehren, aber dafür nutzt er die Gelegenheit, den Arm abzufangen, über sein Genick zu ziehen und den Typ auf den Boden zu befördern.

«Euer Freund erstickt», ruft Basti. «Ihr solltet einen Notarzt rufen.» Aber sein Plan geht nicht auf. Niemand schert sich um den nach Luft japsenden Mann, der sich mit beiden Händen an die Kehle fasst. Stattdessen kommen nun auch die zwei anderen Männer auf ihn zu und packen ihn zeitgleich an den Haaren und am Kragen. In hohem Bogen ziehen sie ihn aus dem Rollstuhl. Basti prallt schmerzhaft mit Ellbogen und Gesicht auf den Gehsteig. Seine Lippe platzt sofort auf, und warmes Blut läuft ihm die Mundwinkel hinunter. Aus den Augenwinkeln sieht er, wie der zu Fall gebrachte Angreifer sich wieder aufrichtet und auf ihn zukommt.

«Scheiß Krüppel», flucht er. Mit voller Kraft tritt er Basti gegen den Oberschenkel. Eine Stelle, an der alle Nerven vom Gehirn abgeschnitten sind und er nichts mehr spürt. Das scheint auch der Angreifer zu bemerken, denn er hebt den Fuß erneut hoch in die Luft, direkt über Bastis Kopf.

Bastis Herz setzt erst einen Schlag aus, dann beginnt es zu rasen, als er begreift, was der andere vorhat. Er kneift die Augen zu und wartet darauf, dass der Tritt gegen die Schläfe ihn ins Jenseits befördert.

JOSHUA

Josh sitzt am Fenster und beobachtet abwechselnd das Schneegestöber hinter der Scheibe und das Bild von Sam an der Wand. Anfangs war der Gedanke, die Fotos seiner Mutter abzuhängen, unerträglich für ihn. Nun ist es bereits der 1. Dezember, und ihm fällt plötzlich auf, wie wenig Birgit ihm in letzter Zeit fehlt.

Es ist nicht so, dass er nicht mehr an sie denkt, aber die Art und Weise ist eine andere geworden. Er spricht nicht mehr mit ihren Porträts, und die Sehnsucht, bei ihr sein zu wollen, ist verschwunden. Vielmehr *erinnert* er sich jetzt an sie und trägt ihre liebevollen Ratschläge in seinen Gedanken und in seinem Herzen. So hat er einen Teil von ihr immer bei sich, ohne sich nach ihr verzehren zu müssen.

Genauso plötzlich, wie es zu schneien begonnen hat, hört es auch wieder auf. Josh beschließt, noch kurz etwas zu essen und dann ein letztes Mal mit Raja rauszugehen. Auf Sam braucht er nicht zu warten. Sie hat ihm bereits am Morgen geschrieben, dass sie sich nicht wohlfühlt und heute zu Hause bleiben wird.

Ihr ist übel ...

Zuerst hat die Hoffnung überwogen, mittlerweile ist er sich nicht mehr sicher, ob nicht doch seine Angst die Oberhand gewinnt. Die Angst davor, dass es vielleicht doch nur Kreislaufprobleme sind, wie Sam denkt. Und die Sorge darüber, wie er es ihr erklären soll, falls sich seine Vermutung bestätigt.

Du wirst ihr die Wahrheit sagen!

Langsam kommen ihm Zweifel, ob sein Handeln richtig war. Sam wird wütend auf ihn sein, aber bald schon wird sie begreifen, dass sie nicht allein dasteht.

Und dann wird alles gut.

Ihr gemeinsames Kind kann ohne finanzielle Sorgen in einem gut behüteten und liebevollen Elternhaus aufwachsen.

Einen Ingenieur als Vater, eine Künstlerin als Mutter und einen Hund als Spielgefährten. Eine bessere Mischung kann es doch nicht geben. Josh will sein Kind zu einem freien und offenen Menschen erziehen und ihm alle Werte vermitteln, die seine eigene Mutter ihm mit auf den Weg geben wollte. Damit es später einmal in der Lage ist, über den eigenen Horizont zu schauen, in den Wind zu spucken und etwas in der Welt zu bewegen.

Mein Kind soll niemals mit den Schafen blöken, sondern mit den Wölfen heulen.

Bisher haben ihn Babys nie interessiert, und nun sieht er sich plötzlich mit einem Kinderwagen durch den Park traben.

Sein Blick schweift träumerisch aus dem Fenster hinunter zu der Stelle, die er sich eben in Gedanken ausgemalt hat. Sofort wird seine Aufmerksamkeit auf ein paar zwielichtige Typen gelenkt. Sie stehen auf dem Gehweg neben dem Grünstreifen, der den Park von der Straße abtrennt, in einer Gruppe zusammen. Viel zu dicht an einem Rollstuhl.

Basti ...

Angestrengt kneift Josh die Augen zusammen und versucht, durch die Dunkelheit etwas zu erkennen. Zwei der Männer gehen auf Basti zu und packen ihn ...

Der Kurzschluss in Joshs Kopf ist für ihn selbst fühlbar. Es ist, als würde man zwei Schaltungspunkte mit verschiedenem Potenzial zusammenhalten. Der Funkenschlag ist heftig, die Spannung fällt für eine Millisekunde auf einen Wert nahe null. Dann wird ein Schalter umgelegt, und der Strom beginnt zu fließen.

Bebend vor Wut, greift Josh sich einen Küchenstuhl, hält ein Holzbein fest und schlägt ihn gegen die Wand. Der Leim löst sich, und Josh tritt die Sitzfläche weg. Raja flüchtet winselnd aus dem Raum, und Josh stürmt los. Er nimmt sich nicht die Zeit, einen Pullover über sein Shirt zu ziehen. Immer drei Stufen auf einmal nehmend, springt er die Treppe hinunter. Das Stuhlbein fest umklammert, rennt er aus dem Haus über die dunkle Straße in die gegenüberliegende Allee.

In Sekundenschnelle erfasst er die Situation: Einer der Typen kniet röchelnd auf dem Asphalt, ein weiterer versucht, ihm aufzuhelfen, und ein dritter hält Ausschau. Basti liegt dicht am Bordsteinrand, die Arme schützend über den Kopf gehalten, während ein vierter Mann ihm schwungvoll gegen die Beine tritt. Josh bleibt nicht stehen, als der Wache schiebende Typ seine Position verlässt und mit erhobener Hand auf ihn zukommt. Im Laufen holt Josh aus und schlägt dem Angreifer mit dem hölzernen Stuhlbein gegen den Kopf. Es knackt laut, und der Mann geht sofort zu Boden. Aus den Augenwinkeln sieht Josh, dass ihm Blut aus Nase und Mund läuft. Josh hat noch nie Empathie für fremde Menschen empfunden und ohnehin keine Zeit, darüber nachzudenken, ob sein Handeln richtig ist, denn es kommt bereits der nächste Mann auf ihn zu.

Noch bevor Josh erneut ausholen kann, wird sein Arm in der Bewegung abgefangen und zeitgleich seitlich gegen sein Knie getreten. Josh versucht gar nicht erst, den Tritt abzublocken. Er nutzt die Sekunde, in der sein Gegenüber die Beine öffnet, und tritt genau dazwischen. Fairness und Moral gingen ihm schon immer am Arsch vorbei.

Mit einem Aufschrei krümmt sich der Mann zusammen. Josh schlägt ihm zur Sicherheit auch noch auf den Rücken, bevor er weiterrennt und sich pfeilschnell hinter den Typen stellt, der Basti gerade gegen den Kopf treten will. Mit einer zügigen Bewegung legt Josh ihm die Holzstange an den Hals und zieht mit beiden Händen fest nach hinten. Der andere hustet und würgt und schlägt wie ein Pferd aus. Josh ignoriert den dumpfen Schmerz am Schienbein, der bis nach oben in seine

Hüfte ausstrahlt. So fest Josh kann, zieht er den Stock weiter zu sich heran. Das Husten wird schwächer, dafür legen sich zwei Hände an seine Arme und zerkratzen in wilder Verzweiflung seine Haut. Von einer Sekunde auf die andere hört die Gegenwehr auf, und Josh lässt den bewusstlosen Mann nach unten sinken. Hastig wirft er einen Blick über die Schulter, aber niemand rührt sich mehr.

Die Spannung fällt schlagartig von ihm ab, als hätte jemand den Strom wieder abgeschaltet. Er lässt seine hölzerne Waffe fallen und beugt sich zu Basti hinunter.

«Alles okay?» Im gleichen Moment erkennt er bereits, dass nichts in Ordnung ist. Bastis rechtes Auge ist geschwollen, sein Mund blutverschmiert und eine Gesichtshälfte aufgeschürft.

«Denke schon. Danke.» Bastis Stimme ist brüchig und sein Blick eine Mischung aus Erleichterung und Angst.

Josh streckt ihm eine Hand entgegen, um ihm zurück in den Rollstuhl zu helfen. Bastis Finger zittern, als er sie ergreifen will. Plötzlich weiten sich seine Augen vor Entsetzen, und er greift hastig nach Joshs Hand.

«Achtung», ruft er. Josh sieht sich um. Der Typ, der vorhin so verzweifelt nach Luft geröchelt hat, ist auf einmal wieder auf den Füßen. Er zieht Josh am Shirt in die Senkrechte, packt seinen Arm und reißt ihn ruckartig weg. Basti versucht verzweifelt, Joshs Hand festzuhalten, aber seine Kraft reicht nicht aus. Josh wird herumgeschleudert, und mitten in der wirbelnden Bewegung lässt der andere plötzlich los ...

Der Schwung ist zu stark, Josh kann sich nicht schnell genug abfangen und gerät ins Taumeln. Er muss einige Schritte auf die Straße machen, aber er schafft es, nicht hinzufallen. In der Sekunde, als er wieder zu Basti zurückwill, zerreißt dessen Schrei die Luft. Zeitgleich erfolgt ein ohrenbetäubendes Hupen.

Josh fährt herum und starrt in zwei Lichtkegel.
Nein!
Augenblicklich friert die Welt für immer ein.

In Zeitlupe kommt die Wand aus gleißendem Licht näher, aber er ist unfähig, sich zu bewegen. Das Auto bremst quietschend, schlittert auf der nassen Straße und erwischt ihn frontal. Der Boden wird ihm jäh unter den Füßen weggezogen. Erst einen Herzschlag später begreift Josh, dass nicht der Boden weg ist, sondern er selbst in die Luft geschleudert wurde. Sein Flug dauert maximal zwei Sekunden, und doch reicht die Spanne, sein Leben wie einen Film ablaufen zu sehen.

Nicht die Vergangenheit, nicht seine Mutter, sondern die Zukunft mit Sam, die er sich so wunderbar ausgemalt hat und nun niemals erleben wird.

Sam braucht mich ...

Er fühlt noch einmal den Schmerz und die Verzweiflung, die ihn jahrelang begleitet haben. Die Todessehnsucht, die nun restlos verschwunden ist ...

Josh klammert sich an seinen Wunsch zu leben, an die Hoffnung und an diesen letzten Augenblick, der viel zu schnell endet.

Hart schlägt er auf den Asphalt auf und verschwindet in der allumfassenden Dunkelheit.

SAMANTHA

Das Gefühl, dass etwas nicht stimmt, nimmt jede Minute zu. Zuerst habe ich auch das auf meine Kreislaufprobleme geschoben, die mich seit dem Aufstehen begleiten. Aber irgendwann habe ich bemerkt, dass das Schwindelgefühl in Bauchkrämpfe übergegangen ist. Auch die beunruhigen mich nicht. Sie kündigen nur meine Periode an, die längst überfällig ist.

Aber noch während diese schleichende Angst in mir hochkriecht, kann ich nicht mehr verdrängen, dass irgendetwas nicht so ist, wie es sein soll. Sofort denke ich an meine Schwester, aber ein kurzer Anruf bei meiner Mutter zeigt, dass alles in Ordnung ist.

Basti oder Josh ...

Irgendetwas muss passiert sein. Aber was? Und vor allem mit wem?

Mehrmals habe ich versucht, Josh anzurufen, aber es geht nur die Mailbox dran. Auch Basti kann ich weder mobil noch bei ihm zu Hause erreichen. Kurzentschlossen rufe ich bei seinen Eltern an, obwohl es fast schon Mitternacht ist.

Bereits nach dem zweiten Klingeln meldet sich Bastis Mutter: «Steiner?»

«Sam hier», stottere ich und komme mir plötzlich unglaublich dumm vor. «Ich kann Basti nicht erreichen und mache mir Sorgen. Ist er zu Hause?»

«Sam!», sagt sie hektisch. «Gut, dass du anrufst ...»

Basti! Es ist etwas passiert.

«Geht es ihm gut?», unterbreche ich sie hastig.

«Mit Basti ist alles in Ordnung. Josh hatte einen Unfall ...»

Mehr verstehe ich nicht. Für eine Sekunde wird mir schwarz vor Augen, und ich sinke in mich zusammen.

Josh!

«Sam?» Bastis Mutter holt mich in die Wirklichkeit zurück.

«Was ist passiert? Was hat er?»

«Ich weiß es nicht genau. Basti hat nur angerufen und gesagt, dass er bei ihm im Krankenhaus bleibt. Soweit ich weiß, war es ein Autounfall ...»

Das hat er nicht getan!

Alles in mir weigert sich, das zu glauben. Josh hat mir versprochen, so etwas niemals wieder zu tun, und er hält seine Versprechen.

«In welchem Krankenhaus ist er?», flüstere ich, denn zu mehr bin ich nicht in der Lage.

«Im St. Marienkrankenhaus. Aber ... Sam ...» Ihre Stimme nimmt einen seltsamen Unterton an. «Er ...»

«Was ist mit ihm?»

Die Pause ist viel zu lang. Mein Blut pulsiert, und mit jedem Herzschlag dringt mir eiskalter Schweiß aus allen Poren.

«Sam ...», wiederholt sie. «Josh ... Er liegt im Koma.»

Koma ...

Ich höre das Wort, aber ich verstehe es nicht. Mein Gehirn fängt die Botschaft einfach ab und wandelt sie in eine harmlose Information um.

Koma. Okay. Kein Problem.

Wenn sie gesagt hätte, dass er sich ein Bein gebrochen hätte, wäre meine Reaktion nicht anders gewesen.

Sie nennt mir die Station, ich bedanke mich und lege auf.

Automatisierte Abläufe. Monoton. Keine Gedanken. Keine Gefühle.

In mir ist alles leer.

Während ich mir die Schuhe anziehe, google ich bereits nach einem Taxiunternehmen und lasse mir einen Wagen schicken.

Es ist Josh!

Ich weiß nicht, ob mich diese Information nun erleichtert

oder schockiert. Rastlos laufe ich vor meiner Wohnung auf und ab, bis das Taxi endlich da ist.

Die Fahrt ins Krankenhaus zieht sich endlos.

Immer wieder sehe ich vor meinem geistigen Auge, wie Josh mit dem Auto in den Gegenverkehr rast, obwohl ich tief in meinem Herzen weiß, dass er das nicht getan hat und niemals wieder tun würde.

Ein Unfall ...

Noch bevor das Taxi zum Stehen kommt, werfe ich dem Fahrer das Geld hin und renne los. Im Krankenhaus angekommen, verringere ich meine Geschwindigkeit, gehe langsam, fast schlurfend zur Unfallstation, weil ich plötzlich unwahrscheinliche Angst vor der Wahrheit habe.

Im Schneckentempo biege ich in den Bereich, den Bastis Mutter mir genannt hat, und suche die richtige Tür. Meine Hände zittern, als ich die Klinke nach unten drücke ...

Josh hat zwei Schläuche in der Nase, einen im Mund, der mit mehreren Klebestreifen befestigt ist, und einen im Arm. Die Apparate um ihn herum piepsen unheilvoll. Joshs Brustkorb hebt und senkt sich gleichmäßig.

Er atmet ...

Ich will auf ihn zustürzen, ihn schütteln und aufwecken, damit ich ihn fragen kann, was passiert ist. Doch dann sehe ich Basti. Er sitzt am Fenster und starrt mich an.

Oh Gott! Sie haben sich geprügelt!

Ich schnappe nach Luft und spüre, wie sich mein Magen zusammenzieht. Automatisch geht meine Hand zum Mund, um einen Schrei zu unterdrücken.

Josh hat es ihm erzählt ...

Mit Zeigefinger und Daumen halte ich mir die Nase zu und atme in meine hohle Hand. Es kann keine andere Erklärung für Bastis Verletzungen geben.

Basti hat Josh angegriffen!

Plötzlich kommt Leben in mich. Ich nehme die Hand wieder runter, gehe auf Basti zu und klatsche ihm mitten ins Gesicht. Genau auf die Stelle, die ohnehin schon zerschunden ist.

«Bist du bescheuert?», schreie ich ihn an. «Was fällt dir ein?»

Basti reibt sich die Wange und sieht mich verwirrt an. Gerade als er mir antworten will, schreie ich weiter: «Von wegen Unfall! Du warst das! Was hast du mit Josh gemacht?»

«Ich ...» Als ich ihm die nächste Ohrfeige verpassen will, fängt er meinen Schlag ab und hält mein Handgelenk fest. Ich versuche es mit der anderen Hand, werde aber auch da festgehalten.

«Wolltest du ihn umbringen, ja?» Meine Worte klingen für mich selbst absurd und abwegig, und dennoch kann ich sie nicht zurückhalten.

«Sam, hör mir zu!» Basti fixiert mich mit seinen intensiven, grünen Augen, und sein Blick wirkt plötzlich dämonisch. «Es war ein Unfall.»

«Du wolltest ihn aus dem Weg haben! Weil du ihn hasst!»

«Er hat mir geholfen, Sam!» Mittlerweile hat Basti ebenfalls angefangen zu schreien. «Er hat mir das Leben gerettet. Hörst du? Er hat mir geholfen!»

«Und deswegen willst du ihn umbringen? Wie kannst du es wagen, ihn anzurühren?» Ich verstumme, weil ich merke, dass es lächerlich ist.

Wie könnte Josh *es wagen, jemanden im Rollstuhl anzurühren?*

Niemals hätte er Basti ins Gesicht geschlagen. Was immer vorgefallen war, es hat nichts mit meiner wirren Phantasie zu tun.

Die Übelkeit ist mit einem Schlag zurück, heftiger und stärker als zuvor. Kraftlos lasse ich mich einfach fallen. Hätte Basti mich nicht festgehalten, wäre ich auf den Boden geknallt. So zieht er mich auf seinen Schoß, streicht mir die Haare aus dem Gesicht und drückt mich wortlos an sich.

«Er liegt im Koma», sagt Basti. Ein einziger Satz, so voller Emotionen und Schmerz, als hätte er mir all seine Gefühle offenbart.

Koma...

Irgendwann hat mein Gehirn einmal gelernt, was dieser Begriff bedeutet: Der Mensch ist zwar da, aber trotzdem weg.

Unerreichbar.

Jetzt ist der Augenblick gekommen, in dem ich begreife. Ich habe keine Tränen, die ich weinen könnte. In mir ist nur Leere, und dennoch werde ich geschüttelt von Krämpfen. Mein Körper bebt, als würde ich weinen, aber meine Augen bleiben trocken.

Basti hält mich, drückt mich weiter an sich, als wolle er mich zerquetschen. Er hält mich so fest, dass mein Körper nicht mehr beben kann.

«Wann wacht er auf?» Eine einfache Frage, die ich nicht hätte stellen müssen, weil ich die Antwort bereits kenne.

«Das weiß niemand. Wir sollen morgen Mittag kommen, dann können die Ärzte uns mehr sagen.» Er kratzt sich mit den Fingern über die Bartstoppeln. «Sein Vater war auch hier. Er ist morgen auch dabei.»

Ich nicke mechanisch. Meine Gedanken sind wo ganz anders. «Sorry, dass ich gerade ausgerastet bin. Es ist alles zu viel für mich.»

«Schon in Ordnung.» Seine Stimme bleibt monoton. Wenn er wegen der Ohrfeige gekränkt ist, so lässt er es sich nicht anmerken.

«Was ist wirklich passiert, Basti?»

Er schiebt mich von sich und verschränkt die Arme, wie Josh es immer getan hat, wenn er etwas nicht erzählen wollte.

«Ich wurde von ein paar Typen überfallen», sagt er knapp. «Josh hat es von seiner Wohnung aus gesehen und ist dazugekommen, um mir zu helfen.»

«Okay.» Ich frage nicht nach, was genau geschehen ist. Bastis Gesicht zeigt mir zur Genüge, dass er nicht in der Lage war, sich zu wehren, und vermutlich ist ihm das unangenehm genug. «Und dann? Haben sie Josh zusammengeschlagen?»

Basti schnaubt durch die Nase. «Andersherum. Josh hat nicht mal einen Kratzer abbekommen. Bis ...» Er verstummt und verschränkt die Arme vor dem Bauch. «Einer der Typen hat ihn vor ein Auto gestoßen.»

«Er wurde angefahren.» Es ist eine nüchterne Feststellung von mir.

Ein Unfall. Ein tragischer Unfall. Bereits der zweite in Joshs Leben.

Und in Bastis ...

Ich sehe ihn an, wie er da sitzt: völlig verkrampft, die Lippen zu einem schmalen Strich gepresst, in einer Haltung, die viel mehr zu Josh gepasst hätte. Plötzlich gilt meine Sorge Basti.

Der zweite Unfall, in den sie beide verwickelt sind ...

Meine Hände greifen nach seinen Armen, ziehen sie auseinander und von seinem Körper weg.

«Basti», sage ich und schaue ihn eindringlich an. «Es war ein Unfall. Du kannst nichts dafür!»

«Ja.» Er nickt. Seine Lippen beginnen zu beben, und er presst sie noch fester zusammen als vorher.

«Mach nicht den gleichen Fehler, den Josh damals gemacht hat! Gib dir niemals die Schuld!» Ich stehe auf und streiche mit dem Handrücken über seine verletzte Wange, auf die ich ihn geschlagen habe. «Tut mir echt leid. Ich habe nie ernsthaft geglaubt, dass du ihm was getan haben könntest.»

«Schon okay.»

«Hat man die Täter gefasst?»

«Nein. Die Polizei kam sofort, doch es waren schon alle weg. Aber sie werden sie finden. Zwei von ihnen waren ziemlich schwer verletzt, sie werden nicht weit kommen.»

Langsam gehe ich an Joshs Bett, nehme seine Hand in meine und gebe ihm einen Kuss auf die Stirn.

«He», flüstere ich ihm ins Ohr. «Ich bin da. Du kannst jetzt aufwachen.»

Die Maschinen piepsen weiter, und Josh zeigt keine Reaktion. Fast verwundert drehe ich mich zu Basti um und blicke ihn fragend an. «Er wacht nicht auf!»

«Ich weiß.» Basti knabbert an seinen Fingern, und ich sehe, dass sie zittern. Tränen hinterlassen eine Spur in seiner blutigen Wange. «Das hab ich auch schon versucht.»

«Verstehe.» Ich wende mich wieder Josh zu, und nun beginnen auch meine Tränen zu fließen. «Schon in Ordnung, Josh. Ruh dich erst mal aus. Ich kümmere mich um alles. Mach dir keine Sorgen.»

Aufmerksam beobachte ich seine Mimik, aber ich kann keine Veränderung erkennen.

«Wir müssen Raja aus der Wohnung holen», sage ich zu Basti. «Kannst du sie zu dir nehmen? Ich darf keine Hunde mit ins Wohnheim bringen.»

«Ja, mach ich. Wir können sie holen. Aber wir müssen die Polizei die Tür aufbrechen lassen. Ich habe keinen Schlüssel.»

«Bis morgen.» Ich gebe Josh einen Kuss auf die Wange. Basti sieht mich seltsam an. Schnell versuche ich, mein Handeln zu überspielen, und rede einfach weiter. «Gehen wir. Ich hab einen Schlüssel.»

SEBASTIAN

Elias ist ruhig und besonnen, als die Ärzte auf ihn zukommen. Er sitzt auf einem Holzstuhl im Krankenhausflur, einen Block auf dem Schoß, und sieht aus, als warte er auf ein Handwerkerteam, um eine Renovierung in Auftrag zu geben. Falls er nervös ist oder sich Sorgen macht, so lässt er es sich nicht anmerken. Bea sitzt einen Stuhl weiter, wischt auf ihrem Handy herum und wippt nervös mit den Füßen.

Sam ist bei Josh im Zimmer. Sie ist der Meinung, bei dem Gespräch mit den Ärzten nichts verloren zu haben, da sie weder Joshs Partnerin noch eine Angehörige ist. Basti ist das zwar auch nicht, aber er hat sich fest vorgenommen, sich nicht abwimmeln zu lassen. Er traut Elias keinen Meter über den Weg, und er wird einen Teufel tun, ihn mit den Ärzten allein sprechen zu lassen.

«Sind Sie Herr Kuschner? Mein Name ist Dr. Sandra Moser.» Die Oberärztin sieht Elias fragend an, bis dieser nickt. Dann streckt sie ihm die Hand hin.

«Sind Sie nun weitergekommen mit Ihren Untersuchungen?» Ein ganz deutlicher Vorwurf. Elias macht nicht den Versuch, seine Wut über die offenbare Unfähigkeit der Ärzte zu verbergen.

Frau Dr. Moser lässt sich nicht aus der Ruhe bringen. «Ja, sind wir.» Sie klappt ein Papier auf ihrem Klemmbrett nach hinten und schaut konzentriert darauf. «Wir hatten ihn heute Morgen im CT. Joshua Kuschner hat eine Subduralblutung, ausgelöst durch den Sturz auf den Asphalt. Es sind große Bluteinlagerungen zwischen der Hirnhaut und der Arachnoidea. Zudem ist das Gewebe stark geschädigt …»

«Können Sie das Fachsimpeln einfach lassen und mir sagen, wann mein Sohn aufwachen wird und mit welchen Folgen ich zu rechnen habe?»

In diesem Augenblick spürt Basti einen Teil von Elias' Verzweiflung und seiner Angst. Dennoch hofft er inständig, dass Elias sich zusammenreißt und aufhört, das Personal mit seinen Verbalattacken zu verärgern. Bea hat endlich ihr Handy in die Tasche gesteckt und ist kreidebleich geworden.

«Herr Kuschner», beginnt Dr. Moser erneut. «Ihr Sohn liegt seit dem Unfall in einem sogenannten tiefen Koma. Er ist in der Stufe 4. Das bedeutet, er zeigt weder Schmerzreaktionen, noch reagieren die Pupillen auf Lichteinfall.»

«Wann wacht er auf, hab ich gefragt.» Elias ist aufgestanden. Seine Hände ballen sich zu Fäusten, und er starrt die Ärztin zornig an. «Und ist er dann normal? Nicht, dass er so wird wie *der* da.»

Basti schluckt seinen Ärger hinunter, ignoriert den Fingerzeig auf ihn und wendet sich direkt an die Ärztin: «Können Sie uns bitte sagen, wie hoch die Chancen stehen, dass er wieder ganz gesund wird?»

Dr. Moser schaut ihn freundlich an, und Basti glaubt, Mitgefühl in ihren Augen zu erkennen. «Ich kann Ihnen nicht einmal sagen, ob er überhaupt wieder aufwachen wird. Tut mir sehr leid.»

Josh wird nie wieder aufwachen!

«Was soll das heißen?», schreit Elias. «Bleibt das jetzt so, oder was?»

«Ein Koma kann einige Tage bis mehrere Wochen andauern. In dieser Zeit bessert sich der Zustand des Patienten in der Regel entweder schnell, oder er verschlechtert sich irgendwann. Dann müssen wir Maßnahmen ergreifen.» Sie legt Elias eine Hand auf die Schulter. «Bitte bleiben Sie jetzt ruhig. Wir können aktuell nichts für ihn tun. Wir müssen abwarten.»

«Warten, bis er krepiert? Ihr seid doch alle nicht normal.» Elias schlägt die Hand der Ärztin weg und wendet sich zum

Gehen. «Ich schaue mir das bestimmt nicht an. Rufen Sie mich an, sobald er wach ist – oder tot.»

«Papa, bitte!» Bea will ihm nachlaufen, aber Basti hält sie zurück.

«Lass ihn gehen. Er muss damit erst mal allein klarkommen.»

Sie nickt und starrt schweigend zu Boden. Unzählige Fragen müssen in ihr brennen, aber sie spricht keine einzige davon aus.

«Können wir irgendetwas für Joshua tun?», will Basti wissen.

«Es ist bis heute nicht eindeutig bewiesen, wie viel Komapatienten tatsächlich von ihrem Umfeld mitbekommen. Wenn Sie also etwas für ihn tun wollen, dann reden Sie mit ihm. Lesen Sie ihm etwas vor und zeigen Sie ihm, dass Sie ihn ganz dringend brauchen.»

«In Ordnung. Was wird von der medizinischen Seite unternommen?»

«Er wird beatmet und künstlich ernährt. Wir müssen die Blutung beobachten und, wenn der Hirndruck ansteigt, gegebenenfalls operieren. Das wäre dann aber der schlechteste Fall, und momentan sind wir noch weit davon entfernt.»

«In Ordnung», wiederholt Basti. «Danke schön.» Er gibt Dr. Moser die Hand. Bea macht wortlos das Gleiche, dann gehen sie gemeinsam in Joshs Zimmer.

Sam sitzt bei ihm auf dem Bett und tut instinktiv das Richtige: Sie erzählt Josh von Raja. Wie die Hündin wartend an der Wohnungstür saß, bis Sam sie endlich geholt hat. Und wie Basti sie mit nach Hause genommen hat, mitsamt ihrem Schlafplatz. Wie überrascht sie beide waren, dass Bastis Kater und Raja sich auf Anhieb super vertragen haben, und dass Luka dennoch anfangs die Tage draußen verbringen muss.

Bea setzt sich auf Joshs andere Seite und schaut ihn traurig an. Während Sam Joshs Hand hält und ihm immer wieder durch die Haare und über die Wange streichelt, hält Bea Abstand. Nicht nur emotional, sondern auch körperlich. Sie berührt ihren Bruder nicht ein einziges Mal.

«Raja hat die ganze Nacht bei Basti im Bett geschlafen», plaudert Sam weiter. «Also, das hat er mir heute Morgen erzählt. Ich bin natürlich nicht bei ihm geblieben.»

Natürlich nicht!

Die Worte treffen Basti mitten ins Herz. Sam tut, als wäre es ein Frevel, bei ihm zu übernachten.

Ein Betrug an ihrem Freund ...

Hat sie nicht vorher noch gesagt, dass sie nicht mit Josh zusammen ist und deswegen nicht bei dem Gespräch dabei sein will?

Basti verwirft den Gedanken. Es ist jetzt nicht wichtig. Nichts ist wichtig.

Außer Josh zählt in diesem Augenblick überhaupt nichts.

Basti wartet, bis Sam mit ihrer Erzählung fertig ist. Bea scheint nichts sagen zu wollen. Sie steht auf, geht ans Fenster und zieht erneut ihr Handy aus der Tasche, um einen Blick auf das Display zu werfen.

«Kann ich kurz mit ihm allein reden?»

«Natürlich.» Sam steht ebenfalls auf und verlässt das Zimmer. Bea stiefelt hinter ihr her.

Seufzend wartet Basti, bis die Tür geschlossen wird.

«So, jetzt hör mir mal zu, du Idiot», schimpft er los und kommt mit seinem Rollstuhl dicht an das Krankenhausbett. «Du hast genug Scheiße gebaut in letzter Zeit. Langsam solltest du damit aufhören, findest du nicht?»

Die Maschinen piepsen in der Stille. Das Beatmungsgerät macht leise, zischende Geräusche, und im selben Rhythmus hebt und senkt sich Joshs Brust, während ein Elektrokardiogramm surrend seinen Herzschlag aufzeichnet.

«Du brauchst mir nicht zu antworten. Bin ich ja schon gewohnt.» Basti schnaubt durch die Nase und schimpft einfach weiter. Endlich hat er Gelegenheit, sich all den angestauten Frust von der Seele zu reden. «Du Arschloch kündigst mir die Freundschaft, nur damit du mir meine Freundin ausspannen kannst. Dass dir das dann auch noch fast gelingt, setzt dem Ganzen die Krone auf. Meinen Glückwunsch dazu. Und nun hab ich auch noch deinen stinkenden Köter in meiner Wohnung. Ja, ja, ich weiß. Ich wollte einen Hund. Aber ich wollte einen coolen Hund. Einen Rottweiler oder einen Dobermann. Der auf mich aufpassen und mich beschützen kann. Du siehst ja, dass ich das allein nicht hinbekomme. Aber nein – ich bekomme eine dreibeinige, alte Töle. Schlimm genug, dass ich selbst nicht laufen kann, und jetzt hab ich einen *humpelnden* Hund? Willst du mich verarschen? Das hast du doch extra gemacht. Was sollen wir darstellen? Das Invaliden-Duo?»

Basti verstummt und wirft einen weiteren Blick auf seinen reglosen Freund. «Was ich dir damit eigentlich sagen will», setzt er an, «ich verzeihe dir. Du hast recht mit dem, was du neulich gesagt hast: Du hast lange genug in meinem Schatten gestanden. Und das, obwohl es gar nicht gerechtfertigt ist, und das weißt du. Denn eigentlich bist du viel selbstsicherer als ich. Nur kann ich es besser überspielen.» Er schließt kurz die Augen und redet leiser weiter: «Niemand kennt mein wahres Ich so gut wie du. Meine Ängste und Selbstzweifel. Ja, es wurde höchste Zeit, dass du auch mal gewinnst. Du hast um Sam gekämpft, und ich lasse dich gewinnen.» Er stützt die Ellbogen auf das Bett und legt das Kinn auf die Arme. «Dein Verhalten gestern hat mir gezeigt, dass ich dir genauso wichtig bin wie früher. Und auch du bist mir trotz allem immer noch wichtig. Sobald du wieder zu Hause bist, machen wir da weiter, wo wir vor meinem Urlaub aufgehört haben. Ich werde niemals auch nur ein einziges Wort dazu sagen, dass du mit Sam zusammen bist. Und ich werde mich niemals einmischen. Ich verspreche es dir.» Basti lässt den Kopf auf Joshs Hand sinken. «Nur bitte, komm wieder zurück. Lass mich nicht allein. Du hast gesehen, was geschehen ist. Ich brauche dich. Bitte, lass mich nicht allein.»

Basti weiß nicht, wie lange er so auf Joshs Bett gelegen hat, als Sam plötzlich neben ihn tritt.

«Basti», sagt sie. «Komm. Die Polizei ist draußen. Sie glauben, die Täter gefunden zu haben. Du sollst sie identifizieren.»

«Wirklich?» Blitzartig ist er hellwach und lässt den benebelten Dämmerzustand hinter sich. Er boxt Josh heftig gegen die Schulter. «Hast du gehört, Mann? Die haben sie erwischt.»

«Geh jetzt», mahnt ihn Sam. «Ich bleibe hier. Und wenn du fertig bist, müssen wir mit Raja spazieren gehen. Sie wartet bestimmt schon.»

Basti verlässt das Zimmer und sieht am Ende des Flures zwei Polizisten stehen. Auf dem kleinen Büchertisch liegt eine Handvoll Fotos.

«Guten Tag», grüßt Basti. «Das ist ja großartig, dass Sie die Täter so schnell gefunden haben.»

«Gefunden ist nicht ganz richtig.» Die Polizisten reichen ihm die Hand. «Einer wurde heute ins Krankenhaus eingeliefert. Mit einem schweren Schädel-Hirn-Trauma. Man konnte ihn anhand der Verletzungen als Täter identifizieren. Sie sagten ja, Ihr Freund hat mit einem Holzknüppel zugeschlagen?»

«Zugeschlagen? Das klingt, als hätte er es absichtlich getan. Es war Notwehr.» Plötzlich bekommt Basti Angst, dass auch Josh eine empfindliche Strafe kassieren könnte. «Wenn er es nicht getan hätte, dann hätte er jetzt ein Messer im Bauch stecken.»

Was für Josh wahrscheinlich die bessere Alternative wäre als sein jetziger Zustand.

«Der Angreifer hatte ein Messer in der Hand?»

«Ja», lügt Basti. «Oder eine Schusswaffe. Das konnte ich auf die Entfernung nicht genau erkennen. Aber die anderen hatten auch Messer dabei.»

«Jedenfalls wurde der besagte Mann von Passanten bewusstlos im Park gefunden.» Der Polizist hält Basti ein Foto unter die Nase. «Erkennen Sie ihn wieder?»

«Er war es», bestätigt Basti. «Absolut sicher.»

«Das dachten wir uns schon. Er hat seine Kumpels verraten. Sie wurden vorhin festgenommen und in U-Haft gebracht.» Der Beamte zeigt Basti weitere Fotos. «Einer von ihnen hat eine schwere Verletzung am Kehlkopf. War das auch Notwehr von Ihrem Freund?»

«Das war ich», erklärt Basti. «Und ja, es war Notwehr. Oder glauben Sie, ich falle allein wegen der Schwerkraft aus dem Rollstuhl?»

Die Polizisten ignorieren seine Bemerkung. «Sie können also auch die anderen Männer sicher identifizieren?»

«Ja. Sie waren nicht vermummt. Ich bin mir ganz sicher. Was passiert jetzt mit ihnen?»

«Sie bleiben erst mal in U-Haft.»

«Der da hat meinen Freund vor ein Auto gezogen», sagt Basti und deutet auf den Typ, dem er den Ellbogen in den Hals gerammt hat. «Das war versuchter Mord. Das war keine Notwehr. Joshua war nicht einmal in seiner Nähe. Er hat nach mir gesehen, ehe er von mir weggerissen und auf die Straße geschleudert wurde.»

«Wir haben den detaillierten Bericht.» Der Beamte schiebt die Fotos zu einem Stapel zusammen. «Die Staatsanwaltschaft wird ein Verfahren einleiten.»

Basti schaut zu, wie die Polizisten ihre Sachen einpacken und den Flur entlanggehen.

Wenn Josh auch vor Gericht muss, dann ist das wirklich eine verdrehte Welt.

Er beschließt, seinem Freund erst mal nichts davon zu sagen. Die Täter sind in sicherer Verwahrung, mehr muss Josh gar nicht wissen.

SAMANTHA

Seit zwei Wochen liegt Josh im Koma, und sein Zustand ist unverändert. Nicht besser, nicht schlechter. Ob das gute Nachrichten sind, kann uns keiner sagen.

Zwei Wochen, in denen wir alle bei jedem Telefonklingeln zusammenzucken.

Zwei Wochen, in denen ich vergeblich auf meine Periode warte und mich jeden Morgen beim Zähneputzen übergebe.

Zwei Wochen bis Weihnachten ...

Weihnachten. Alles dreht sich, wenn ich an diesen Tag denke. Singen und klatschen unter einem sterbenden Tannenbaum, während in einigen Kilometern Entfernung Josh in dunkler Einsamkeit vor sich hinvegetiert.

Du hast es schon einmal geschafft, ihn aus seiner Welt zu befreien ...

Suchend blicke ich mich in Joshs Wohnung um, bis ich endlich das Tagebuch seiner Mutter gefunden habe. Ich darf die Hoffnung nicht aufgeben, dass es mir ein zweites Mal gelingen kann, Josh zurück ins Leben zu holen. Schnell stopfe ich das Buch in meine Handtasche und hole dafür den Schwangerschaftstest heraus, den ich mir vorhin gekauft habe. Ich bin erstaunlich ruhig, während ich die Packung aufreiße und damit auf der Toilette verschwinde.

Das Ergebnis ist nahezu sofort sichtbar und zeigt mir nur das an, was ich ohnehin schon wusste.

Josh hat es irgendwie geschafft, mich auszutricksen.

In den letzten Nächten habe ich mich oft gefragt, wie er das hinbekommen hat. Gerne wäre ich wütend auf ihn gewesen, weil er mich hintergangen hat, aber es gelingt mir nicht. Würde er nicht im Koma liegen, wäre ich vielleicht sauer auf ihn. Möglicherweise aber auch nicht einmal dann. Denn ich weiß, warum er das getan hat. Er wollte mir meinen Herzenswunsch erfüllen. Sein Verhalten war das eines Arschlochs, aber seine Beweggründe waren die eines Samariters.

Wie auch immer – eine Abtreibung kommt nicht in Frage. Ich muss mit seiner Entscheidung leben.

Meine Hand geht automatisch zum Bauch.

Schon jetzt spüre ich das Leben in mir. Es strahlt Wärme und Liebe aus und gibt mir dieses Gefühl des Friedens und dieser angenehmen Ruhe, etwas, was ich bisher nur in Bastis Gegenwart empfunden habe.

Basti ...

Ein Teil von mir wünscht sich, das Kind wäre von ihm. Wie gerne hätte ich *sein* Kind unter meinem Herzen getragen und würde es mit ihm gemeinsam aufziehen.

***

Leise öffne ich die Krankenhaustür und frage mich selbst, wieso ich so bemüht bin, keinen Lärm zu machen. Basti war bereits heute Morgen hier, und er hat mir erzählt, dass er im Flur auf Elias und Bea getroffen ist. Es freut mich, dass die beiden ebenfalls da waren.

«He», rufe ich betont fröhlich. «Ich hab Neuigkeiten für dich.» Ich beuge mich über Josh und gebe ihm einen Kuss auf die Stirn. Das ist mein Begrüßungsritual geworden.

«Du weißt es vermutlich eh schon, aber ...» Ich hole den Schwangerschaftstest aus meiner Tasche und halte ihn Josh unter die Nase. «Tadaaaa. Trommelwirbel. Ich bin schwanger. Rate mal, wer der Vater ist.»

Wieder beobachte ich seine Gesichtszüge und werfe einen prüfenden Blick auf die Ausschläge am Monitor, die seine Herzfrequenz anzeigen. Ich kann keine Veränderung entdecken. Vorsichtig hebe ich die Bettdecke an und lege mich zu ihm.

«Du wirst Papa, Josh», flüstere ich ihm ins Ohr. «Es ist also ein denkbar schlechter Zeitpunkt, dich zu verdrücken. Du hast versprochen, für mich da zu sein. Das ist nun eine Situation, in der ich dich echt brauche.» Seufzend lege ich meine Wange an seine, die sich zum ersten Mal ganz leicht kratzig anfühlt.

Alles Leben wächst. Wo Wachstum ist, da ist Leben. Und wo Leben ist, ist Hoffnung.

Meine Hand schiebt sich unter sein Shirt und legt sich automatisch auf seine Brust. Ich spüre seinen Herzschlag an meiner Hand, und sofort bin ich erfüllt mit Zuversicht.

«Du musst schon allein deswegen aufwachen, weil ich dich fragen will, wie du das geschafft hast. Und wenn ich herausfinde, dass du Löcher ins Kondom gemacht hast, dann muss ich dich leider töten.»

Ich drehe mich um, lasse den Schwangerschaftstest zurück in meine Tasche gleiten und hole dafür eine Kerze und das Tagebuch heraus.

«Ich habe vorhin in der Bahn schon drin gelesen», gestehe ich, vollkommen ohne schlechtes Gewissen. Josh hat mir so oft einen Einblick in seine Seele gewährt, es stört ihn nicht im Geringsten, dass ich seine Sachen anschaue. Mit einem Feuerzeug zünde ich die Kerze an. «Ich hab zwei ganze tolle Stellen gefunden. Ich lese sie dir mal vor:

Jede Hoffnung ist ein Licht, das sich strahlend selbst in Scherben bricht.

Die Augenblicke der Liebe werden niemals enden, denn in deiner Sehnsucht findest du den Anfang.

Ich habe lange darüber nachgedacht. Ich denke, es soll heißen, dass man erst bei Schwierigkeiten erkennt, wer zu einem steht, und dass man erst durch den Umgang mit Problemen die wahre Liebe erfahren kann. Und dass die Sehnsucht einen antreibt, immer wieder neu zu beginnen.»

Kurz schließe ich die Augen und füge dann leise hinzu: «Ich wünsche mir so sehr, dass auch du diesen Augenblick der Liebe wahrnimmst und dass deine Sehnsucht zu mir ausreicht, um zu mir zurückkommen zu können.»

Die Kerze auf dem Tisch flackert sanft, und ich blättere ein paar Seiten um, obwohl ich das Gedicht, das ich suche, fast schon auswendig kenne.

Ein jeder Augenblick vergeht,
Doch keine Angst.
Als Erinnerung in deiner Seele,
Er dein Leben lang besteht.

Vorsichtig klappe ich das Buch zu und schiebe es unter sein Kopfkissen. «Ich lasse es bei dir. Wenn ich morgen komme, lese ich dir wieder daraus vor, okay?»

Ich kuschle mich dicht an ihn und lege meine Hand zurück auf seine Brust. Joshs Herz schlägt beruhigend gegen meine Handfläche, und plötzlich werde ich müde, weil ich nachts kaum mehr ein Auge zumache.

Schläfrig blinzle ich in Richtung Tür. Basti kommt herein und sagt kein Wort, als er sieht, dass ich bei Josh im Bett liege, und ich sage nichts, obwohl Patricia bei ihm ist.

Schweigend positionieren sich die beiden auf der anderen Seite von Joshs Bett. In friedlicher Gemeinsamkeit, vollkommen ohne Groll, warten wir zusammen im Licht meiner Kerze darauf, dass unser Freund den Weg zurück ins Leben findet.

SEBASTIAN

Der Anruf von Elias kommt überraschend. Obwohl alle seit Wochen auf eine Nachricht vom Krankenhaus warten, hat Basti in dem Moment nicht damit gerechnet und ist überrumpelt.

Hätten die Ärzte Elias Bescheid gegeben, dass Josh aufgewacht ist, hätte er es bestimmt niemandem gesagt. Aber Basti kennt Joshs Vater schon lange genug, um zu wissen, dass es nur eine schlechte Nachricht sein kann, die er sofort weitergibt.

Bastis Hände zittern so sehr, dass er das Auto stehen lässt und ein Taxi ruft. Er ist froh, dass er sich kurz nach dem Überfall gleich ein neues Handy gekauft hat, denn so konnte er Sam eine WhatsApp-Nachricht schreiben, dass sie kommen soll. Er hätte nicht die Kraft gehabt, es ihr am Telefon zu sagen. Auch sie hat sich bereits auf den Weg gemacht.

Warum haben wir es eigentlich so eilig?

Im Prinzip hätten sie sich Zeit lassen können. Ob sie in einer Stunde ankommen oder erst in einem Tag, spielt keine Rolle mehr.

Vor allem nicht für Josh.

Elias hat auch nicht gesagt, dass er Basti oder Sam im Krankenhaus braucht. Niemals hätte er zugegeben, dass er nicht allein sein will. Vermutlich ist für ihn die Sache längst noch nicht abgehakt, aber er lässt wieder einmal emotional niemanden an sich heran.

«Basti!» Sam rennt den Flur entlang und quetscht sich in letzter Sekunde zu ihm in den Aufzug. «Was ist geschehen?»

Sie sieht ihn verzweifelt an, und plötzlich fühlt Basti sich unendlich überfordert. Er möchte nicht derjenige sein, der Sam diese Nachricht überbringt.

Wer die Wahrheit sagt, braucht ein schnelles Pferd.

Basti möchte weg. Irgendwohin, wo ihn keiner kennt und

wo er nichts aussprechen muss, wovon er Bauchschmerzen bekommt.

«Sein Zustand ist nicht besser geworden. Die Ärzte mussten handeln.»

Als müssten sie nur mal eben einen Verband wechseln oder schnell nachimpfen.

Sam versucht, ihn anzuschauen, aber Basti dreht sich weg. Sie erhascht über den Spiegel einen Blick in sein Gesicht und begreift sofort. Entsetzt schlägt sie die Hände vor den Mund. «Oh Gott. Er ist tot!»

Die Fahrstuhltüren gehen auf und wieder zu, aber niemand rührt sich vom Fleck. Basti sagt kein Wort.

«Er ist tot?», schreit sie. So laut, dass das Echo von den metallenen Wänden des Aufzugs widerhallt und sie beide verhöhnt.

… tot … tot … tot …

«Die Ärzte können keinerlei Hirnaktivität mehr feststellen. Sie werden jetzt einige Untersuchungen machen …»

Unvermittelt fängt sie an zu lachen. «Sie machen Untersuchungen, dann erschreck mich doch nicht so. Ich dachte für eine Sekunde, er wäre wirklich tot.» Mit einem lauten Seufzen drückt sie auf den Knopf, um die Fahrstuhltüren wieder zu öffnen.

«Sam», setzt Basti an. «Die Untersuchungen dauern zwei Tage. Wenn sich der Verdacht der Ärzte bestätigt, dann …»

«Dann was?»

«Dann stellen sie den Hirntod fest und schalten die Maschinen ab.»

Erneut schließen sich die Türen des Aufzugs. Eindringlicher als vorher und irgendwie bedrohlich. Minutenlang starren sie sich wortlos an. Dann lacht Sam noch mal auf: «So ein Unsinn. Hirntod. Das ist doch Quatsch.»

«Ja», bestätigt er, weil er keine Kraft mehr hat, etwas anderes zu sagen.

Wir hätten einfach zu Hause bleiben sollen.

Basti drückt ein weiteres Mal den Knopf und setzt sich diesmal sofort in Bewegung. Widerwillig manövriert er den Rollstuhl den Krankenhausflur entlang zu Elias.

SAMANTHA

Da sitzen wir nun und warten. Auf eine Bestätigung, die keiner von uns erhalten will. Die Bestätigung der Ethikkommission, die seit zwei Tagen diverse Untersuchungen durchführt und ernsthaft glaubt, sie wäre in der Lage, über Leben und Tod zu entscheiden.

Die Ethikkommission besteht aus zwei neutralen Ärzten, die nicht in Joshs bisherige Behandlung eingebunden waren und am Ende ihrer Odyssee das Recht haben, einen Totenschein auszustellen.

Wir sitzen einfach da wie steinerne Gargoyles und sind zur Untätigkeit verflucht. Bea tippt nicht auf ihrem Handy herum, sondern starrt auf ihre Fingernägel. Elias motzt leise vor sich hin, und Basti tut nichts, außer zu warten.

Ich versuche, mich abzuschotten, mein Herz zu vereisen, alle Gefühle in mir zu bündeln und sie in einer weit entfernten Ecke zu deponieren.

In drei Tagen ist Weihnachten, das Fest der Liebe. Basti wird mit seiner Familie feiern. Die Großeltern werden kommen, um gemeinsam zu essen und Geschenke zu verteilen. Melanie und ich werden die Feiertage wie immer bei unserer Mutter verbringen. Ohne unseren Vater. Zusammen ist das schon lange nicht mehr möglich. Elias und Bea werden sich gegenübersitzen, ein kleines Kind zu ihren Füßen, und sich im besten Fall einfach nur anschweigen. Im schlechtesten Fall wird es Vorwürfe hageln ...

Die beiden Ärzte kommen heraus und stellen sich vor uns. Beide wirken so abgebrüht, als hätten sie das schon Tausende Male gemacht.

Automatisch stehen wir alle auf.

«Wir müssen Ihnen leider mitteilen», setzt einer von ihnen an, «dass sich der Verdacht auf Hirntod bestätigt hat.»

Basti greift stumm nach meiner Hand. Ich weiß nicht, ob er mich trösten will oder selbst Trost braucht. Bea gibt einen Laut von sich, den ich noch nie bei einem Menschen gehört habe. Elias steht einfach nur da und nickt vor sich hin. So verharren wir schweigend, weil niemand mehr Worte hat für das, was hier geschieht.

Einer der Ärzte durchbricht die einträchtige Stille mit weiteren Informationen, die wir nicht hören wollen.

«Wir haben einen Psychologen auf der Station, der Ihnen Beistand leisten wird. Zudem wird morgen ein Pfarrer kommen, der alles Weitere mit Ihnen bespricht.»

«Tot ist er also.» Eine bedrohliche Feststellung, wie eine Handgranate in den Raum geworfen. Elias starrt die Ärzte böse an, als wären sie schuld, nur weil sie die Nachricht überbringen. «Jetzt plötzlich. Ich kann keinen Unterschied zu gestern erkennen.»

«Es gibt auch keinen Unterschied. Wir mussten einfach zuerst die Untersuchungen beenden ...»

«Ich kann auch keinen Unterschied zum ersten Tag sehen», donnert Elias. «Wie kommen Sie darauf, dass er auf einmal tot sein soll?»

«Weil er keinerlei Hirnfunktionen mehr aufweist.» Der Arzt spricht leise und wählt seine Worte mit Bedacht. «Ohne Gehirnfunktion ist kein Leben mehr möglich. Der Patient ist dann unwiederbringlich tot.»

«Und was bedeutet das nun?», will Basti wissen.

«Es hat keinen Sinn, einen toten Patienten zu beatmen. Wir werden morgen die Maschinen abstellen.» Der Arzt wendet sich wieder an Elias. «Sie sollten alle damit einverstanden sein.»

Sie wollen ihn umbringen!

«Nein!», sage ich. «Lassen Sie uns wenigstens noch etwas Zeit.»

«Wieso einverstanden? Ich dachte, er ist bereits tot?» Elias knackt mit den Fingern, und zum ersten Mal merke ich ihm seine Nervosität an.

«Kommen Sie bitte mit in mein Büro», fordert der zweite Arzt ihn auf. «Wir zeigen und erklären Ihnen alles.»

Die Ärzte setzen sich in Bewegung, und Elias folgt ihnen. Mit steifen Schritten, als wäre er nicht in der Lage, die Knie zu beugen. Bea trottet hinterher wie ein verlorenes Hündchen.

Basti hält noch immer meine Hand. Das Ticken der Uhr im Krankenhausflur wird mit jeder Sekunde lauter und dröhnt in meinen Ohren. Der Wunsch, sie von der Wand zu reißen und aus dem Fenster zu werfen, wird übermächtig.

«Du weißt, was das bedeutet», beantworte ich seine Frage von vorher. «Sie werden ihn sterben lassen.»

«Nein, werden sie nicht.» Basti reibt sich die Augen. «Er ist bereits tot.»

Ich reiße meine Hand los und stürme zu Josh ins Zimmer. Ich muss es einfach wissen, muss es selbst fühlen …

Mit einer schnellen Bewegung nehme ich die Bettdecke weg und lege meine Hand auf Joshs Brust, wie ich es in den letzten Wochen unzählige Male getan habe. Sein Herz schlägt ruhig und gleichmäßig.

«Schau her», rufe ich aufgeregt und greife nach Bastis Arm. Ich ziehe ihn zu mir heran, lege seine Finger an die Stelle, an der bis eben noch meine gelegen haben. «Was fühlst du?»

«Ich weiß, dass sein Herz schlägt. Aber Sam … Das hat nichts zu sagen.»

«Oh doch, das hat es!» Plötzlich bin ich euphorisch. «Denn das Herz ist das Zentrum des Lebens. Das Herz ist das, was den Menschen ausmacht. Nicht das Gehirn!»

«Hör auf damit. Die Ärzte haben gesagt, er ist tot.» Basti sagt es so, als müsse er sich selbst davon überzeugen.

«Wieso ist er dann warm?» Aufgeregt nehme ich Joshs Hand in meine und halte sie hoch in die Luft. «Er reguliert seine Körpertemperatur selbst. Neulich, als ich bei ihm im Bett lag, hab ich gespürt, dass er geschwitzt hat. Das sind alles Lebenszeichen.»

«Und wieso wacht er dann nicht auf?»

«Nur weil er nicht aufwacht, ist er noch lange nicht tot! Wie kommt jemand darauf zu behaupten, dass nur Hirnaktivität einen Menschen zum Menschen macht?»

Du hast alles, was du brauchst, hier drin ...

Ich erinnere mich an diesen Satz und an die Situation, in der er gefallen ist. An diesen intimen Moment, als ich meine Hand zum ersten Mal auf Joshs Brust gelegt habe.

«Also, wenn Josh eines ist, dann ein Mensch, der aus dem Kopf entscheidet.» Basti verschränkt die Arme und spricht betont langsam. «... *war*», verbessert er sich schnell. «Ich kenne niemanden, der kopflastiger *war* als Josh.»

«Ach ja?» Die ganzen emotionalen Gespräche jagen durch meine Gedanken. «Und was ist mit dem Tag, an dem er den Unfall hatte? Da hat er ja wohl aus dem Herzen entschieden, dir zu helfen.»

«Nein, verdammt, das hat er nicht.» Basti schlägt mit der flachen Hand auf Joshs Bett, um seine Worte zu verdeutlichen. «Er hat gesehen, was passiert, und dann hat in seinem Kopf etwas *Klick* gemacht. Wie immer, kurz bevor er austickt!»

«*Austickt*?» Auch ich werde immer lauter und wütender, ohne zu wissen, wieso und auf wen. «Er hat dir geholfen. Glaubst du wirklich, er saß am Fenster und hat ganz rational abgewogen, ob er dir nun helfen soll? Und dann vollkommen überlegt einen Stuhl zertrümmert und auf die Typen eingeschlagen? Das war eine Entscheidung aus dem *Herzen*.»

Chris, der Krankenpfleger, kommt ins Zimmer. Er erkennt den unpassenden Moment, nickt uns kurz zu und geht wieder.

«Ja, von mir aus», räumt Basti ein. «Dann ist es eben so. Was willst du jetzt eigentlich von mir hören?»

«Ich verstehe nicht, warum du so bist!» Nun richtet sich meine Wut auf Basti. «Für dich ist es okay, ihn sterben zu lassen.»

«Der Arzt hat gesagt, wir sollen die Entscheidung befürworten.» Basti sieht mich an, und ich spüre, dass er gegen seine Emotionen kämpft. «Ich habe meine Entscheidung getroffen. Und zwar ebenfalls aus dem Herzen. Mein Herz sagt mir, es ist richtig, ihn gehen zu lassen.»

«Warum?» Es ist ein Schreien. «Warum sagst du das?»

«Weil er mein Freund ist. Und weil er sich quält. Sam ...» Basti beugt sich vor und nimmt meine Hand. Eindringlich sieht er mich an, wie er es an unserem ersten Treffen im Biergarten gemacht hat. «Wenn es so etwas wie ein Jenseits gibt, dann müssen wir Josh loslassen. Sonst wird seine Seele weiterhin zwischen zwei Welten gefangen sein. Willst du das?»

«Ich will nicht, dass er stirbt!» Tränen laufen mir die Wange hinunter. «Das darf einfach nicht passieren.»

Im selben Augenblick öffnet sich die Tür. Bea kommt mit blutunterlaufenen Augen zu uns, ihr Mascara ist quer über das Gesicht geschmiert, und ihre Lippen zittern. Ihr Vater tritt neben sie. Noch bevor er etwas sagen kann, löse ich mich von Basti und greife nach Elias' Hand.

«Bitte!» Es ist ein Reflex, dass ich mich auf die Knie fallen lasse. «Bitte, lassen Sie ihn nicht sterben! Geben Sie uns noch etwas Zeit.»

Elias schaut auf mich herab und kann offenbar mit meinem Verhalten nichts anfangen. «Diese Entscheidung treffen die Ärzte. Josh ist tot. Deswegen wird er nicht behandelt, sondern beerdigt. Da werde ich nicht gefragt!»

«Das ist nicht wahr», mischt sich Basti ein. «Ich habe mich

informiert. Niemand darf die Maschinen abschalten, solange die Angehörigen es nicht erlauben.»

«Bitte», wiederhole ich und werfe Basti einen dankbaren Blick zu. «Nur ein bisschen Zeit. Ein paar Wochen. Ein paar Tage. Wenigstens einen Augenblick …»

Einen Augenblick, der niemals endet …

Basti sieht mich an und seufzt. «Bitte, Elias. Meine Eltern haben so viel für Josh getan. Jetzt hast du die Chance, etwas für uns zu tun.»

Bea ist plötzlich an meiner Seite und kniet sich neben mich auf den Boden. «Bitte, Papa. Nur ein paar Tage.»

Zornig zieht Elias die Hand weg. «Ich rede mit den Ärzten.» Er dreht sich um und reißt die Tür auf. «Bis nach den Feiertagen. Wenn er bis Januar nicht aufgewacht ist, kommt er unter die Erde.»

Wir warten, bis die Tür sich schließt. Erleichtert atme ich auf. «Danke», sage ich. «Jetzt müssen wir nur dafür sorgen, dass er wieder gesund wird.»

Basti schüttelt resigniert den Kopf und schnaubt durch die Nase, aber Bea springt sofort darauf an. «Wie machen wir das?»

«Raja!», sage ich. «Wir brauchen Raja. Denn Raja bedeutet Hoffnung.»

SEBASTIAN

Der Schnee fällt lautlos auf die Erde. Basti mag den Winter nicht, vor allem nicht, wenn es schneit. Es erschwert ihm die Fortbewegung mit dem Rollstuhl. Aber heute ist Weihnachten, und an Weihnachten freut man sich über Schnee. Zumindest tut man so, als ob.

Unter der Decke winselt es leise. Automatisch drückt Basti die Arme fester auf seinen Schoß.

«Schscht», zischt er.

Patricia schiebt den Rollstuhl auf die Intensivstation. Sie ist die Einzige, bei der Basti das zulassen kann. Heute ist er auf fremde Hilfe angewiesen, denn er muss eine Decke festhalten und aufpassen, dass der viel zu große Hund nicht von seinem Schoß rutscht.

Schwester Ingrid kommt ihnen entgegen, bleibt kurz stehen und schaut skeptisch. Automatisch beziehen Florian und Anja ihre Position, flankieren den Rollstuhl rechts und links jeweils von einer Seite. Sam geht direkt davor, und Bea macht mit ihrem Sohn an der Hand die Nachhut.

«Frohe Weihnachten», ruft Florian gutgelaunt und hebt die Hand.

«Frohe Weihnachten, Schwester Ingrid», sagt Basti und drückt Raja fester an sich.

«Vielen Dank, das wünsche ich euch auch.» Strahlend geht sie weiter.

«Jetzt schnell», zischt Sam und öffnet die Zimmertür. Die ganze Karawane huscht hinein. Basti lässt Raja los. Sie befreit sich ungeduldig. Vermutlich ist es ihr schon unheimlich unter der Decke geworden, weil sie sich an ihre Zeit im Müllsack zurückversetzt gefühlt hat.

Raja hebt die Nase in die Luft und schnüffelt. Sofort entdeckt sie ihr Herrchen und springt mit einem lauten Jaulen aufs Bett. Freudig schleckt sie Josh Gesicht und Hände ab. Alle starren gebannt auf die grünen Linien auf dem Monitor, die unverändert ihre Höhen und Tiefen anzeigen. Basti beobachtet Joshs Miene, aber er kann nicht einmal ein Zucken der Wimpern erkennen.

Was hast du gedacht? Dass er aufsteht und seinen Hund begrüßt?

Sams Gesichtsausdruck nach hat zumindest sie genau das erwartet. Auch Bea seufzt enttäuscht und streicht sich mit einer zitternden Hand eine Haarsträhne hinters Ohr.

«Einfach mal abwarten», sagt Florian, der sich dicht neben sie gestellt hat.

«Mama? Was hat Onkel Josh?» Curtis zupft nervös an Beas Jackenärmel, aber sie ist nicht in der Lage, ihm zu antworten. Basti will zu ihm gehen, aber dann sieht er, dass Sam bleich geworden ist.

«Was ist mit dir?», fragt er, obwohl er die Antwort eigentlich kennt.

Um Wunder zu erleben, muss man an sie glauben.

Sam hat felsenfest daran geglaubt, und dennoch wurde ihre Erwartung nicht erfüllt.

Florian nimmt Curtis auf den Arm und erklärt ihm, dass Josh sehr krank ist und deswegen zu tief schläft, um aufzuwachen.

«Da!», schreit Sam plötzlich. Wie wild tippt sie auf Bastis Schulter. «Da! Hast du es gesehen?»

«Was denn?», fragt er fast schon resigniert.

«Josh hat gezuckt! Seine Finger haben gezuckt!» Sam schlägt die Hände vor den Mund. «Er hat reagiert.»

«Sam, das ist doch Unfug …»

«Ich hab es auch gesehen», räumt Anja flüsternd ein. «Da war eine Bewegung.»

«Ich muss einen Arzt holen!» Ohne ein weiteres Wort stürmt

Sam aus dem Zimmer. Basti seufzt tief. Er weigert sich, an Wunder zu glauben, und er möchte keine Hoffnung schöpfen, nur um später gnadenlos enttäuscht zu werden.

Ein paar Minuten später ist Sam zurück. Sie zieht Chris hinter sich her.

«Er hat sich bewegt!», schreit Sam den Pfleger an. «Ich schwöre es dir.»

Chris sieht erst verblüfft den Hund an und wirft dann einen Blick auf die Apparate. Er wirkt nervös, als er seinen Pferdeschwanz löst, sich mit den Fingern durch die Haare fährt und sie anschließend wieder zum Zopf zusammenbindet.

«Ich streite doch gar nicht ab, dass es so war», sagt er vorsichtig. «Das kommt sogar sehr häufig vor. Es bedeutet ...»

«... dass er aufwacht!», schlussfolgert Sam.

«Es bedeutet *nicht*, dass er aufwacht!» Chris' Miene ist traurig, aber auch entschlossen, als er erklärt: «Man nennt es Lazarus-Phänomen. Es handelt sich um reflektorische Bewegungen, die oft durch Berührungen ausgelöst werden. Sie gehören zu den typischen Erscheinungen bei hirntoten Patienten und haben nichts, aber auch überhaupt gar nichts mit einem Lebenszeichen zu tun.»

«Mir ist schlecht», sagt Sam. Mit beiden Händen hält sie sich den Bauch.

«Es tut mir wirklich leid.» Der Krankenpfleger deutet auf die Aufzeichnungen. «Ich zeige das alles gerne einem Arzt, aber er wird nichts anderes sagen.»

«Was hast du, Sam?», will Basti wissen.

«Ich glaube, ich muss mich übergeben.»

Anja schiebt sich durch die kleine Gruppe zu Sam. «Komm mit! Ich begleite dich auf die Toilette.»

Gemeinsam verlassen die Mädchen das Zimmer. Bemüht unauffällig schleicht Chris ihnen hinterher.

Basti sieht Sam nach.

Es ist alles zu viel für sie. Sie muss ihn endlich loslassen!

Leise winselnd rollt Raja sich auf Joshs Beinen zusammen. Bea löst sich aus ihrer Starre und streckt die Hände nach ihrem Sohn aus: «Ich nehme ihn. Danke dir.»

Sie lächelt Florian an. Er grinst zurück und nickt ihr zu. Dann beugt er sich zu Bea hinunter und flüstert ihr etwas ins Ohr. Kurz hellt sich ihre Miene auf, bevor sie zurück in ihre Trance fällt.

Er mag sie.

Basti kennt Florian lange und gut genug, um das sofort zu erkennen. Wie sehr würde Josh sich freuen, wenn seine Schwester jemanden wie Florian als Partner hätte. Bisher hatte Bea immer nur Männer, die aussahen, als wären sie tagelang zwischen Gullideckel und Bordsteinkante gelegen.

Jetzt, Josh. Das wäre wirklich ein guter Zeitpunkt, um aufzuwachen.

«He, Josh», sagt Patricia. Sie schiebt den Hund ein Stück beiseite und setzt sich aufs Bett. «Ich weiß, wir waren nie Freunde. Aber jetzt bereue ich genau das und würde es gerne ändern.»

Die Tür öffnet sich, aber statt Anja und Sam kommt Schwester Ingrid ins Zimmer. Ihr Blick fällt auf den Hund. Sie schlägt die Hände über dem Kopf zusammen und stemmt sie dann in die Hüften.

«Nee, nee, nee!», macht sie. «Das geht so nicht. Der muss hier raus. Und zwar schnell.»

«Das ist *seiner*!», erklärt Basti und deutet auf Josh. «Wir dachten, es bewirkt vielleicht irgendwas. Man sagt doch immer, Komapatienten bekommen mehr mit, als man glaubt.»

Schwester Ingrid seufzt tief. Basti weiß, was sie denkt, aber sie spricht es nicht aus.

Er ist nicht einfach nur im Koma. Er ist tot.

«Der Hund muss trotzdem verschwinden.» Die sonst so liebe und sanfte Schwester wirkt auf einmal entschlossen.

«Och, kommen Sie schon», säuselt Florian und setzt einen flehenden Blick auf. «Heute ist doch Weihnachten. Da kann man doch mal über seinen Schatten springen ...»

«Tut mir wirklich leid, aber ...»

«Der Hund bleibt!» Sam ist unbemerkt wieder ins Zimmer gekommen. Ihre Ansage lässt keinen Widerspruch zu. «Der Hund hat mehr Recht, hier zu sein, als manch anderer.»

«Ich komme in einer Stunde zur Visite wieder.» Schwester Ingrid schnalzt mit der Zunge und schüttelt missbilligend den Kopf. «Wehe, ihr sagt jemandem, dass ich schon hier war und Bescheid weiß.»

«Machen wir nicht», verspricht Florian und hebt zwei Finger zum Schwur. Anschließend setzt er sich mit Bea auf das leere Bett neben Joshs und unterhält sich leise mit ihr.

«Geht es dir besser, Sam?» Basti dreht sich besorgt zu ihr um. Ihre Gesichtsfarbe hat mittlerweile ins Grünliche gewechselt. «Sollen wir gehen? Ist es dir zu viel?»

«Nein, passt schon. Mir geht es gut. Ich bin nur ...» Sie presst die Lippen zusammen und schweigt.

«Noch ein Grund, warum wir Josh loslassen müssen», sagt Basti leise. «Damit wir nach vorne sehen können.»

«Ich kann das nicht», jammert Sam. «Schau dir nur Raja an. Wie sie da liegt. Wir werden sie hier nie wieder wegbekommen. Das zerreißt mir fast das Herz.»

«Raja», ruft Basti. Sofort hebt der Hund den Kopf und spitzt die Schlappohren. Basti schickt einen leisen Pfiff hinterher und klopft sich ans Bein. Ohne zu zögern, steht Raja auf, springt vom Bett und setzt sich dicht neben den Rollstuhl.

Mit offenem Mund starrt Sam erst Basti und dann den Hund

an. «Wie hast du das gemacht?», will sie wissen. «Ich dachte, Hunde sind so treu? Wieso ist dieser so ein Verräter?»

«Mit Verräter hat das nichts zu tun.» Patricia setzt sich zu Raja auf den Boden und krault ihr das Nackenfell. «Sie spürt, dass Josh nicht mehr hier ist. Deswegen orientiert sie sich neu.»

«Ach, sei doch still. Mit dir rede ich gar nicht.»

«Patricia hat recht.» Obwohl es unklug ist, jetzt für Patricia Partei zu ergreifen, tut Basti es trotzdem. «Raja hat losgelassen. Das sollten wir auch tun.»

Wortlos steht Sam auf und verlässt den Raum. Anja geht kurz an Joshs Bett, drückt seine Hand und verschwindet dann ebenfalls aus dem Zimmer.

«Noch jemand?», fragt Basti. «Will sich noch jemand von ihm verabschieden und sich verpissen?»

«Nein», sagt Florian. «Bis Januar ist es ja noch eine Weile hin. Ich werde noch mal herkommen.»

«Ich auch», stimmt Patricia zu. «Ich möchte mich ein andermal in Ruhe von Josh verabschieden. Bis dahin ist hoffentlich auch Sam so weit, es zu tun.»

«Das hoffe ich auch.» Tief in seinem Herzen ist Basti klar, dass Sam niemals so weit sein wird.

SAMANTHA

Die Feiertage sind vorbei, und auch Silvester haben wir hinter uns gelassen. Das Feuerwerk war kein Grund zur Freude. Allein saß ich am Fenster und habe stumm in den Himmel gestarrt. Ich habe den Lärm genutzt, um mich mental auf die Stille vorzubereiten, die unwillkürlich folgen wird. Und nun ist es so weit. Ich bin nicht bereit dazu, doch mich hat mal wieder niemand gefragt. Es heißt immer, man gewöhnt sich an den Schmerz, aber das stimmt nicht. Man lernt nur mit ihm zu leben. Ich weiß, wovon ich rede. Es ist nicht das erste Mal, dass ich Abschied nehmen muss. Menschen kommen in mein Leben – und verschwinden wieder.

Abschied von einem Freund zu nehmen, ist ein bisschen wie sterben. Es bedeutet, jemanden gehen zu lassen, den man in seiner Nähe möchte. Manchmal ein Lebewohl für immer.

Ohne Sinn und ohne Verstand.

«Deine Tränen werden trocknen», sagt meine Mutter zu mir.

«Ja.»

Meine Tränen werden trocken, aber mein Herz wird weiterweinen ...

Tränen, die mir bereits in Strömen die Wangen hinunterlaufen, als ich sehe, wie Melanie sich bemüht, Josh zu erreichen. Erst quietscht sie und fasst ihm immer wieder ins Gesicht. Meine Mutter muss sie festhalten, weil Melanie versucht, die Schläuche abzureißen. Dann wird sie ganz still, hält sich die Ohren zu und verharrt in dieser Position. Sie sucht Josh in ihrem Schweigen, wie sie es früher immer getan hat. Geduldig sitzt sie minutenlang da und wartet. Eine Ewigkeit für meine Schwester. Plötzlich lässt sie sich vom Bett fallen und beginnt zu schreien.

Sie kann ihn nicht finden.

Wie zuvor Raja scheitert heute meine Schwester. Vielleicht ist das gut so, denn es bestätigt das, was alle sagen: Josh ist tot. Möglicherweise macht es das Unvermeidbare einen Tick leichter.

Sanft hebt Mutter meine Schwester auf und schiebt sie zur Tür hinaus. Draußen sind alle und warten. Elias, Basti, Bea, Curtis, Bastis Eltern, Florian und Patricia sind genauso wie Mutter, Melanie und ich gekommen, um Abschied zu nehmen.

Für immer ...

Melanie durfte als Erste, weil sie am schlechtesten warten kann. Ich bin als Nächste an der Reihe, einfach weil ich bereits im Zimmer bin. Es ist mir gleichgültig, wer alles draußen wartet. Ich lege mich zu Josh ins Bett, schiebe meine Finger unter sein Shirt, um seine warme Haut und seinen Herzschlag zu spüren. Meine Nase gräbt sich in die Kuhle an seinem Hals, und ich atme tief ein. Resigniert stelle ich fest, dass er nicht mehr so riecht wie früher. Der Geruch nach Aftershave und Duschgel, der mir so vertraut war, fehlt plötzlich. Schmerzhaft wird mir bewusst, dass es daran liegt, dass er hier nicht mehr die eigenen Produkte benutzen kann, die seinen Körpergeruch ausgemacht haben. Hier wird er gewaschen – von fremden Leuten mit pH-neutraler und geruchloser Krankenhausseife. Auf einmal kommt mir die Erkenntnis, dass es doch richtig sein könnte, was wir machen.

«Ich hab übermorgen einen Termin zum Ultraschall», erzähle ich ihm. «Da werde ich wohl noch nicht erfahren, ob es ein Mädchen oder ein Junge wird. Ich wollte es dir eigentlich sagen, aber so ist es auch in Ordnung. Du siehst es ja dann von oben.»

Sanft nehme ich seine Hand und ziehe sie auf meinen Bauch. «Wahrscheinlich weißt du es ohnehin schon, was es wird, nicht wahr?»

Minutenlang verharre ich in der Position.

«Josh ...», beginne ich. «Ich habe es dir nie gesagt, aber ich liebe dich.»

Es ist die Wahrheit, die ich sage. Spätestens seit unserer gemeinsamen Nacht liebe ich ihn.

Die Liebe wird nicht kleiner, wenn man zwei Menschen liebt. Sondern das Herz wird größer, sodass es für beide ausreicht.

Ich rutsche noch näher an ihn heran und gebe ihm, so gut es geht, einen Kuss auf den Mund.

«Ich liebe dich, Josh», wiederhole ich, weil ich diesen wichtigen Satz separat aussprechen will, ohne einen Zusatz. «Ich hab keine Ahnung, wie ich ohne dich klarkommen soll, aber ich werde mein Bestes versuchen. Ich werde alles tun, was in meiner Macht steht, um deinem Kind eine gute Mutter zu sein. Ihm wird es an nichts fehlen.»

Kurz halte ich inne, weil ich den Kloß im Hals hinunterschlucken muss.

«Doch ... Der Vater wird ihm fehlen.»

So wie er mir gefehlt hat ...

Ich wische die Tränen an seinem Shirt ab. «Und du wirst *mir* fehlen. Du wirst uns allen fehlen. Sag deiner Mutter liebe Grüße von mir, wenn du sie bald siehst, ja?»

Der Gedanke daran, dass Josh endlich zu seiner Mutter gehen darf, ist mein einziger Trost.

«Nichts lässt uns so sehr auf ein Wiedersehen hoffen wie der Augenblick des Abschieds.» Basti und ich haben den Spruch für die Todesanzeige gemeinsam mit Bea und Elias aus dem Tagebuch von Joshs Mutter ausgewählt. Wir haben ihm das Zitat schon einmal gesagt, und dennoch mache ich es erneut, weil es einfach so passend ist.

Es ist alles gesagt, und es wäre an der Zeit, aufzustehen und zu gehen. Aber ich kann nicht. Ich *will* nicht. Also liege ich da, meine Finger mit denen von Josh verschränkt, und wünsche mir zum letzten Mal ein Wunder herbei.

Basti kommt lautlos ins Zimmer und nimmt meine Hand.

«Komm», flüstert er und zieht mich vom Bett.

«Ich werde dich vermissen, Josh. Ich liebe dich!»

Ich strecke meine Finger aus und berühre noch einmal Joshs Gesicht, seine Brust, seinen Arm. Dann zieht Basti mich weg und begleitet mich aus dem Zimmer. Das Leben um mich herum geht weiter, und ich nehme es wahr, aber alles geschieht wie durch einen undurchdringlichen Nebel. Patricia kommt auf Basti zu und nimmt ihn in den Arm. Gemeinsam geht sie mit ihm in Joshs Zimmer. Florian sitzt ein paar Meter weiter mit Curtis unter dem Fenster und schaut gemeinsam mit ihm ein Bilderbuch an.

Meine Mutter ist bereits gegangen. Sie musste Melanie nach Hause bringen. Ich fühle mich plötzlich unglaublich allein.

Am liebsten würde ich mich auf den Boden fallen lassen, gleichzeitig weinen und schreien und dann nach Hause rennen, mir aus Decken und Kissen ein Nest bauen und niemals wieder herauskommen.

Und plötzlich ist der geliebte Mensch weg,
obwohl man so fest daran geglaubt hat, er würde immer da sein ...
... egal, was passiert ...

Allein.

Es ist Bea, die plötzlich alle Scheu abwirft und mich in den Arm nimmt.

Elias sieht mich an, und ich erkenne Mitleid in seinen Augen. Er möchte mich trösten und tut es auf seine ganz eigene Art und Weise. «Heul ruhig», sagt er. «Drei Tage noch, dann ist er unter der Erde, und wir können aufatmen.»

In diesem Moment wird mir klar, warum Josh so geworden ist und warum er es nie geschafft hat, seine Mutter loszulassen.

«Er muss neben Birgit beerdigt werden.» Meine Stimme klingt erstickt von den Tränen.

«Das ist doch vollkommen egal.» Elias kann meinen Wunsch nicht nachvollziehen. Selbst wenn er es gewollt hätte, wäre er emotional gar nicht in der Lage dazu. «Grab ist Grab.»

«Er wird neben seiner Mutter beerdigt, und damit basta!», bestimme ich und erschrecke selbst über meine Worte, zu denen ich kein Recht habe. Doch ich weiß, wie sehr Josh sich das gewünscht hätte, deswegen füge ich entschlossen hinzu: «Notfalls schaufel ich das Loch selbst!»

«Ich helfe dir beim Schaufeln», sagt Bea.

Bea hält zu mir. Genau wie Basti. Ich bin nicht allein.

Instinktiv gehen meine Hände zum Bauch. Dorthin, wo ein Teil von Josh in mir weiterlebt.

Ich bin nicht allein. Mein Leben lang werde ich niemals wieder alleine sein.

JOSHUA

Die schwarze Leere ohne Bewusstsein und ohne Traum hörte schlagartig auf. Es war, als hätte jemand einen Schalter umgelegt. Die Sehnsucht nach dem Licht war verschwunden, denn plötzlich konnte er das loslassen, was ihn daran gehindert hatte zu gehen.

Wie einen lästigen, alten Mantel legte er seinen Körper ab, ließ ihn ohne Wehmut und ohne Schmerz zurück, um endlich dem Ruf zu folgen, der ganz in seiner Nähe ertönte.

Ein stimmloser Ruf, jenseits der irdischen Welt, in die er nicht mehr gehörte und die er endlich verlassen konnte.

Aber noch nicht auf ewig ...

Denn immer wieder kehrte er zurück zu seiner irdischen Hülle, die im Krankenhaus lag und um die seine Liebsten standen. Unfähig loszulassen, obwohl sich längst kein Leben mehr darin befand.

Eingehüllt in Licht, schwebt er ein letztes Mal in den Raum und begreift, dass in diesem Augenblick etwas anders ist. Alle sind da. Gekommen, um ihn zu verabschieden. Sie wollen seinen Körper ebenfalls sterben lassen, um ihn zur Ruhe zu betten. Um selbst trauern zu können und um irgendwann einmal damit abzuschließen.

Josh versucht, den Frieden, der ihn umgibt, seit er die schwarze Leere hinter sich gelassen hat, auf die Seelen der Menschen im Krankenzimmer zu übertragen. Ein in bernsteinfarbenes Licht gehülltes Wesen spricht zu ihm, aber nicht mit Worten, sondern telepathisch. Birgit gibt ihm zu verstehen, dass sie ihn für immer mitnehmen möchte.

Josh taucht wieder ein in vollkommenes Glück, in eine Leichtigkeit und in eine innere Ruhe, deren Intensität sich mit Worten nicht beschreiben lässt, und erlangt die Gewissheit, dass nun endlich alles gut werden wird.

SEBASTIAN

Die Erinnerung an seinen besten Freund rollt wie eine Welle auf ihn zu. Sie beginnt ganz klein, mitten im imaginären Meer, und wird immer größer, kommt immer näher, bis sie schließlich am Ufer bricht. Bilder von früher, wie sie als Kinder gemeinsam spielten und wie Josh immer öfter zu ihm nach Hause gekommen ist, um da zu essen und seine Hausaufgaben zu machen. Wie sie gemeinsam ihr Abitur gemacht haben und wie Elias sich weigerte, Josh das Studium zu finanzieren.

Bilder von jener Partynacht, in der Basti diesen schrecklichen Unfall hatte. Ambulanz und Notarzt hatten um sein Leben gekämpft, ihn nicht aufgegeben und schließlich gerettet, während Josh mindestens genauso verwundet war, aber keine Hilfe bekam. Weil seine Verletzungen nach außen für die meisten Menschen niemals sichtbar waren …

Bastis eisige Finger krampfen sich um die Lehne des Rollstuhls. Der Wind heult um die Grabsteine, peitscht ihm ins Gesicht, und er klappt den Kragen seiner Jacke nach oben.

Eine Hand legt sich auf seine Schulter, und Basti greift danach, noch bevor er sich umdreht. Es überrascht ihn, dass es Sam ist, denn er hat diese Handlung von Patricia erwartet. Aber Patricia steht reglos hinter ihm, eine dicke, blaue Wollmütze auf dem Kopf. Bea befindet sich dicht neben Sam, und Basti traut seinen Augen nicht, als er sieht, dass sie sich bei ihr eingehakt hat. Zufrieden bemerkt er, dass Florian Bea in den Arm nimmt. Er gibt ihr einen Kuss auf die Stirn und zieht sie an sich. Bea legt den Kopf an Florians Brust und schnieft leise. Elias steht ein ganzes Stück abseits, aber er hat Curtis an der Hand.

Basti dreht sich wieder nach vorne, zu dem großen, braunen Sarg, auf dem ein bunter Blumenkranz liegt.

Du hast sie alle vereint, Josh.

Der Pfarrer tritt vor und beginnt zu sprechen. «Liebe Familie, Freunde und Angehörige, liebe Trauergemeinde. Wir haben uns heute hier versammelt ...»

Freunde. Josh hatte nie Freunde. Erst jetzt, da er tot ist, sind alle da ...

Basti schüttelt energisch den Kopf und bemüht sich, den Worten des Pfarrers weiter zu folgen. «Für ihn ist es an der Zeit, diesen letzten Weg zu gehen. Wo geht es hin? Wie geht es weiter? Diese Frage hat sich jeder von uns gestellt, und jeder hat für sich die Antwort gefunden ...»

Eine zweite Hand legt sich auf seine Schulter, rutscht nach vorne, schließt sich mit der anderen Hand zusammen. Sam hält Basti fest, und er schiebt seine eisigen Finger in Sams Mantelärmel.

«Die Jahre vergingen. Sie waren hart und anstrengend, aber trotz der Rückschläge versuchte dieser junge Mann, sich ins Leben zu kämpfen ...»

Warum muss er genau dann gehen, wenn er nicht mehr gehen will?

«Hat er diesen Kampf verloren? Ist sein Leben vergeblich gewesen? Ich sage *nein*. Denn Joshua Kuschner hat uns aufgerüttelt und uns zum Umdenken bewegt. Sein Weggang wird uns verändern und unauslöschliche Spuren in uns allen hinterlassen.»

Das leise Winseln zu seinen Füßen lenkt Basti ab. Raja ist aufgestanden, und er gibt ihr mit einem Handzeichen zu verstehen, dass sie sich wieder hinlegen soll. Früher wäre es Basti niemals in den Sinn gekommen, einen Hund mit auf eine Beerdigung zu nehmen. Er hätte sich tausend Gedanken gemacht, was die Leute wohl über ihn denken könnten. Heute ist ihm so was vollkommen egal.

Einfach mal auf die Meinung und die Wünsche der anderen pfeifen.

Joshs Worte, die Basti so verinnerlicht hat, dass sie ihn durch sein restliches Leben begleiten werden.

Er wird unauslöschliche Spuren hinterlassen ...

«Er fehlt mir so», flüstert Sam Basti ins Ohr. «Jetzt schon.»

«Mir auch.»

Irgendjemand schnäuzt sich, als der Sarg in das Loch in der Erde neben Birgit Kuschners Grab gelassen wird.

Nacheinander treten die Menschen vor, werfen ihre Blume in die Dunkelheit hinab und lauschen den Worten des Pfarrers:

«*Was du hast, ist der Augenblick.*

Was vorbei ist, ist vergangen.

Was vor dir liegt, ist unverfügbar.

Mit der Erinnerung an gestern,

mit der Sehnsucht nach morgen,

mit der Hoffnung auf Zukunft.

Jeder Augenblick ist wie im Brennglas,

gebündelte Zeit.

Konzentriertes Leben,

das wir alle irgendwann einmal loslassen müssen.

Auch wenn Sie sich jetzt im Tal der Trauer befinden, denken Sie immer daran, die Liebe im Herzen wird alle Zeit überstehen und niemals enden.»

Elias kommt nach vorne und schaut in das Grab seines Sohnes. Er gibt Curtis eine rote Rose in die Hand und erklärt ihm, dass er sie hinabwerfen soll. Leise murmelt Elias etwas vor sich hin. Der Pfarrer wartet geduldig, bis alle an Joshs Grab waren, bevor er bekannt gibt, wo man sich zum Leichenschmaus trifft.

Basti beobachtet, wie die Menschen sich entfernen: seine Eltern, die genau wie Bea und Florian Hand in Hand gehen. Elias, der Curtis auf den Arm genommen hat. Sams Mutter, die mit ihrer Schwester geduldig alle zwei Meter stehen bleibt, weil sich Melanie die Blumen auf den Gräbern anschauen möchte. Anja, die mit Patricia den fremden Menschen folgt. Menschen, die Basti nicht kennt und von denen er gerne wissen würde, wo sie auf einmal herkommen und warum sie sich zu Joshs Lebzeiten nie haben blicken lassen.

Nur er und Sam verharren weiterhin stumm an Joshs Grab und trotzen dem beißenden Wind und den durch die Luft tanzenden Schneeflocken.

«Ich muss dir etwas sagen, Basti.» Sam spricht leise, und etwas Unheilvolles liegt in ihrer Stimme.

«Hm?»

Aufmerksam beobachtet er sie. Die Grübchen auf ihrer Stirn sind wieder da, wie immer, wenn sie nervös ist.

«Ich ...», beginnt sie leise. «Ich bin schwanger. Seit Oktober schon.»

Bis eben war es ihm nicht offiziell bekannt, aber dennoch hat er es geahnt. So wie Zugvögel instinktiv wissen, wo Süden ist, wenn sie ihren Flug antreten, so hat auch Basti gewusst, wohin diese Reise gehen wird.

«Ich weiß», sagt er.

«Okay.» Sam ist nicht überrascht über seine Aussage.

«Es macht für mich keinen Unterschied.» Basti dreht sich langsam zu Sam um, damit er sie ansehen kann. «Ich habe nie aufgehört, dich zu lieben.»

«Basti ... Ich habe auch nie aufgehört, dich zu lieben. Josh und ich waren nicht zusammen. Es war nur eine einmalige Sache.»

Einmal und schwanger ...

In Bastis Hirn beginnt es zu rattern. Wie viele kleine Zahnräder, die alle ineinandergreifen, kommt sein Denken in Bewegung. Er lässt Sam los und starrt nachdenklich auf den Boden.

Mit einem Schlag wird ihm alles klar. Joshs Angst, Basti könnte Sam verletzen, sein arschiges Verhalten, das er von einem auf den anderen Moment an den Tag legte, der verzweifelte Wunsch, an Sam heranzukommen …

Josh, du raffinierter Hund! Ist das wirklich dein Plan gewesen?

Bastis Gedanken sind durcheinander, und er beginnt, sich zu fragen, ob Josh ihm unterm Strich einen Gefallen getan hat. Er hat Sam den Herzenswunsch erfüllt, den Basti ihr höchstwahrscheinlich niemals hätte erfüllen können.

«Basti», flüstert Sam. Sie scheint sein Schweigen falsch zu interpretieren und kniet sich vor ihn auf den hart gefrorenen Boden. «Es tut mir sehr leid. Ich wollte dich niemals so verletzen.»

Er greift nach ihren Händen und zieht Sam dicht zu sich heran. «Du bist nicht allein», verspricht er ihr. «Ich werde an deiner Seite sein und mich mit dir um das Kind kümmern. So, als wäre es mein eigenes!»

Und irgendwie ist es das auch.

«Das bedeutet mir viel.» Sam beugt sich vor und legt Basti zaghaft die Arme um die Schultern.

«Das Kind soll nicht ohne Vater aufwachsen! Meine Wohnung ist groß genug für uns alle. Wir müssen keine Beziehung führen, um gemeinsam darin wohnen zu können.»

«Was zusammengehört, das findet früher oder später auch zusammen», flüstert sie. «Weißt du noch?»

«Ich hab es nicht vergessen.» Dieses Zitat, mit dem Sam ihm nach dem Urlaub noch einen letzten Funken Hoffnung gelassen hat.

Kurz schweigen sie, bevor Basti leise hinzufügt: «Und weißt du noch, was ich dir gesagt habe? Wir zwei sind eben wir zwei.»

«Ja. Natürlich weiß ich es noch.»

Basti lächelt und legt die Hand auf Sams Bauch. «Dir ist bewusst, dass es für dieses Kind nur einen Namen auf der Welt geben kann?»

«Ja … Aber was, wenn das nicht geht? Was, wenn es ein Mädchen wird?»

«Birgit», sagt Basti und greift nach Sams Hand. «Dann wird sie Birgit heißen.»

Raja fiepst leise und steht auf, um zu zeigen, dass sie den anderen hinterher möchte.

«Gehen wir», flüstert Sam. Sie erhebt sich ebenfalls. Basti beugt sich hinunter, hebt die am Boden liegende Leine auf und gibt sie Sam.

Gemeinsam folgen sie der dreibeinigen Raja. Denn Raja bedeutet Hoffnung.

– Ende –

DANKSAGUNG

An diesem Buch haben so viele Menschen mitgewirkt, dass ich gar nicht weiß, bei wem ich anfangen soll. Deswegen beginne ich mit dem Wichtigsten:

Danke an meinen kritischsten Kritiker Florian, ohne den der Plot des Buches ein anderer geworden wäre und der meine Inspiration für dieses Buch war. Freiwillig werde ich dich nie wieder hergeben!

Das größte Dankeschön geht an die beiden querschnittgelähmten jungen Männer Markus und Heiner, die mir mit schier unmenschlicher Geduld in endlosen Nächten sogar meine unmöglichsten Fragen beantwortet haben.

Danke für die Unfallberichte, Briefe, Diagnosen und Fotos.

Vielen lieben Dank an Rouven, der genau im richtigen Moment kam.

Ein ganz dickes Dankeschön geht an Beate, die mich durch das ganze Buch begleitet hat, mir Tipps und Ideen geliefert hat. Ohne dich gäbe es keinen Pfleger, keine Lazarus-Zeichen und keinen Streifen Haare.

Tausend Dank an meine Hallelujah-Mädels, fürs Test- und Vorablesen und für die vielen, vielen Ideen und für eure intensiven Recherchen vor Ort in und um Frankfurt.

Danke an alle weiteren Test- und Vorableser, insbesondere Elina Marcioch und Nicki Weiche.

Danke an die Krankenschwester Sandra D. Moser und den Chirurg Dr. Harald Marnach, die für meine medizinischen Fragen zuständig waren.

Danke an die Polizistin Mandy, die ebenfalls testgelesen hat.

Danke an Micha, der mit mir das erste Mal trotz emotionalen Aufruhrs über seine Nahtoderfahrung gesprochen hat.

Danke an Sandra Schindler, die beste, schnellste und aufmerksamste Lektorin der Welt.
Danke an meinen Verleger Tim Rohrer.

Danke an Patricia und Florian, die meine Gruppe «*Jessica Koch – Read the World*» moderieren und leiten. Schaut doch mal rein. Hier kann man sich über meine Bücher, über mich und alle weiteren Neuigkeiten austauschen:
www.facebook.com/groups/Jessica.Koch/

Danke an Jeany für die Auszüge aus deinen Songtexten.
Wieder einmal danke an Robin Kosan, der unter anderem das Gedicht «Das Land der Einsamkeit» geschrieben hat.
Mehr dazu findet ihr unter:
www.facebook.com/robinsgedichte/www.youtube.com/channel/UCF7-hauAjSC5vCKf8J8a6iw